講談社文庫

死体を買う男

歌野晶午

講談社

「死体を買う男」——目次

自序
白骨鬼（第一回） 9
断崖 14
奇《き》譚《たん》 23
月に吠える 31
第一章 40
白骨鬼（第一回　承前） 54
天上縊死《てんじょういし》 66
幽霊 81
第二章 96
白骨鬼（第二回） 109
朔太郎《さくたろう》登場 118
双生児 132
人でなしの恋 147
疑惑
屋根裏の散歩者

石塊《いしくれ》の秘密 160
第三章 178
白骨鬼（最終回）
ぺてん師と空気男 200
指 210
鬼 227
白髪鬼 238
大暗室 251
悪人志願 262
百面相役者 277
大団円 291
第四章 297
白骨鬼（楽屋噺《がくやばなし》）
恐ろしき錯誤 314
終　章 335
解説　山前　讓 343

死体を買う男

自　序

いま私の横に、三百枚からの原稿用紙が積みあげられている。原稿の冒頭には、薄墨色のインクで「白骨鬼《はっこつき》」と題されている。

本書の読者諸兄の中には、この時代がかった、ものものしい作品名に、心憶《おぼ》えがある方もおいでかと思う。そう、今夏、ミステリー好きにちょっとした話題を提供した、あの探偵小説である。

「白骨鬼」が物議《ぶつぎ》を醸《かも》したのは、その、一種奇妙な内容もさることながら、連載の打ち切りにあった。

手元の「月刊新小説」を見ると、「白骨鬼」の第一回は同誌八月号に掲載されている。九月号掲載分の末には、「次号、堂々完結！」とゴシック体で力強く謳《うた》ってある。三回という短期集中連載であったわけだ。ところが十月号をひもといても、「白骨鬼」はどこにも見あたらない。編集後記の中に、「都合により休載させていただきます」という事務的な詫《わ》び文句が記されているばかりである。

最近の読者は物識《し》りなもので、ああ原稿が落ちたのか、と納得したようだが、しかし「白骨鬼」の完結編は十一月号にも掲載されなかった。十二月号にも、最新の一月号にも。

憤慨のあまり、編集部に抗議の電話をかけた熱心な読者も二、三あったと聞く。編集部はそれに、「よんどころない事情」の一点張りで通したとも聞く。

私はこのたび、その「白骨鬼」の原稿を入手した。完結編もふくめた完全原稿を。

本書は二部構成、いわゆる作中作の形式を採っている。

一つは、むろん、「白骨鬼」の紹介であり、未発表のまま終わっている完結編のみならず、掲載分についても再発表することをあえてしたので、連載一、二回目の内容を知っている方も先を急がず、いま一度読み返して、和製ホームズと知恵較《くら》べするのがよかろうかと思う。

さて、もう一つの部分では、私が「白骨鬼」の生原稿を手に入れるにいたった経緯を小説風にまとめてある。しかし、私がこうやって筆を執《と》るのは実に二十年ぶりのこと、文章にも構成にもまったくの自信がない。この序文にしても、恥ずかしい話、もう丸一日ついやしているのだ。

したがって、「白骨鬼」の合間合間に挟《さしはさ》んだ私のつたない文章は、読み飛ばしていただいてもいっこうにかまわない。むしろわが恥を思えば、「白骨鬼」部分だけ読んでくれと懇願したいほどである。

終わりに、本書の実現に全力を傾けてくださった青風社《せいふうしゃ》の菅野《すがの》健一郎《けんいちろう》君、同社社員一同、そしてなによりも「白骨鬼」の作者に、この場を借りて深く御礼を申しあげたい。本書はたまたま私名義で出版されているが、大半を占める「白骨鬼」は彼の手によるものなのだ。彼の名誉のためにも、それだけは重々ふくみおきいただきたいと思う。

平成二年　小雪《しょうせつ》の候

細見《ほそみ》辰時《たつとき》

白骨鬼（第一回）

断崖

私は常々思っていることがある。

探偵小説家というものには二種類あって、一つの方は実際型とでもいうか、現実の犯罪事件に興味を持ち、そこから小説の題材を引き出そうとする作家であるし、もう一つの方は妄想型とでもいうか、ひどく夢見がちで、荒唐無稽《こうとうむけい》なおとぎ話の創作にのみ興味を持ち、現実の犯罪事件などにはいっこう頓着《とんちゃく》しない作家であると。

そして、私自身はまぎれもなく後者に属するのだ。

一昨昨年より、満州事変《まんしゅうじへん》、五・一五事件、国際連盟脱退と、わが国の情勢いよいよキナ臭く、それを反映してか、犯罪事件においても、史上に残る血なまぐさいものが相ついだ。玉《たま》の井《い》八つ切り事件、中野《なかの》の人妻殺し、大森《おおもり》ギャング事件、アアそれから海の向こうでも、リンドバーグ二世誘拐事件というたぐいまれな凶悪犯罪が起きた。

そのたびに、私は新聞記者の来訪を受けて、何か意見をと求められたけれど、私は満足に答えられなかったばかりか、あるときには記者に向かって、「それは一体どんな事件なのですか」とアベコベに質問する不体裁まで演じたものである。

私はそれほど、現実の犯罪事件に無関心なのだ。なぜといって、そこにはただ現実の痛ましき苦悩が見え隠れするばかりであって、私の創作欲を少しもかきたててくれぬからである。

そもそも実際上の事件というのは、落ちのない噺《はなし》も同然で、出発点こそ飛びきり怪奇的であっても、その真相はひどく子供じみていて、意外性の一《ひ》とかけらもないのが常である。真相究明の過程にしても、偶然と足とが重大な要素であり、純粋の推理がはいりこむ余地はほとんどない。したがって、探偵小説に理智の美を求めている私が、現実の事件から得られるものなど何一つないわけで、興味を持つだけ無駄というものなのである。

ところが、昨年のこと、私はヒョンなきっかけから、現実の小事件にかかわりを持ったばかりか、それにドップリつかる羽目になった。私は最初、その事件にさほど関心を持っていなかったのだが、イヤむしろかかわりを避けていたふしがあるのだけれど、萩原朔太郎《はぎわらさくたろう》兄にひきずられるがまま深入りするにしたがって、小説の仕事がまったく手につかなくなってしまったのである。

奇っ怪な死に様、推理合戦の妙、深夜の大冒険、犯人の叡智《えいち》、風変りな動機、絶望的な結末、等、等、等……、一々が非常に面白く、恐ろしく、事件解決からだいぶ月日がたった今でも、私の心の中には、当時の記憶が生々しく残っている。思い出すたびにゾクゾクしてならない。

そんなわけで、私は、あのときの体験に多少の潤色《じゅんしょく》を加えて、物語風にまとめ上げたなら、なかなか面白い探偵小説になるだろうと思っているのだが、しかし先にしるしたように、私の昂奮はいまだ覚めやらずといった状態なので、今すぐ原稿紙に向かったところで、とても人様に見せられるような「よそ行き」の文章は書けぬことだろう。

私はだから、今はまだ、この文章を、古い雑記帳の余白へ、心覚えのつもりで書きつけている。原稿紙に向かう前に、「ふだん着」の文章で、思うさま事件を回想しておこうと筆を起こしたのである。

これを書いているのは昭和九年の秋であるが、さて、私とその奇怪な事件とのかかわりは、ちょうど一年前の九月十四日にはじまった。

私はその日、一世一代の大決心を胸に秘めて、紀州《きしゅう》の白浜《しらはま》へ、独りぼっちの身柄一つでやってきていた。

彼岸が近いにもかかわらず、妙に白っぽい陽射しが、からだじゅうにネットリとからみついて、まるで大暑のころのように、むしむしと暑い日であった。

私が白浜のはずれ、湯崎《ゆざき》の集落あたりで乗合自動車を降りたころには、すでに日が傾いていたけれど、そよぐ風は幽霊のように尻切れとんぼで、一丁ばかり歩くあいだに、脇の下や背筋などが、もうジクジクと汗ばんでいた。

だからであろうか、私以外の旅行者は見あたらず、往来の両側からは、焦《こ》げ醤油《しょうゆ》の香《こう》ばしい匂い、アンズ飴《あめ》の甘ずっぱい香りが漂ってくるけれど、それらの屋台の中には、すでに旗をしまい、縁台を畳みはじめているところもあった。

私は屋台のあいだを足速に通りすぎると、犯罪者のように顧み顧み、ヒッソリと往来をはずれた。めざすは景勝三段壁《さんだんぺき》の突端である。

三段壁につづく幅二尺たらずの小道はウネウネ曲りくねり、ときには、おい茂る灌木《かんぼく》が行く手をさえぎるものだから、長いあいだ惰眠《だみん》を貪《むさぼ》っていた私には大そうこたえ、十間歩いては野良犬のように舌を出し、もう十間歩いてはハッハッと肩で息をするといったあんばいで、ようやく頂上に到達したときには、日もなかば暮れかかっていた。

そして私はハッと息を呑んだ。眼前に広がる夕景の、なんと恐ろしく美しいことか。見渡すかぎり大半球をえがいた紀伊《きい》水道と、筋雲のなびく空は、ギラギラとまっ赤に染まっていて、一本松の向こうがわを落ちて行く太陽は、破裂寸前の風船のように、ふくらみ、ゆがみ、一《いっ》ときとして同じ形をもつことはない。海と空と太陽とが、だんだんと姿を変え、色を変え、境をなくし、それはまるで、水桶の中に様々の絵具をたらして、それがジワジワと溶け合って行くのを、途方もなく巨大な映画にして、大空にうつし出したような感じであった。

しかし、荘厳な景色に見とれたのは一瞬間のことであって、つと足下を見やった私は、なんとも名状《めいじょう》しがたい恐怖におそわれた。

ナタで叩き落としたような断崖、しかもその高さが数百尺もあろうかというから、こうやって立っているだけで、今までの汗がスーッと引いて行って、別のねばっこい汗が、脇の下や足の裏にジンワリとにじんでくる。

ちょうどそのとき、断崖をつたって、一陣の風が吹き上げてきた。

私はあわてて頭を押えたのだが、時すでに遅く、チョコンとかぶっていた鳥打帽《とりうちぼう》はフワリと舞いあがり、崖はなまで伸びた一本松の枝先をかすめ、そのままゆっくり漂い落ちた果てには、海中からそそり立った奇岩にぶつかって、打ち寄せる波に呑みこまれてしまった。海はよく凪《な》いでおり、沖行く蒸気船はユッタリと進んでいたけれど、鳥打帽が落ちたちょうど断崖の裾《すそ》あたりは、一帯に白く泡立って見えた。

私はもうヤケクソであった。あまりの恐ろしさに、かえって勇気がわいた。

私は下駄と足袋《たび》を脱ぐと、自殺者の常として、それを松の根元にきちんと揃《そろ》えて置いた。

そうして大きく息を吸い込んで、静かに眼をとじた。

だが、一と思いに身を投げることはかなわなかった。

怖くない怖くない、ほんの一とき我慢すれば楽になるのだといい聞かせても、膝頭《ひざがしら》がブルブルとふるえて、断崖の向こうがわに出て行けないのである。

私はそこで、足の裏を、芋虫《いもむし》や尺取虫《しゃくとりむし》の同類になぞらえ、十本の指と二つの踵《かかと》をモゾモゾ動かしてみた。すると果たして、一寸刻みではあるけれど、海に向かって着実に進んで行くではないか。

私は、オオと膝を叩く思いだった。とっさのひらめきにしては、なかなか理にかなった方法である。こうやって進んで行けばいずれ、爪先がとっぱしをはなれ、次に指のつけ根がはなれ、土踏まずのあたりがはなれたころには、私のからだは、自然と、海の方へ傾いていることだろう。なるほど、身投げする者が決まって履物《はきもの》を脱ぐ理由は、こんなところに存在していたのである。

そうするうちに、裸足《はだし》の指が断崖の終りを感じた。からだがグラリとのめった。

「ウワァッ!」

私はひしゃげた叫び声を上げた。同時に、物凄い力が私に加わって、からだが宙に浮き、アッと思う間に、私は息がつまるほどの痛みをおぼえた。

(オヤ、何か変だぞ)

不思議なことに、肩や背中が異常にズキズキしているものの、意識はきわめてハッキリしているのだ。

「おやめなさい」

その声に、私はソロソロと眼をあけた。すぐそこに若い男の顔が迫っていた。ハッとするような、高貴な感じの美青年である。

「早まっちゃいけません」

彼は低い声でいうと、私の襟首《えりくび》と腰から手をはなした。私はキョロキョロと顔を動かして、それでようやく、状況を察することができた。

私のからだは、まだ断崖の上にあった。一本松の根元、草の上に横たわっていた。すんでのところで、私はこの美青年に自殺を止められてしまったのである。彼は私のからだを背後から抱えると、柔道でいう裏投げの要領で、ポーンとうしろに放ったのであろう。

「あ、イヤ、これは……」

私はヘドモド立ち上がった。

「イヤ、その、別に身を投げようと思っていたわけではないのです」

「身投げしない人間が、なぜ、履物を脱ぎ揃えるのですか」

美青年は厳しい調子でいった。

「どうぞ誤解なさらないでください。私は物書きをやっているんですがね、ここは名にし負う身投げの名所でしょう、この断崖から飛び降りる人間は、一体どんな気持になるのかしらと思いましてね。下駄を脱ぎ、絶壁に立ち、眼下数百尺に砕ける波濤《はとう》を見る、そのとき彼の心をよぎるものは何か……」

「とんでもない」

美青年は、身振り手振りで弁解する私をさえぎって、

「どういうつもりだかは知りませんが、あんなところに立ったらあぶないでしょう。もしも突風が吹いたらどうします。そのつもりがなくてもまっさかさまだ」と母が子を叱るようにいった。

「はい」

私はシュンと背中を丸めた。

「死にたくないのに死んでしまう人間もいるんですよ」

美青年は悲しげにつぶやくと、クルリと背を向けて、何度となくこちらを振り返りながら、岩山を下って行った。

私は一本松に寄りかかるようにして、刻一刻とドス黒くなって行く夕焼け空をボンヤリとながめつづけた。頭の中はまったくのからっぽだったようで、われに返ったときには、あたりはすっかり暗くなっていて、沖合には橙《だいだい》色の燈火が、それよりずうっと遠くには、ほこりのような無数の星屑がチカチカとまたたいていた。

私のほかには生きもののけはいはなかった。だが、まるで静まりかえっていたわけではない。一本松は、少しの風も感じられないというのに、ガサガサと枝を揺らし、暗闇の底からは、千々《ちぢ》に砕ける波音が、かすかな地ひびきをともなって、ドーンドーンと鳴り渡っていた。

私はゾッと身震いした。六万八千の毛穴がとじて、産毛という産毛が、猫の毛のように逆立った。それは、先ほど断崖の下をのぞいたときに感じた種のものとはちがう、もっと根本的な恐れであった。

私はもう夢中で足袋と下駄をひっつかむと、素足のまま、わけのわからぬことを叫びながら、麓《ふもと》への細道を駈《か》け降りた。

木の根につまずいては倒れながら、走りに走って、そうしてようやく人家の明かりを眼にしたとき、私はあまりの安堵《あんど》に、ヘナヘナと、その場で腰を抜かしてしまったものである。

奇《き》譚《たん》

私はそれから、浜風荘《はまかぜ》というひなびた旅館に投宿した。むろん本名も筆名も隠して、宿帳には廣宇《ひろう》雷太《らいた》としるしておいた。

通されたのは、二階の奥まった部屋で、案内の女中が去って行くのを待って、私は、南国特有の、日の匂いの染みついた畳に寝転がった。

私が自殺を思いたったのは、自分自身にほとんど絶望したからである。

その一年半ほど前、つまり昭和七年の三月、私はいくつかの連載物が終ったのと、全集本の印税がはいったのを機会に、しばらく休筆することにした。というのも、私はその当時、理智の追求をスッカリ棚上げして、実入りのよさを理由に、安価な通俗小説ばかり書きなぐっていたのだが、それがホトホトいやになってしまったのである。やはり金よりも夢であった。

私は短篇でこそ、ある程度満足の行く作品を書き残していたけれど、長篇に関しては壊滅状態であった。智的興味はおろか、筋すらろくにないまやかし物ばかりであった。私はだから、どんなに生活を切りつめてもいい、ユックリ考えて、ユックリ筆を執って、西欧風の長篇探偵小説が書きたかった。皇国の万民に、これが本物の長篇探偵小説だと知らしめたかった。

その下ごしらえのために、私は表向き、執筆活動の休止を宣言した。タップリ一年をかけて筋立てを細目《さいもく》まで組み上げ、さらに半年かけて完璧に仕上げる。私の青写真はそうであった。

ところがどうしたことか、一年たち、予定の一年半がすぎても、原稿紙はまっ白け、荒筋さえいっこう浮かんでこないのである。

自分の力の限界をハッキリと見せつけられ、私は茫然《ぼうぜん》とした。そもそも私には、本格長篇をものにする才能がなかったのだ。今後一生、自己嫌悪にたえながら、探偵小説もどきの駄文を書きなぐって行くしかないのだ。

そして、私は、泥のような捨てばちな気持になった。私はもはや退場すべき人間なのだ。醜貌《しゅうぼう》を恥じて、どこかの洞窟に隠れたまま、生涯明るい世界へ出なかったという伝説の女性のように。

そういうわけで、私は、自殺の名所として名高い、ここ紀州白浜の三段壁にやってきたのだが、しかし今の私に自殺の意志はない。あの美青年に止められたあと、氷のような戦慄《せんりつ》が私の背中を這《は》い上がった。

生き恥をさらすくらいなら死んだほうがましだとはいうけれど、それは死の恐怖を知らぬ輩《やから》のたわごとだ。死の恐怖を知った人間は、死ぬくらいなら生き恥をさらした方がましだわいというはずだ。私はシカとそう思った。

「サアサ、お待たせしました。急のことで、これきりしかご用意できませんが」

半時間ほどしてから、女角力《おんなずもう》の横綱のように肥《こ》えた女中が、夕食のお膳《ぜん》を運んできた。とびきり新鮮な平目《ひらめ》のさしみだ。

「君、君、こっちにきてくつろぎたまえ。一緒に飲もう」

そそくさと立ち去ろうとする女中を、私はそんなふうに引き止めた。人嫌いな私がこんな口をきくのは、きわめてめずらしいことである。死の恐怖の余韻が生々しく残っていて、独りきりになるのが、なんだかそら恐ろしかったのだ。

女中はちょっと不審らしい表情を見せたけれど、根がこういうことの好きな女らしく、すぐに親しげな笑顔を浮かべると、遠慮なくちゃぶ台の向こうがわに坐るのだった。そして私たちは、さしつさされつで杯を重ねた。

二人ともスッカリいい気分になったころ、何かの拍子に、女中がこんなことをいい出した。

「お客さま、離れには近づかぬがよろしゅうございますよ」

「フフフフ、幽霊でも出るのかね」

私はてっきり、オンボロ旅館にありがちな怪談かいなと思って、ニヤニヤしながら応じたのだが、女中は、一種名状しがたい、浪花節語りのようなしわがれ声で、

「イエ、幽霊より気味わるいものです。月恋病《つきこいびょう》の患者さんです。それを見た日には、ごはんが喉《のど》を通らなくなります。床の中でうなされます。わるいことは申しません、離れには近づかぬがよろしゅうございます」

などというのだ。

「月恋病？　なんだね、それは」

私は意味が呑み込めなかった。

「夜ともなると、月が恋しくなるのです。月に帰りたいと、サメザメ涙するのです。アア、あしたは十五夜でしたっけ。あの方はとうとう月に帰るのかしら」

彼女はますますわけのわからぬことを口走る。

「君、もっと順序だてて話してくれたまえ。つまり、ここの離れに変な客が泊まっているのだね」

私は好奇心を起こして、一と膝乗り出して尋ねた。

「エエ、男のお客さまです」

「男？　男が月を恋しがって泣いている？」

私はけげんに聞き返した。すると、彼女はそれにうなずいて、

「そのお客さまがおいでなすったのは、五日前のことでございました」

と前置きして、実に奇妙な事実を報告したのである。

「あたしが離れまでご案内したのですが、あたし、そのとき、ちょっと粗相《そそう》をいたしまして、お客さまのトランクを落としてしまったのです。その拍子に、トランクの中身が、あたり一面に散らばりました。あたし、それを見て、ギョッと立ちつくしてしまいました。なんと、友禅《ゆうぜん》の振袖《ふりそで》と、お下げ髪のかつらが転がっていたのですよ。男の方の荷物の中に、女ものの着物がはいっていたのでございますよ。ですが、そのときのあたしは、アアあとから連れの御婦人がいらっしゃるのだわ、秘密の逢引きの用意なのだわ、と一応納得しました」

女中はなかなか雄弁であった。私はついつり込まれて、

「それで、それで」

と話のつづきをうながした。

「さて、その晩、夕飯のお膳を持って離れにまいったときのことです。お部屋の奥の窓ぎわに、振袖を着た方が坐っていました。あたしはそれを見て、アラ、この方がお連れさんねと思いました」

「ところがそれが、先の男だった」

「エエ、そうなのでございます。その方はあたしの姿に気づいて、『きれいなお月さんが出

ていますね』と話しかけてきたのですけど、その声の気色わるかったこと気色わるかったこと。頭のてっぺんから出てくるような、妙に甲《かん》高い、作りものめいた声なのです。あたしはそれでハッとして、その方の顔をシゲシゲとながめました。まぎれもなく、さいぜんご案内したお客さんでした。なんということでしょう。あろうことか、男の方が振袖を着て、お下げ髪のかつらをかぶって、顔に白粉《おしろい》を塗りたくって、紅をさして、女声でしゃべっているのです」

私は女中の言葉を噛《か》みしめて、その男の人相を頭の中にえがいてみた。なんだか胸がわるくなってきた。

「で、そのあくる朝のことです。あたしは、ゆうべの出来事が夢であったことを祈りつつ、離れにまいりまして、戸をおそるおそるあけました。するとどうでしょう、宿の浴衣《ゆかた》を着た男の方が、蒲団《ふとん》の上にチョコンと坐っていて、煙草なんぞをふかしているのです。あたしと眼が合うと、ちゃんとした男声で、『ずいぶん遅かったじゃないか、腹ぺこで動けないよ』などと笑いかけてきます。あたし、なんだか狐につままれたようでした。そして、ゆうべのあれは夢だったのね、とクスクス忍び笑ったものです。

ところが安心はホンの一ときで終ってしまいました。その方のそばまでお膳を運んで行ったあたしは、その顔を間近で見て、ギョッと立ちつくしました。首筋に、うっすらとではありましたが、白粉のあとが残っていたのですよ」

「フム、するると、女装をするのは夜だけということかい」

「エエ、そのとおりでございます。昼間は、どこからどう見ても、れっきとした殿方です。男の着物を着てお出かけになりますし、男湯にはいるところを見たこともあります。でも夜になると女になるのです。毎日毎日です。気味がわるいったらありゃしません」

そういって、女中はブルブルと身震いした。私も得体の知れぬ無気味さを充分感じていた。いわゆる男娼《だんしょう》とは、ちょっとちがうようである。

「そいつが女であるときの様子を、もう少し詳しく教えてくれまいか」

お化け屋敷の先に進みたいような、イカモノ食いをしたいような、そんな気持で、私はさらに尋ねた。

「詳しくとおっしゃられても、あたし、あんまり気色わるいものですから、お膳を運ぶときにも、床を延べるときにも、なるたけあの方を見ないよう心がけているんです」

「君が見たことだけでいい」

「たいてい窓ぎわに坐っています。障子の隙間から月をながめたり、着物の袖に顔をうずめてシクシク泣いていたり。アアそれから、月がどうたらとかいう題名の本を読んでいることも」

「月をながめて涙を流すとは、まるで、竹取のかぐや姫だな」

私は猪口《ちょこ》をもてあそびながら、ボンヤリとつぶやいた。

「エエ、まったくそういった感じでして、ですから月恋病なのでございますよ」

女中は真顔で相槌《あいづち》をうって、

「以前何かの本で、西洋の狼男の話を読んだことがございます。なんでも、昼間は普通のなりをしているのに、月を見ると、狼に姿を変えるというじゃありませんか。離れのあの方も、そういったたぐいの人間なのでございましょうね」

と妙に感心したようにいうのだった。

夜になると人が変るといえば、狼男もそうだが、「ジーキル博士とハイド氏」も有名だ。しかしそれらは作り話である。小説家の病的な空想世界である。

私は、これは一種の精神の病《やまい》にちがいないと思った。二重人格が極限まで発展していくと、そのような人間が生まれるのだと思った。

今（この文章を書いている今）考えてみると、こうして女中の話に興味を持ったことが、そもそも事のまちがいであった。もし私が精神的にもう少し大人であったならば、女中の最初の忠告どおり離れを避けていたならば、私は奇怪な事件の深みにはまらずにすんだのである。

月に吠える

翌朝は、宵《よい》っぱりの朝寝坊を返上して、夜明けとともに床を這いだした。

赤く染まった障子をあけると、ゆうべはちっとも気づかなかったけれど、部屋のすぐそこまで海がせまっていた。見渡すかぎりの海原には縮緬《ちりめん》のような小波《さざなみ》が立って、山の端《は》を上った朝日が赤々と照りはえる中、おもちゃみたいな帆《ほ》かけ船がすべっている。なんというはればれとした景色だろう。

私は窓から身を乗りだして、胸一ぱいに潮の香を吸い込んだ。混濁《こんだく》しきった脳髄《のうずい》が洗い清められるにしたがって、昨日の自殺行が、なんともむさくるしく、恥かしく、そして幻のように感じられて行くのであった。

すっかり元気づいた私は、朝食を済ませると、身内でうずき出した猟奇《りょうき》の虫をおさえかねて、月恋病患者の探訪に出かけて行った。先《ま》ずは昼の顔を拝見というわけである。

庭下駄をはいて、さて離れはどこかいなとキョロキョロしていると、浴衣がけの若者が、大きな松の木にもたれて、何かの本に読み耽《ふけ》っているのが眼にとまった。

（ヤ。あれは確か）

見覚えあるその顔に、私はついその方へ近づいて行った。果たして私の命の恩人であった。

「同じ宿でしたか」

私が快活に声をかけると、彼はヒョイと顔を上げて、アアと軽くうなずいた。

「きのうは驚かせてすみません」

私は赤面した頰《ほお》に手を当てた。

「きのういったことは、ほんとうなんです。ほんとうに、自殺者の心理をつかもうとしていたのです。ただそれだけです。でも、あんなまねは金輪際《こんりんざい》やりません。もうこりごりだ。もしも君がやってこなかったらと思うと、ゾッとします」

命の恩人に対する謝意にしては、いささかアッサリしすぎていたけれど、自殺を企てたのではないと現場でいってしまった手前、あまりに大げさな物言いはできなかった。

「そうそう、名前を教えてもらえますか。私は廣宇雷太といいまして、つまらない物書きをやっています」

するとは、読みさしたページに折り目をつけて、閉じた本をクルクルともてあそびながら、

「塚本直《つかもとただし》」

とぶっきらぼうに答えた。

初対面のときから感じていたのだが、塚本直の風采容貌には、何かしら妙に私をひきつけるものがあった。

昔風の瓜実顔《うりざねがお》に、素直で柔らかそうな髪、卵のように白くツルンとした肌、二重瞼《ふたえまぶた》の大きな眼、薄桃色の唇、弱々しい首筋の線。どことなくなよなよしていて、つまり、非常な美青年で、それが、たとえ旅館のツンツルテンの貸し浴衣であろうとも、キチンと襟を合わせ、几帳面《きちょうめん》に帯を締めて、うつむきかげんに松を背にしている様子は、歌舞伎の女形《おんながた》を見ているようでもあった。

「どちらからいらしたんです」

私は尋ねながら、彼の横に並び立った。

「東京です」

「オヤ、君もそうなんですか。お仕事は何を」

「イヤ、まだ高校生です」

「高校はどちらに」

「N高校」

「ホウ、N高校というと、本郷《ほんごう》にある、あの。成績優秀でいらっしゃるのですね。帝大を目ざしていらっしゃるのですか？」

私は恩人とうちとけたい一心で、機嫌をとるように言葉を重ねたのだが、塚本直はいたって無愛想で、まったくもって会話にならない。しかし、その無愛想も、はにかんでいるのかしらんと考えれば、それもまた私の心をひくのだった。彼はきっと、人にまじっておしゃべりするよりは、独りで物思いに沈む方が好きな、そんな詩人めいた人間なのだ。

「何を読んでいるんです」

私は彼の手もとに顔を寄せた。彼は相変らずの仏頂面で、もてあそんでいた本を私に差しだしてきた。それは萩原朔太郎氏の「月に吠える」だった。

私はそのとき、何かモヤモヤしたものを感じた。だが、思いがけず知合いの本を見せられた嬉しさで、その意味を深く考えようともせず、折り目のついたページをひらいて見た。

　　干からびた犯罪

どこから犯人は逃走した？
ああ、いく年もいく年もまへから、
ここに倒れた椅子がある、
ここに兇器がある、
ここに屍体がある、

ここに血がある、
さうして青ざめた五月の高窓にも、
おもひにしづんだ探偵のくらい顔と、
さびしい女の髪の毛とがふるへて居る。

萩原氏は非常な探偵趣味の人で、この詩篇の中には「殺人事件」という作品もはいっているはずであった。彼はポオやドイルを愛し、怪奇文学やドストエフスキー的ロシア式陰鬱《いんうつ》を歓迎し、それは私もまったく一緒で、それから、浅草《あさくさ》の木馬趣味や、新宿《しんじゅく》の怪しげな酒場を好むところまで似通っていたので、私たちは可《か》なり近しいまじわりをもっていた。

そんなことを考えながらページをめくっていると、突然、

「面白いですか？」

と塚本直が、はじめて自分から口をきいた。私はもちろん、

「エエ、大へん面白いですね」

と答えたのだが、すると彼は、フンフンと鼻を鳴らして、私の顔を、ためつすがめつして見るのであった。

美青年のネットリした視線を受けて、私はなんだかドキドキものであった。しかし彼は私の心を知ってか知らずか、

「じゃあ、それ、さしあげますよ」

と実に唐突《とうとつ》なことをいった。そして私がキョトンとしていると、

「僕だと思って、どうかいつまでも大切にしてください」

これまた妙なことを口走って、スタコラ去って行こうとする。

「君、ちょっと……」

私はそう引き止めかけて、ハッと口をつぐんだ。彼の項《うなじ》あたりに、一種異様な状態を発見したからである。

彼の肌は、前にもしるしたように、ツヤツヤと白いのだが、左耳のうしろから項のあたりにかけての異常な白さはどうだ。どうやら白粉のようであった。はたいた白粉の落としそこないのように見えた。

なんということだ。私の命の恩人が月恋病患者！　離れの異常人とは塚本直のことであったか。女中がいっていた「月の本」とは、この「月に吠える」のことであったか。

私はなんとも複雑な気持になって、ともかくもその場は、彼を追うことなく、自分の部屋へとって返した。

だが、やはり私は猟奇《りょうき》の徒《と》であった。たとえそれが誰であろうと、月恋病患者の実態を、一と眼見ておかねば気が済まなかった。

そんなわけで、私は日が暮れるのを待って、ふたたび離れへと向かった。

年に一度の晩だというのに、雲は厚ぼったく重なり、薄ボンヤリとした靄《もや》のようなものまで立ちこめて、十五夜のお月さんは、遠い遠いどこかの世界にさらわれて行って、二度と帰ってこないのではと、そんな心配すらさせる空もようであった。そして、すぐ近くから聞こえてくる波のひびきは、何か不吉な前兆《ぜんちょう》のように、私の心臓の鼓動と調子を合わせていた。

私は離れの玄関に立つと、鶴女房を隙見する亭主のように、ゴクリと唾を呑み込みながら、ソッと戸をあけた。

お下げ髪に振袖《ふりそで》の人物が、窓ぎわにチョコンと坐っていた。障子の桟《さん》にからだをあずけて、細目にあいた障子と柱の隙間に顔を寄せていた。

なるほど、その姿は、まさに月恋病というにふさわしかった。だが、うしろ姿を見たかぎりにおいては、女中がいうほど気色わるいとは思われぬ。

花鳥を描いた振袖と、金襴《きんらん》の帯の、なんと鮮やかなこと。月光を浴びたお下げの髪の、なんとつややかなこと。

(十五夜お月さんを隠した意地わるい雲を恨《うら》めしく思っているのかしら。お迎えはやってこないのかとハラハラしているのかしら)

しばらくのあいだ、私はそんなふうに見とれていたけれど、やがて、手にした「月に吠える」の存在を思い出すと、

「塚本君、塚本君。廣宇《ひろう》です。本を返しにきましたよ」

さも快活に、君の姿に驚いてなんかいませんよという感じで声をかけた。すると、竹取の君は、チラと私に顔を向けて、

「そこに置いておいてくださいまし」

その刹那《せつな》、私はあまりのおぞましさに総毛立った。肌のすみずみまでがフツフツと粟《あわ》立った。

その甲高い、腹話術《ふくわじゅつ》人形めいた作り声も無気味ではあったが、それ以上に私をたじろがせたのが、花魁《おいらん》に負けじと厚塗りした白粉であった。白粉の下に隠れた無精《ぶしょう》ひげ、そして唇からはみ出した紅であった。

これはひどく低級な男娼だと思った。浅草公園でよく見かける、「チョイと、おにいさん」なんて、クネクネとからだをよじらせて手招きする、野外かげまと一緒ではないか。

私は美青年が好きだし、同性愛にも人一ばいの理解を示しているつもりだ。それは私の愛する「夜の夢」の世界であり、そこにはあやうい美しさがある。動物的欲望を超越した、智的で芸術的な恋愛感情が流れている。

しかし低俗な男娼はいただけない。断じていけない。現実の犯罪事件と同じく、智も美もない。ことに塚本直は、元が美しいだけに、今の姿ははなはだしく醜悪で、おぞましいと表現するよりほかにない。

私は、「月に吠える」をその場に放り捨てて、離れを飛びだした。たとえホンの一ときと

はいえ、あんな忌《いま》わしい人間に好意を寄せていたのかと思うと、自分自身に虫酸《むしず》が走った。

そして、忘れよう忘れようと思っても、私の脳髄《のうずい》の襞《ひだ》を、無数の男娼の群が、遠くに、近くに、ウジャウジャと這い廻り、腹話術人形のような、ケラケラと甲高い声が、耳鳴りのように鳴り渡るのであった。

第一章

細見辰時は唸《うな》った。肺の深奥《しんおう》からしわがれた唸り声をあげた。そして活字から目を離すと、老眼鏡をはずして煙草をくわえた。平成二年六月二十六日、夕暮れどきのことである。

頭全体が霞がかったような感じだ。こめかみのあたりにうずくような痛みが走る。窓ガラスが静かに濡れていた。小糠雨《こぬかあめ》がさらさらと降っている。湿った空気が紫煙《しえん》をおさえつけ、部屋の底に漂い、澱《よど》み、それがいっそう細見を妙な気分にさせる。

この小説はいったい？

喫《す》いさしを枕元の灰皿に落とすと、細見はページをめくり返し、「白骨鬼」の冒頭に眼をやった。

本格探偵小説発掘！

白骨鬼

佐々木信人・画

作者名が、ない。

印刷の手違いか？　ならばと、細見は「月刊新小説」八月号の目次を開いてみた。

没後二十五年。未発表作公開！

白骨鬼　P.84

自殺志願の「私」、月に吠える美青年。

怪奇！　戦慄！　まさに驚愕！

平成によみがえる大作家の肖像！

作者名が、ない。

仰々しいあおり文句の陰に隠れているのではないかと、細見は老眼鏡をかけ直して目を凝《こ》らしたが、やはり作者名が欠落していた。

細見は唸《うな》った。喉に激しい痛みを覚えたが、かまわず新しいショートホープに火を点《つ》けた。

この小説はいったい何なんだ？

「私」が江戸川乱歩《えどがわらんぽ》であることは明らかである。

探偵小説家、現実嫌い、人嫌い、自己の作品に対する激しい劣等感、本格長編へのあこがれ、昭和七年三月の休筆宣言、同性愛へのひとかたならぬ関心。随所にちりばめられたキーワードが如実に物語っている。

詩人の萩原朔太郎との親交にしてもそうだ。朔太郎が乱歩に、「マッサージの秘密倶楽部を教えてくれ」という何やら怪しげな相談を持ちかけたことがきっかけで、密な交際がはじまった。細見はそう記憶している。

だが、何故こんな小説がある？　どうして乱歩が出てくるのだ？　不可解。そして、甘く、不気味で、哀しく、懐しく、そら恐ろしい、なんとも形容しがたい正体不明の感覚。

細見はもうたまらず床を這い出した。鶏がらのような手で雑誌を摑《つか》み取ると、それと煙草盆を持って書斎に移った。降り出した雨のせいか、それとも少々熱があるのか、体のあちこちがじくじくと痛む。

雑誌の裏表紙と首っぴきでダイヤルを回す。たった七つの数字さえ頭に叩き込むことができない、そんな老いた自分に腹が立つ。

「はい、青風社です」

電話には甲高い声の娘が出た。

「菅野君を頼む」

細見はぶっきらぼうに言った。

「菅野？　社長の菅野でしょうか？」

「そうだ」

「失礼ですが、お宅様は？」

「細見だ。細見辰時」

「ホソミ？　どちらのホソミ様でしょう？」

「細見辰時と言えば菅野君は解る」

細見はいらだちを隠せなかった。

「やあ、細見さん？　どうしたんです、細見さんの方から連絡してくるなんて。借金の相談ですか？」

やがて菅野健一郎の胴間《どうま》声《ごえ》が受話器を震わせた。

「ばか言うんじゃない。そこまで落ちぶれとらん。だいたい金に困っているのは君の方だろうが」

細見は虚勢を張ったが、

「しかし私もおしまいだな。細見辰時の名が通じない時代になったか。いま出てきた娘と話して、つくづく思ったよ」

つい正直なところが漏れた。

「何をおっしゃいます。細見辰時は流行を超越した作家です。彼女はおそらく、チャラチャラした流行物にしか興味がないのでしょう。あとでよく叱っておきます」

細見辰時が「夢幻《むげん》、青の章」で推理文壇にデビューしたのは昭和三十三年、三十一歳の夏である。彼は以降、ほぼ半年ごとに「赤の章」、「白の章」と発表を重ね、三十四年冬の「黒の章」で「夢幻」四部作を完結させた。それは一作ごとに斬新《ざんしん》な趣向を凝らし、かつ四部にまたがったトリックがあるという、非常にスケールの大きい、いわば大河小説的な本格ミステリーで、「白の章」に対しては著名な文芸賞も与えられた。

だが、「夢幻」を完結させた細見は抜け殻になった。三千枚の大作に自己のすべてを出しつくしてしまったのだろう、「夢幻」以後十数作を発表したが、ことごとく失敗に終わった。あの細見辰時が書いたということで営業的には成功したものの、しかし彼にとってはそれがまた耐えがたい屈辱だった。

そして昭和四十四年、細見は四十二歳の若さで筆を折る決意をし、その通告文を出版各社に送りつけた。

すべての引き止めを振り切った。評論家へ転じてはどうかという勧めにも断固として応じなかった。自分の無能を棚あげして他人の作品を批評するなど、おこがましく、恐ろしかったのだ。細見は自分に対してそれほど潔癖《けっぺき》で、心変わりを起こしては困ると、出版関係者とのつきあいも絶った。

ただし、菅野健一郎だけは特別だった。

菅野は出版最大手讃文堂《さんぶんどう》の元文芸部員で、細見の担当を務めていた。当時、細見は幾度となく菅野と衝突した。十も歳下《としした》でありながら、歯に衣《きぬ》を着せず批判してくるのだ。だが、若いころに親兄弟のすべてを失い、未婚を貫いてきた細見にとって、そうやって裸でぶつかってくる菅野は、わが弟か息子のように感じられてならなかった。

七年前、菅野は讃文堂を退職し、私財をなげうって青風社を興した。定期刊行物は「月刊新小説」のほか、若年向けの小説誌が一誌、あとは月に単行本を一、二冊といったところで、台所は非常に苦しいという。細見としてはなんとか力になってやりたかったが、過去の遺産は自分が食いつないでいくほどしか残っていなかった。

「お体の方はいかがです？」

菅野がやや声を落として言った。

「もうだめだ。このひどい声を聞けば解るだろう。せいぜい今年いっぱいの命だろうな」

かすれた声で答え、細見は煙草に火を点けた。

「ははっ、そんな冗談が言えるならまだまだだいじょうぶだ」

「そんなことより菅野君よ、ひとつ聞きたいんだが、『月刊新小説』の八月号に『白骨鬼』という探偵小説が載っているだろう」

細見はおもむろに切り出した。すると菅野は声を弾ませて、

「あ、読んでいただけましたか。どうです、すごい原稿を見つけたものでしょう。懐しいでしょう、あの文章。まさに大乱歩ならではですよね」

「乱歩が書いただと？」

細見は送話口に食らいついた。

「おや？　細見さん、その不思議そうな声は何です。しっかりしてくださいよ。冗長とも取れるけれど、じわじわと奥深くに引きずり込まれていくようなセンテンス。擬声語や擬態語をふくむ状態副詞の多用、しかもそれをカタカナ書きすることで、一種独特な雰囲気を醸し出している。これが乱歩でなくしてどうします。

それから書き出し。これも乱歩の得意パターンでしょう。これからはじまる物語は実際にあった話なんですよ、ものすごく恐ろしいことなんですよ、といった作者の独白で幕を開けるパターン。『湖畔亭事件』、『闇に蠢《うごめ》く』、『陰獣《いんじゅう》』、『孤島の鬼』、『石榴《ざくろ》』、ああそれから、中絶作の『悪霊』もそうでした」

菅野はすらすらと答えた。

「だから『白骨鬼』は乱歩の作品だというのかね？」

「ええ。詳しくはお教えできませんが、さる筋から乱歩の創作ノートを手に入れまし

てね。没後四半世紀という区切りの年に未発表作が出てくるなんて、これも何かの因縁でしょう。いやあ、しかし原稿に起こすのが大変でしたよ。ご存知のように、乱歩は独特の癖字で──」

「いいかげんにしないか」

細見は憤然とさえぎった。

「もしも、あれがまぎれもなく乱歩の未発表作だとしたら、こんな形で発表するわけがないだろう。なぜ江戸川乱歩の名を隠す？　乱歩の作風をまねた、乱歩を主人公とした小説、ただそれだけなんだろうが」

一瞬、沈黙。そして菅野のしゃがれた笑い声がほとばしった。

「おっしゃるとおりだ。乱歩の未発表作が見つかったら新聞記事にもなりますよね」

「菅野君、私は真剣なんだぞ」

細見は憮然《ぶぜん》と言って、煙草の吸い口に歯を立てた。

「そうカリカリしないでくださいよ。いつもの冗談じゃないですか。ま、しかし安心しました。あんなでまかせにひっかかるようじゃ細見さんもおしまいだ。まだ耄碌《もうろく》してませんね」

「ば、ばかにするな」

「ボケてないと解ったことだし、さて、何か原稿をお願いしましょうか」

「それは……、君もしつこいな。私はもう一枚たりとも書かない。いや、書けないいんだ」

「月刊新小説」の創刊にあたって原稿を依頼された細見は、ほかならぬ菅野のため、禁を破り、十数年ぶりに原稿用紙に向かった。だが、満足ゆく作品はできあがらず、創刊の祝辞でお茶を濁《にご》し、それは結果的に自分を傷つけるはめになった。

「解ってます。ただ、これだけは聞いてくださいよ。人づきあいを避けていたら本当にボケちゃいますよ。たまにはこうやってばか話でもしないと。今からでも遅くない、もっと外に出てください」

「解った解った。それよりも『白骨鬼』の作者だ。あれは誰が書いたんだ？　名前を隠しているところからすると、推理畑以外で活躍している小説家が覆面で書いたものかね？」

細見は話を戻した。

「いえ、まるっきりの新人です。あれは新人の持ち込み原稿なんですよ」

「新人？　そりゃまた変な話だな。なぜ名を隠す？　名前を売ってやらん？　かわいそうじゃないか」

「まあ、そう興奮なさらずに最後まで聞いてください。『白骨鬼』を一読して、僕や編集長は非常におもしろいと思ったけれど、なにしろ作者はズブの新人、おまけにウチは弱小出版社だ。普通に本にしたのではとうてい売れっこありません。

　そこで編集長と相談して、ちょっと捻《ひね》った売り方を考えてみたんです。明らかに江戸川乱歩と思《おぼ》しき探偵作家を主人公としているばかりか、文体まで乱歩をまねている。ならばいっそ、あたかも乱歩の未発表作であるかのような形で発表したらどうだろうかと」

「しかし菅野君、そりゃあ詐欺《さぎ》じゃないか」

「詐欺だなんて人聞きの悪い。お手元に八月号がありますか？『江戸川乱歩の未発表作』であるとどこに謳《うた》ってます？」

　細見は唸った。

　本格探偵小説発掘！――新人が書いた本格探偵小説を発掘している。

　没後二十五年。未発表作公開！――乱歩の没後二十五年とは言っていないし、仮に乱歩の没後二十五年と取っても、「乱歩の没後二十五年にちなんで、乱歩を題材とした新人の未発表作を載せた」と言い逃れできる。主語を省略できる日本語は複雑怪奇だ。

　平成によみがえる大作家の肖像！――これまた乱歩作とは言っていない。誰が書こうと、作品の中で大作家のプロフィールに触れていればいいのだ。

「で、三回に分けて載せる予定でいるのですが、毎回違ったあおり方をして、『月刊新小説』にいわくありげな小説が載っていることを口コミでじわじわ広めさせ、連載が終わった段階で本当の著者を紹介する。

どうです、悪くないでしょう？　雑誌の売り上げは伸びる、名もない新人にたくさんの目が集まる。一石二鳥です。早くも、『あれは乱歩ですか？』という問い合わせがきていますしね」

そう言って菅野は笑った。

「詐欺でないにしろ誇大広告じゃないか。あまり感心せんな」

細見はたしなめるように言ったが、

「スポーツ紙の見出しに較べたらかわいいもんですよ」

「乱歩でないと解ったら純粋な読者の反感を買うぞ。逆に読者離れを起こすぞ」

「そんなことありませんって。一度こういうことをやると、あの会社は何かやってくれそうだという期待感が読者の中に芽生えるものです。時代は常にスキャンダルを求めています」

菅野は言い切った。細見は納得いかなかった。スキャンダルを売りものとする雑誌ならいざ知らず、文芸誌がそこまでやっていいものだろうか。良識にかまっていられないほど、青風社の経営は追いつめられているのだろうか。

「ところで細見さん、第一回の出来はいかがでした？　こうやってお電話いただいたということは、細見さんは『白骨鬼』になみなみならぬ興味を抱いたと解釈してよろしいんですね？」

「あ、ああ。なみなみならぬというほどではないがね」

細見はやや言葉を濁した。

「それは、乱歩風の文体を使い、乱歩を主人公としているところに興味をそそられたのですか？　それともストーリーそのものに？」

「そうさな、もちろん最初は外見的なところに興味を持ったんだが、肝腎《かんじん》の中身にも妙に惹《ひ》きつけて離さないものがある。まだ半分ほどしか読んどらんが、なんとも得体の知れないおもしろさというか、恐ろしさというか……、ちょっと言葉にするのはむずかしい」

「それはよかった。こちらとしても助かります」

「助かる？」

細見は怪訝《けげん》に訊《き》き返した。

「いえね、実を言いますと、『白骨鬼』の作者は細見さんの大ファンなんです」

「ほう」

細見は思わず身を乗り出した。

「で、かつて僕が細見さんの担当をやっていたと知ると、会わせてくれ、会わせてくれとうるさいんですよ。でも、細見さんは人嫌いだもんで、連れていくのをためらっていたんです。ほら、いつだったかは、水をぶっかけて追い返したこともあったでしょう」

　菅野はククッと笑った。

「君、あれは、私のファンだとのたまいながら『夢幻』の一章も読んどらんかったからだよ。そのくせ、抜け殻の時に書いた愚作ばかり誉めちぎりおって」

　思い出して、細見は嫌な気分になった。

「どうです細見さん、彼と一度会ってもらえませんかね？　彼はもちろん『夢幻』は全部読んでいますし、細見さんは彼の『白骨鬼』を気に入ってくださった。おそらく話が食い違うようなことはないと思います」

「ああ、いいとも。近いうちに連れてきたまえ。どんな才能なのか、私も楽しみにしているよ」

「ありがとうございます。じゃあ日取りが決まりしだい、こちらから連絡します。細見さんはいつでもお暇ですよね？」

　それで電話は切れ、細見はふたたび「白骨鬼」の世界に没入していった。

白骨鬼（第一回　承前）

天上縊死《てんじょういし》

さて、その夜中のことである。

ようやくウジャラウジャラした異形《いぎょう》の群が頭の中から去って行き、これで安心して眠れるわいと床にもぐり込んだのだが、いくらもウトウトしないうちに、あたりの騒々しさが、うるさく耳について、とたんに眼がパッチリとしてしまった。

いつの間にか風が出てきたらしく、窓ガラスがガタガタと音をたてていた。嵐のような大風だ。だが、この騒々しさは、風のせいだけではないぞ。キャア、キャアという甲声《かんごえ》や、ドタバタ走り廻る足音も聞こえるぞ。

私は非常な不快を覚えて、階下へ降りて行ったところ、帳場のところに女中連中が集まっていて、口々に何事かをわめきちらしていた。

「いいかげんにしないか。一体何時だと思っているのかね」

私は大声でどやしつけた。

「アア、お客さま、大へんなことになりました」

とオロオロ答えたのは、例のでっぷりと太った女中である。

「月からお迎えがやってきたのです。離れのお客さまが、とうとう月へお帰りになったのでございますよ」

私は眼をパチクリさせた。

「あんた、ばかをおいいじゃないよ。塚本さんは自殺したんだよ」

年増の女中が割ってはいった。

「塚本君が自殺した？」

私はギョッと聞き返した。心臓がドクドク脈打った。

「エエ、そうなのでございますよ。やっぱりあたしがにらんだとおり、あの人は気がふれていたのね。頭がおかしくなって、女装なんかしちゃって、あげくに自殺したんだわ」

それを聞くと、別の若い女中が、

「あら、それはちがうわ。塚本さんはたぶん、最近恋人を亡くしたのよ。それであとを追いかけて行ったの。夜ごと女装していたのも、彼女との思い出にひたりたかったからだわ。あのお振袖《ふりそで》はきっと彼女の形見の品よ」

と口をはさんで、そしてまた、かまびすしい会話が取りかわされはじめた。私は異様な昏《こん》迷《めい》におちいって、何一つ言葉を発せなかったが、ややしばらくして、

「自殺って、彼は三段壁から身を投げたのかね」

と自分がそうしようとしたことを思い出して尋ねた。

「イエ、身投げでなしに、首くくりです。お客さま、三段壁の一本松をごぞんじですか。なんでも、あすこで首をくくったそうなのですよ」

だが、彼女たちも、今しがたやってきた駐在からチラと聞いただけであって、それ以上のことは何も知らない様子だった。

私はそこで、夜が明けて朝食前に、詳しい情報を収集しようと、三段壁へ出かけて行った。命の恩人が自殺したとあっては、居ても立ってもいられなかった。

昨日のさわやかな朝はどこへやら、なんとも無気味な空もようであった。眼路《めじ》のかぎりの黒雲は、ブヨブヨと伸びたり縮んだりして、襞《ひだ》の一枚一枚がウロコのように重なりあって、妙に生あたたかい風が、時に烈《はげ》しく、時になよなよと、地上の万物をもてあそぶように吹き渡っていた。

三段壁の頂《いただき》には、もうどこからか話を聞きつけた野次馬がポツポツ集まっていて、一本松を遠巻きに、ワイワイ騒いでいた。

「あの松の枝で首吊りがあったのですね。それはゆうべ何時ごろのことですか」

私は、制服警官の一人に近づいて行って、そんなふうに尋ねてみた。

「なんだ、お前は。じゃまだろうが」

取りつく島もない。そして、二人のあいだで、教えろ、うるさい、という押し問答がくり

返されることになったのだが、

「何をやっとる」

突如として、雷鳴のようなどなり声が落ちてきた。

「ア、警部。こやつが捜査のじゃまをしおるんですわ」

そういって制服警官が見上げた方には、雲をつくような大男が、肩をいからせて立っていた。汗に透けた開襟《かいきん》シャツの胸元には毛塊がのぞいていて、丸太ん棒のような腕にもモジャモジャと毛が生えていて、なんだか熊のような男だ。

「あんた、いい年して分別がないのかね。われわれは仕事をしとるんじゃ」

警部と呼ばれた熊男は、ギョロッとした眼で私を睨《にら》みつけた。睨みつけたかと思うと、ハッと顔色を変えた。

「ヤヤ。そのお顔は、あなた、探偵作家の……」

それをいい切らぬうちに、私は背伸びをして、熊男の口にふたをした。

「それは内密にお願いします。旅の途中で騒がれるのを好みませんもので」

「アア、やっぱり先生でしたか。『新青年』の肖像写真ソックリですね。何を隠そう、自分は大の探偵小説好きで、ことに先生の御作は欠かさず拝読させてもろうとります。おくれましたが、自分は赤松紋太郎《あかまつもんたろう》と申しまして、田辺《たなべ》警察署に奉職しております」

赤松警部はその恐ろしい顔をやわらげると、私の耳元に口を寄せて、あらたまった調子でいった。

「警部さん、そんな無駄話はさておいて……」

私はそうさえぎって、自殺事件の顚末《てんまつ》を詳しく教えてくれまいかと、熱心にくどきたてた。むろん私の自殺未遂はひた隠して、塚本直とは宿で親しくなったといっておいた。

「先生、そんなのお安いご用です。いま第一発見者を連れてまいりますので、そいつからじかに訊《き》くがよろしいでしょう。しばしお待ちください」

警部は二つ返事で私のそばをはなれて行った。警察人の中に私の愛読者がいたことは、赤面するほどの恥かしさであったが、一方では思いがけずの幸運でもあった。

私は警部の帰りを待つあいだ、息苦しく躍る心臓を押えながら、亀のようにニュッと首を伸ばして、断崖の下をのぞいて見た。

眼下数百尺、青黒い海の合間合間からは、先のとんがった奇岩が、ニョキニョキと頭を突き出していて、寄せる大波をことごとくとらえては、白いしぶきに変えている。ここで足を滑らせて、奇岩の餌食《えじき》になったなら、そのからだは、パックリと、石榴《ざくろ》の実のように、まっ赤にはぜ割れてしまうことであろう。ほんとうにこんなところから飛び降りようとしたのかと思うと、冷たい脂汗《あぶらあせ》が脇の下をツルツルと流れ落ちてくる。

やがて、赤松警部が一人の小男を連れて戻ってきた。その男は奥村源造《おくむらげんぞう》といって、三段壁のはいり口のところで屋台を営業しているとのことであった。

「あっしが家を出たのはゆうべ十一時ごろでしたか。というのも、先年の台風のおり、屋台を吹き飛ばされて苦い思いをしたもんですからね、それ以来、ちょっとでも風が強くなると、屋台を近くの木にくくりつけるよう心がけているんでさぁな」

源造は馴々《なれなれ》しい調子で話しはじめた。

「で、提燈《ちょうちん》片手に出かけたんですが、ふと見ると、あっしの前を誰かが歩いている。この三段壁につづく小道の方に、ヒョイと曲って行く。あっしは変に思いましたよ。人が出歩くような刻《とき》じゃないでしょう。ですがそれより、自分の屋台が心配でしたから、あっしはそいつをほうっておいて、用意の縄で、さて屋台を木にくくりつけようとしました。

ところが、屋台の様子がおかしいんでさぁ。キチンと畳んで縄をかけておいたはずなのに、縁台やら椅子やらが、その場にバラバラと転がっている。屋台にかけてあった縄が、どっかに消えてしまったんでさぁ。ネエ、変でしょう。いくらゆうべの風がひどかったとはいえ、結び目がほどけるなんてね」

「屋台のことなんかどうでもいい。君の前を歩いていたのが塚本君なのだな」

私は、どうにも要領の得ない話にイライラして、源造に先をうながしたのだが、ところが源造はというと、

「旦那、あわてちゃいけませんや。屋台が荒らされていたことは、あとあと大切になってくるんでさぁな」

などと生意気な口をきいて、ユッタリと話をつづけていく。

「あっしは縄を探すのをあきらめまして、家から持ってきた縄で屋台をまとめました。そうしたら木にくくりつける縄がなくなりますけど、仕方ありませんや。屋台をばらけたままにしておけませんて。

で、片づけ終って、さて帰ろうかと思ったんですがね、チラと見かけた人影が、どうにも気にかかってならない。三段壁の方に曲ったきり、いっこう戻ってくる様子がないのですからね。何しろここは身投げの名所だ。

あっしはそこで、オーイ、オーイと声をかけながら、急ぎ足で追いかけて行ったんですがね、その怖さといったらもう、思い出すだけでも身震いしますぜ、ブルブルブル。お月さんはないし、こちとらボロ提燈一つきりだ。一間先なぞ見えやしない。とにかく、怖さをまぎらすためにも、ありったけの大声で、オーイ、オーイって呼びかけつづけました。ところが返事はありませんで、あっしはとうとう、ここまで登りきってしまったんでさぁ」

「しかし間に合わなかった。着いて見ると、もう首をくっていた。そうだね」

私は矢も盾もたまらず尋ねた。

「へエ、さいで。一本松のこの枝に縄をかけて、こんな変てこな恰好で」

源造はそういって、海とは反対に張り出した太い枝の真下にひざまずくと、首をカクンと前に倒し、両腕を垂らして、左右の手先をピッタリと合わせた。なんだか、お祈りしたまま息が絶えたような恰好だ。

私は妙な感覚にとらわれた。源造がまねているところの死に様は、なるほど、一風変っているのだが、私はそれをどこかで見たような、あるいは人伝《ひとづて》に聞いたような気がするのである。

「変てこだったのは死に様ばかりではありませんや」

源造は死体の恰好をやめて話を先に進めた。

「あっしゃあ、てっきり、首くくりの主は若い娘だとばかり思っていたんですよ。振袖を着ていたし、髪はお下げだったたし。ところが、おっかなびっくり近づいて見ると、なんとこれが、実は男だったんでさぁ。白粉の下に無精《ぶしょう》ひげですぜ、無精ひげ。思わずゲッと吐きそうになりましたよ」

私は源造の気持がよくわかった。

「おまえが見つけたとき、その女、いや、男は、すでにこと切れていたんだな」

赤松警部が念押しするように尋ねた。

「ヘエ、声をかけても返事はない、揺さぶっても、頭がガックンガックン動くだけ、脈ももうありませんでした。で、あっしは大あわてで、駐在さんを呼びに行ったわけなんですがね、サア旦那、いよいよですぜ、いよいよ、奇っ怪な出来事を話しますぜ」

源造は一たん言葉を切ると、赤黒い舌先を、チロチロと蛇のように動かして、唇の端から端までを舐め廻した。そして、気味のわるい上眼づかいで私を見ながら、しわがれた声でいうのである。

「半時間ほどして、駐在さんと一緒に戻って見ると、なんと、首吊り女男が消えてるじゃありませんか」

「死体が消えた？」

私はびっくりして聞き返した。

「ヘエ、一本松の枝にぶらさがっていないばかりか、この岩山のどこをどう探しても、死体なんぞありゃしません。そんなもんで、人騒がせなやっちゃと、駐在さんにこっぴどくしかりつけられたものです。でも、すぐに、あっしが嘘をついてないとわかりました。こんなところに遺書が突っ込んであったんでさぁ」

と源造が指さしたのは、松の根元近くである。そこは、木肌がベロンとめくれかかっていて、ちょっとしたものなら、はさみ込んでも落ちない感じであった。

「それから、松の枝をよく見ると、縄の切れ端が、一尺ほどですけど、プランと垂れ下がっていました。これぞ、首くくりがあった証拠です」

ではどういうことだ。誰が酔狂《すいきょう》にも、塚本直の死体を盗んで行ったというのだ。こんなのどかな村にも死体愛好家がひそんでいるというのか。

「先生、つまるところ、風のいたずらですよ。源造が駐在を呼びに行っているあいだに突風が吹いたのです。その力で、首を吊っていた縄がちぎれて、死体は崖下に落ちて行った。ですから、死体が消えたからといって別段の不思議もありません」

私の心を見透かしたように、赤松警部が説明した。

「あっしもそう思いまさぁ。といいますのも、縄の切れ端をジックリ見たところ、なんだか、あっしが屋台にかけておいた縄みたいでしてね。つまり、あの女男は、あっしの屋台から盗んだ縄で首をくくったんでさぁ。ところが、あれは大ぶん昔から使っている縄で、ところどころ腐りかけていたほどです。死体の重さに大風の力が加わればちんぎれてしまいまさぁ」

源造は名探偵を気取って推理すると、さも得意そうに、ニイッと笑った。ただのお調子者にあらず、可なりの観察眼を持っているようである。

「よけいなことはいわんでよろしい。用はもう済んだ。サア、帰った、帰った」

赤松警部は顔をしかめると、源造を野次馬の方へ押しやろうとした。

「君、君。首吊りの様子をもう一度やってくれたまえ」

私はあわてて源造の腕を引くと、持ち合わせの煙草を箱ごと握らせてやった。警部はけげんな顔をしたものの、じゃまだてすることなく、さて源造はニコニコ顔で松の根元にひざまずいた。

両膝をつき、こうべを垂れて、左右の手先を合わせたその様は、神仏を拝んでいるようでもあり、祈禱師《きとうし》が怪しげな呪文を唱えているようでもあった。そして、さいぜん思ったように、その恰好は、私の心をモヤモヤと刺戟《しげき》した。

私はその正体をつかもうと、しばらくのあいだ、源造とにらめっこしていたが、すると、写真のピントを合わせるように、実に意外な事柄が、ボーッと浮かび上がってきた。

「警部、警部。塚本君の荷物はどうされました。警察署ですか。それとも、彼のお身内が持って行かれましたか」

私はいきなり、警部の肩をつかんで、どなった。

「イヤ、あすこの離れに置いたままですよ」

警部は、私があまり真剣なので、あっけにとられながらも、まじめに答えた。

「じゃあ、行きましょう」

そういうや、私はサッサと駈けだした。警部はますます面くらって、やや恐れをなした様子だったが、それでも私のあとをついてきた。

浜風荘の離れにはいると、私は下駄を脱ぐのももどかしく、小卓の上にのっかっていた「月に吠える」を取り上げて、警部の眼前に突きつけるのであった。

「この詩です。この詩を読んでください。塚本君の首吊りと、どこかしら通じるものを感じませんか」

天上縊死

遠夜に光る松の葉に、
懺悔の涙したたりて、
遠夜の空にしも白ろき、
天上の松に首をかけ。
天上の松を恋ふるより、
祈れるさまに吊されぬ。

幽霊

赤松警部とは、そこで一たん別れたが、半日たって入日《いりひ》どきに、警部はふたたび浜風荘に現われて、私たち二人は、杯《さかずき》を合わせながら事の顛末《てんまつ》を整理することになった。

しかし杯を合わせたといっても、実際に杯を持っていたのは私だけで、赤松警部は、その風采容貌にふさわしく、五合枡《ます》の角に口を当てて、グイグイやるのであった。私はたった一合で顔が赤くなって少しドキドキし、二合で大ドキになり、三合でドキンドキンしてしまうくちだったから、警部の豪快な飲みっぷりを見ているだけで顔が熱くなってしまって、もっぱら肴《さかな》をつついていた。

「自分は三十年近く警察官をやっとりますが、実際上の事件というのは探偵小説とはちがって、実にばかばかしいものばかりですわ。どんなに不思議千万《せんばん》に思われても、それは、偶然と偶然とが重なりあった結果にすぎぬのです」

赤松警部の話しぶりは断定的で、彼の中では、事件はすでに解決していた。

塚本直は昨晩十一時ごろ、一本松で首を吊ったのだが、大風によって死体が飛ばされ、崖下に落ちてしまった。つまりそういうことである。

「塚本君のなきがらは見つかりましたか」

私はそれを一ばん心配していた。昼間、女中を通じて知ったところによると、草履《ぞうり》や、お下げ髪のかつらは、崖下の海に浮いていたそうなのだが、死体は目下捜索中とのことであったのだ。

「上がりっこありませんよ。それが、三段壁から身を投げた者の宿命ですわい。明日も船を出してみますが、マア期待せん方がよろしいでしょうな」

しかし警部の答はひどく冷たかった。

「波にさらわれてしまうのですか」

「エエ。あすこの海は、波は荒いし、汐《しお》も複雑で、どこに流されて行くのやら、ようわからんのです。おそらく、大半は、ほら穴に食われとるんでしょうがね」

私はポカンと口をあけた。

「上からだとよく見えませんがね、あの崖の裾《すそ》あたりには、波がえぐったほら穴が、ポッカリと口をあけとるんです。そうですな、大小合わせると、十にも二十にもなりましょうか。三段壁の上から身を投げると、そん中に呑まれることがあるらしくて、穴の奥深くには、出るに出られん土左衛門《どざえもん》がウジャウジャ重なっとるちゅう話ですわ」

「なんです、そうとわかっているのに、ほら穴の中を調べないのですか。かわいそうじゃないですか」

　私は警察の怠慢に声を荒《あら》らげたが、警部はむしろ私の態度にいきどおって、

「とんでもない。あん中にはいるだけならできますよ、はいるだけなら。ですが、寄せてくる波が強すぎて、どうにも出てこられんのです。探索に出かけた署の者が、何人命を落としたことか」

　と巨体をブルブル震わせた。そして溜息まじりに、

「ほら穴の気まぐれを待つしかないのです。たまあに、白骨死体が吐き出されてくることがありますから、それを待つしかないのです。そんなもんで、地元では『ほら穴が食う』いうとります」

　と最後のところはボソッとつぶやいた。

　ほら穴が人を食って、牛のようにネチネチ嚙んで、骨になるまでしゃぶりつくして、そうしてペッと吐き出すとは、あらぬ怪談とはいえ、得体の知れぬ無気味さである。

「遺書にはなんと書いてあったんです」

　私はそれも気がかりだったので、警部の顔色をうかがいながら尋ねてみた。

「東京帝大に行くのが夢だった、けれど私は疲れました、父上の期待にそむいて申しわけありません、先立つ不孝をお許しください、そういったことです。御曹司《おんぞうし》には御曹司なりの苦労があったのでしょう」

「御曹司？」

「エエ、彼の父親は県議の先生なんですよ。なんでも三河《みかわ》の方の出だとか。しかし、県議の御曹司ともあろう者が、女の恰好をして首をくるとは、最近の若い者はようわかりませんな。親としたら泣くに泣けんですよ。マア、地元からはなれたところで自殺してくれたことが、せめてもの親孝行ちゅうことですか。近在でやられたんじゃあ、噂を消すのに一と苦労だ」

赤松警部は昂奮して、さも憎々しげにしゃべった。

「そのことですがね、塚本君の月恋病について、警部さんはどう思われます」

私はかねてからの疑問を口にした。

「どうもこうも、ありゃあ気がふれてたんでしょう。自分の命を捨てようなんざ思う人間は、多少なりとも、ああいう妙ちきりんな行動をとるものです。先生はそれとも、彼はかいまだったとでもおっしゃりたいのですか」

警部はカラカラと笑った。

「『天上縊死』の詩を思い起こさせる首吊りは」

「オヤ、まだあんなものにご執心《しゅうしん》ですか。朝方も申しましたでしょう、萩原朔太郎が好きだったゆえ、朔太郎の詩にならって首を吊った、ただそれだけですわい」

私はからかわれているような気がして多少不快であったが、相手が現実肌なのだから仕方ないとあきらめて、もっと実際的な質問をすることにした。

「他殺の可能性はないのですか。絞め殺されたあと一本松に吊るされたということです」

「ありませんとも。源造がいっておったでしょう。三段壁の方へ折れて行ったのが一人、三段壁の上には首吊り人が一人。一から一を引くと何も残らない。つまり、塚本直以外の人間は現場にいなかったということです。ごく簡単な算術の問題です」

「イエ、警部さん、殺人現場は三段壁ではないのです。たとえば、そう、ここの離れであったとしましょうか。犯人は、その殺人を自殺に見せかけるべく、死体をおぶって三段壁に向かった。この『おぶって』というところが重要で、おぶっていたため、源造は、それを一人の人間であると勘ちがいした。つまり、二が一に見えたのですよ。闇夜であったことも錯誤の手助けになりました。で、犯人は、一本松に死体を吊るした。その帰途、源造と鉢合わせしそうになったけれど、それは道脇の木蔭にでも隠れてやりすごした」

私は簡潔明瞭に説明した。だが、警部はまるで相手にしない。

「ハハハハハ、先生、そりゃあ、探偵小説の読みすぎ、いやさ、書きすぎですわい」

そうやって、腹をかかえて笑うのだ。

「何がおかしいのです」

私は憮然《ぶぜん》として詰問《きつもん》した。

「じゃあ聞きますがね、なぜに、あすこの一本松まで運ばにゃならんのです」

警部が問い返してきた。

「だから、それは、首吊りに見せかけるためでしょう」

「それだったら、何も一本松で首吊りさせなくてもいいでしょう。首吊りの偽装など、そこいらの木でこと足ります。殺人現場近くの木で。自分が犯人でしたら、絶対にそうします。岩山の上までウンコラウンコラ運ぶなんざ、疲れるわ、人に見とがめられる心配はあるわ、だいいち気味わるいですわ。絞死体ですよ、絞死体。ギョロッと眼ぇむいて、口から泡ふいて、舌をベロンと出して、顔は紫色で、風船玉のようにブクブクふくれて、下は垂れ流しで、そんな死体をおんぶするなんて、考えただけで、キューッと玉がちぢみますわい」

警部はそういって背中を丸めると、ほんとうに、股《また》ぐらに手をあててみせた。

「絞死体と縊死体とでは、頸《くび》に残った縄の跡が微妙にちがうと聞きます。犯人は、それをみやぶられたくないばかりに、一本松に吊るしたと考えられませんか。あすこに吊るしておけば、風に飛ばされて行く可能性が高いし、そして崖下に落ちてしまえば、いかな警察とて追及のしようがありません。あの海に落ちた人間は二度と上がってこないのですから」

私は口をとんがらかして抗弁したが、これは、明らかに、苦しまぎれの思いつきでしかなかった。

「ハハハハハ、先生ともあろう方が、何をつじつまの合わぬことを。それこそ変ですわい。だったら、首吊りの偽装などはなから考えずに、素直に海に放ればよろしい。ちがいますか。ハハハハハ、アッハハハ」

酒がすぎたためか、赤松警部は赤らんだおでこをピシャピシャ叩いて、いつまでも、いつまでも、笑いつづけるのであった。これには私もシュンとした。

だが、私はハテナと思った。警部の説は、一々もっともで、私の愚問がはいりこむ余地などないのだが、何かそぐわぬものを感じないではいられなかった。そして、それは一体何かしらんと、混乱した頭をいじめつけて、一昨日来の出来事を整理していくうちに、ハッと思いあたった。はなはだ単純なところに、実に根本的なところに、大きなモヤモヤが横たわっているのだ。

塚本直は私の命の恩人なのである。私の自殺を厳しくいましめた人間が、なぜ命を粗末にするのか。私の身投げを止めたもう次の日に首を吊っているのだ。

親の期待に圧《お》し潰《つぶ》されての自殺というのは、よく聞く話である。あるいは、それは表向きの理由でしかなくて、実は女中が想像したように、月を恋するあまり、月光の妖術にあやつられるかのごとく首をくくったのだとしても、それは、彼は重度の精神分離症であったと解釈すれば、なんとか納得できる。

だが、どうも変だ。これから自殺しようという人間が、私の自殺をどうして止める。勝手におやりなさい、自分もあとから行きますよ、そうほうっておけばいいではないか。

「死にたくないのに死んでしまう人間もいるんですよ」

彼は確かにそういったぞ。あの言葉はなんだ。死ぬのは自分一人で充分です、あなたは生きてください、といったつもりであったのか。

私は赤松警部が帰ってからも、荒らされたちゃぶ台に肘《ひじ》をついて、そんな物思いに耽《ふけ》っていたのだが、そうこうするうちに、もう十時ごろだっただろうか、酔いざめのうそ寒さを感じて、一と風呂浴びるために湯殿に向かった。

で、庭下駄をつっかけて、飛び石の上を、ヒョイヒョイと拾い歩いていたのだが、ふと見ると、湯殿の向こうの立木の一部が、異様にほの明かるく、ボーッと浮き出しているのに気づいた。

私は、何かしらゾッとするものを感じた。薄明かりの元は離れにちがいないのだが、そこの客はもうこの世にいないのである。

(塚本直がドロンと化けて出たのかしらん)

まさかそんなことはあるまい。おそらくは、きのうまでの客がいなくなったということで、旅館がその荷物をサッサと片づけて、次の客を案内したのであろう。だが、そうだとしても、私はやはり無気味であった。きのうの今日であることだし、旅館としても、客にその旨伝えるだろうから、それでも平気で泊まるとは、たいした度胸だ。

そして、私の中の猟奇の虫が騒ぎだした。一体どんな客なのかしらと、ほとんど這うようにして、まるで一匹の黒犬の恰好で、光を慕《した》って近づいて行った。建物の横手を廻って、塚本直が夜ごと月をながめていたあの障子窓を、外からソロソロとあけて、その隙間に顔をくっつけた。

見ると、男が二人坐っていて、何やらボソボソと話し合っていた。

一人はこちら向きにあぐらをかいていて、けわしい表情で唇を動かしている。落ちついた色合いの洋服、巨大な鼈甲縁目《べっこうぶち》がね、金の腕時計と、相当な金持ちのように見えた。

もう一人は、先の紳士と向かい合っていたので、顔はまるっきり見えないけれど、キチンと正坐して、ハイ、ハイとかしこまった返事ばかりしているところを見ると、紳士よりも可なり年若いようであった。髪はモジャモジャと、まるで草叢《くさむら》のように乱れていて、ワイシャツは皺《しわ》くちゃで、ズボンは薄よごれていて、実に貧相な身なりをしている。

金満紳士と貧乏青年とは、なんとも奇妙な取合わせであり、私はますます興味をそそられて、なんとか会話を盗めないものかしらと、もう一寸ほど障子をあけようとした。

と、そのとき、私の鼻先に、音もなく、スーッと垂れ下がってきたものがあった。それは、尻のふくらみを上にして、八本の足を鬼女の口のようにひらいて、二つの大きな白い眼で、グッと私の方を睨みつけてくる。

クモだ！　クモだ！　女郎グモだ！

私はたまらず、「ワッ」と一と声上げた。その拍子に、貧乏青年がヒョイと振り向いて、いぶかしげな表情をまっ正面に見せた。私は逃げようとした。一もくさんに母屋へ走ろうとした。

だが、男の顔をチラと見たとたん、ゾーッと寒気がして、呼吸が苦しくなって、全身から血の気が引いて行き、からだがいうことをきかなくなった。

（ばかな。そんなばかなことがあるもんか。ただの人ちがいだ。早く、早く、母屋へ引き返すのだ）

だが、見まいとすればするほど、心とははなればなれに、眼が釘づけになって動かなかった。

私はシカと見た。夢なのか、幻なのか、いやいやそうではない。恐れに恐れていたものが、とうとう現われたのだ。

その瓜実顔《うりざねがお》。その二重瞼《ふたえまぶた》の大きな眼。確かに、ゆうべ首を吊った塚本直だ。塚本直がドロンと化けて出たのだ。

私は幽霊の顔を見つめたまま、まるで見えぬ手に抱きすくめられでもしたように、じっと立ちすくんでいたが、やがて、下顎をガクガク震わし、精一ぱいの力で口をひらくと、なんとも形容できぬ、一種異様の甲高い悲鳴を上げ、それは、夜のしじまを切り裂いた。

「誰だっ」

幽霊は障子をサッとあけはなって、低いけれど力のこもった叫び声を上げた。

「なんだ、どうしたんだ」

金満紳士もやってきて、こわごわと首を突き出した。

「つ、塚本君……、君、生きてたの」

私はようやくのことで声を取り戻した。キョトンと首をかしげた幽霊の足に眼をやると、なんのことはない、チャンと二本生え揃っていた。

するとどういうことだ。そうか、彼は助かったのだ。海面に叩きつけられたショックで蘇《そ》生《せい》して、漂流しているところを、漁船にでも引き上げられたのだ。

「塚本君、奇蹟《きせき》が起きたんだね」

私は安心して、もう一度声をかけた。ところが彼の方では、いっこうげせぬ顔をして、

「あなたは誰です」

などという。

「アア、暗くて見えないのですね。廣宇です、同宿の廣宇雷太ですよ」

私はそういって、部屋の明かりに合わせて顔の向きを変えた。しかし彼は、やっぱりキョトンとして、変なことをいい出すのだ。

「人ちがいでしょう。僕はあなたを知りませんよ」

私はポカンとしてしまった。その隙に彼は、

「こんな遅くになんです。人を呼びますよ」

と捨てぜりふで、ピシャリと障子をしめてしまった。

私は、これもまた夢なのかと思ったほどビックリした。生まれてはじめての不思議な経験だった。

幽霊でないことがハッキリして、一と安心したかと思ったら、今度は人ちがいときた。いやいや、しかし、断じて人ちがいなんかしていない。

たった今顔をのぞかせた青年は、髪はモジャモジャ、肌は垢《あか》じみて艶《つや》がなく、口ひげは不揃いのまま伸びほうだい、服の着方はだらしなく、つまり、塚本直とは正反対の部分を持っていたけれど、昔風の瓜実顔といい、弱々しい首筋の線といい、そしてなんといっても、二重瞼の大きな眼は、塚本直そのままだった。よく似た他人とはいえ、あの瞳に宿る、冷たい美しい輝きまでがソックリとはいくまい。

と同時に、今の青年が塚本直その人でないことも、当人がキッパリいいきったのだから、これほど確かなことはない。変だぞ。

私はこの奇妙な出来事に、なんだか胸が、ドキドキしてきた。これが、私の夢か、一昨日来の神経衰弱が引き起こした幻でなかったならば、彼が嘘をついているのか、あるいは狂っているということになる。

そう考えたとき、私はハタと合理的結論を見出した。

彼はきっと記憶喪失になっているのだ。あれだけの高さから落ちたのだから、万に一つの奇蹟が起きて、命を取り止めたとしても、からだのどこかしらに異常なくしては戻ってこられまい。見たところ、大けがを負っている様子はなかったから、その代わりに頭にきたのだろう。

しかし、記憶を失った程度で生還できたのは、奇蹟中の奇蹟といってもいい。一時的ショックで記憶を失っているだけなのだから、それを癒《いや》すには、強い刺戟を与えてやればよい。

私は、彼に恩返しするときがやってきたのを感じて、

「塚本君、おじゃましますよ」

こころよい中音で声をかけながら、入口から堂々とはいっていった。

塚本直と金満紳士はギョッと顔を見合わせた。金満紳士などは、こめかみに青筋を立てて、激情のあまり瘧《おこり》みたいにブルブルと震えだした。だが、私はそれにかまうことなく、小卓の上から「月に吠える」を取り上げた。

「ホラ、塚本君、これを見てください。この詩篇に見覚えがあるでしょう。萩原朔太郎、わかりますか。どうしました、だめですか。ならばこの詩を読んでください。きっと記憶が戻りますよ」

私は目当ての詩を探すべく、パラパラとページをめくった。

「あなた、一体何者です」

金満紳士は烈《はげ》しい口調で、私をさえぎった。

「廣宇雷太と申しまして、こちらの塚本君に大へん世話になった者です」

「何かのまちがいでしょう。息子は、てんで知らないといっています」

するとこの紳士が、県議をやっている、塚本直の父親ということか。そういわれてみると、二人の容貌には、どこかしら似通ったものが見うけられた。息子の自殺の報を受けて駈けつけたところ、思いもよらず彼は生きていて、こうやって涙の対面が実現した。おおかたそういうことであろう。

「お父さん、ご安心ください。今に思い出します、何もかも元どおりになります。サア、塚本君、ありました。これを読んでください」

私は塚本の父君に背を向けて、息子の前に、ズバリ、「天上縊死」をひらいて見せた。彼はこの詩に非常な興味を持っていて、それにならって首をくくったほどなのだから、こうやってあらためて読むことで、頭のどこかに、チクリと刺戟が走るはずなのだ。

果たせるかな、彼は最初こそ、いぶかしげに本をもてあそんでいたけれど、手に取ってためつすがめつするうちに、顔の筋がピクリと動いて、アアと大きくうなずいた。

「ヤヤ、塚本君、とうとう自分を思い出しましたね」

私はつい涙ぐんでしまった。だが、彼はそれに答える代わりに、本の裏表紙と私とを見較べて、

「なあんだ、兄さんの知合いか」

とホッとしたようにいった。すると、金満紳士もオオと納得声を上げて、

「直の知合いでいらっしゃいますか。私、直の父親の塚本大造《だいぞう》と申します。このたびは、息子がとんだことをやらかしまして、みなさまにご迷惑をおかけしまして、まことにあいすみませんでした」

と居ずまいを正して頭をさげた。

「お兄さん、ですと？」

私は当惑して聞き返した。

「僕は塚本均《ひとし》といいます。塚本直の弟です。ふたごの兄弟だもんで、ちょくちょくまちがえられるのですよ」

第二章

七月十日の午後、世田谷《せたがや》の八幡山《はちまんやま》にある細見辰時の自宅に、「白骨鬼」の作者が訪ねてきた。菅野健一郎は急用ができたとかで、新人作家が独りでやってきた。

彼、西崎和哉《にしざきかずや》は、まだ顔にあどけなさの残る、見たところ二十歳そこそこの青年であり、こんな若造があの「白骨鬼」を書いたのかと思うと、細見は非常に意外であり、疑わしさすら覚えた。

「あの、これ、サインお願いできますか?」

応接間のソファーで向き合うやいなや、西崎はおどおどした調子で言って、黒革のバッグから分厚い本を取り出した。

薄墨色の表紙の中央に、銀の箔《はく》押しで「夢幻」の二文字。菅野が讃文堂時代に企画してくれた「夢幻」の限定愛蔵本で、この一冊に四章すべてが入っている。

「サインなんて忘れてしまったよ」

細見は自嘲《じちよう》気味に笑ったが、まんざら悪い気はしない。

「化け物屋敷みたいでびっくりしただろう？」

ペンを動かしながら細見は言った。

「いえ、そんなことは……。風格のある家です」

西崎は下手くそな世辞で応えた。

「なにしろ無類の不精者でね。襖《ふすま》が破れたら破れたまま、畳を焦《こ》がしたら焦がしたまま、ガラスが割れても、厚紙を貼りつけてはいおしまい。庭も惨澹《さんたん》たるものだろう」

と細見は背後の窓を指さした。

作家だったころはもう少しまともだった。ゴルフの練習をしたいがため、一面に芝を張り、執筆の合間に芝刈り機をかけたものである。

それが今では荒れるにまかせ、黒ずんだゴルフ・ネットがもの哀しく揺れている。夏ともなると、雑草は腰ほどの高さになる。が、どうせ冬になれば枯れるのだと、細見はまったく意に介さない。

細見はそんな廃屋《はいおく》然とした家の中で一日を過ごしている。一週間を、ひと月を過ごしている。食事は店屋《てんや》物ですます。以前は日課として、近くのグラウンドまで足を運び、大学ラグビーの練習を見学していたが、それも先年の入院を境にやめてしまった。

「先生は東京出身ということですが、お住まいもずっとここなんですか？」

「いや、作家になってからだ。私は佃島《つくだじま》で生まれ育ったんだが、あのゴチャゴチャした街並みがどうにも性に合わなくてね。狭っ苦しくて、窒息《ちっそく》しそうで」

「このあたりもかなり家が建てこんでいますけど」

「今はな。私が移り住んだ当時は雑木林と野っ原ばかりで、そりゃ寂しいもんだった」

「はあ、そうなんですか」

「裏を環八が通るようになってからは最悪だ。昼間はさほど気にならんが、夜はうるさくてかなわん。さて、こんなもんでいいかな。下手くそな字で申し訳ないが」

細見はペンを置いた。

「いえ、そんなことありません。どうもありがとうございます。家宝ができました」

西崎は本を受け取ると、まるで女学生がするように、それを胸の前で抱きしめた。

細見はこそばゆい思いだった。

不思議なもので、細見は自分の能力の限界を悟り、羞恥《しゅうち》を感じて筆を折ったというのに、それがかえって、細見辰時の名と「夢幻」四部作に箔《はく》をつけてしまったようなのだ。「推理界の聖筆・細見辰時」という活字にびっくりさせられたこともある。

それから西崎が喋ったところによると、彼は若いにもかかわらず、「夢幻」を相当読み込んでいて、細見が意図したことを充分汲《く》み取っていた。的はずれな誉め言葉は決して口にしなかった。そんなもので、細見はこの若者に心開き、彼の求めるがまま、「夢幻」執筆時の裏話を、思い出し、思い出し、自分も懐しみながら、つぶさに語って聞かせた。

「君のような若者が私に興味を持ってくれていることも驚きだが、江戸川乱歩にあそこまでこだわりを持っているとは、これまた驚きだ」

一段落ついて、細見は話を移した。

「乱歩は母のようなものですからね。小学生の時に少年探偵団シリーズと出会わなかったら、その後はたしてミステリーを読みあさるようになったかどうか。一生『夢幻』の存在を知らず、こうやって細見先生とお目にかかることもなかったでしょう。はじめての小説を書くにあたって、そんな母なる乱歩に感謝の気持ちを捧げたかったんです」

西崎は照れるように鼻の頭を掻《か》いた。

「なるほど。すると『白骨鬼』は、乱歩を主人公とした乱歩文体の作品にするという大前提を設けたうえで、トリックうんぬんを考えていったということかね？」

細見は非常な興味をもって尋ねた。

「はあ、そういうことです」

西崎の表情にわずかだが翳《かげ》りが生じた。

「そこのところを詳しく聞きたいものだね。トリックのあるミステリーの場合、それは乱歩も言っていたことだが、まずトリックを考え、しかるのち、そのトリックに見合った物語を組み立てていくのが一般的な作法じゃないか。登場人物や文体を煮つめていくのはかなりあとになってのことだ。

ところが君は、最初に主人公像を決定づけたという。しかもそれが江戸川乱歩という実在した人物だ。これはずいぶん変則的な書き方だね。なにしろ時代が限定される。時代が限定されると、筋立てはもちろん、トリックを案出するうえでも大きな制約を受ける。ワープロ、テープレコーダー、粘着テープ——最近の小説ではあたりまえのように使われているが、乱歩の時代には決して出せない」

細見は突っ込んだ。

「いや、まあ、それは、ずっと昔からあたためていたトリックがありまして、それがたまたま時代がかったものだったから、そこに乱歩をあてはめてはどうかと……」

西崎はしどろもどろ前言をひるがえし、

「『白骨鬼』の主人公の名前を見て、何かピンとくるものがありませんでした？　廣宇雷太という名前に。ヒ、ロ、ウ、ラ、イ、タ、この六音の響き、心に訴えかけるものがあるでしょう」

やにわに話題を変えた。

「ヒ、ラ、イ、タ、ロ、ウの綴り替えだろう。平井《ひらい》太郎《たろう》は江戸川乱歩の本名だ」

細見はとりあえず応じてやった。

「あはは、細見先生はやっぱり気づかれていましたか。先ほどは詳しく言いませんでしたけれど、僕はどうしようもない乱歩中毒患者でして、『白骨鬼』の中では乱歩にちなんだ様々な遊びをしているんですよ。

見出しは可能なかぎり乱歩の実作から拝借しましたし、チョイ役で出てくる人物の名前にしても乱歩作品の中から選んでみました。たとえば赤松紋太郎という警部が出てきますよね。あれは『猟奇の果』で悪党に狙われる――」

「君、なんだか様子がおかしいね」

細見は、西崎の異常ともいえる饒舌《じょうぜつ》をさえぎった。

「いや、別に……。ただ、乱歩のことになると、つい興奮するたちでして」

西崎は力なく笑いながら長い頭髪に手をやった。額は汗びっしょりだ。

「正直に答えてくれ」

と細見は西崎を見据え、

「『白骨鬼』は本当に君の作品かね?」

ズバリ尋ねた。西崎が目を剝《む》いた。

「『白骨鬼』は本当に君が書いたのかね?」

細見は重ねて尋ねた。

「な、何てことを。『白骨鬼』は盗作だと言うのですか？　冗談じゃない。あれは僕のオリジナルです。そうです、僕が書きました。僕が書きましたとも」

西崎は唇の端に泡を浮かべて繰り返した。細見はそれで、絶対に裏があると確信を持った。

「誰が書いたんだ⁉」

細見は根っからの芝居っけを出して、テーブルを叩きざま怒鳴った。煙草盆が横倒しになり、飛び散った灰が、西崎の黄色いポロシャツを汚した。

「『白骨鬼』が本当に君のオリジナルなら、書くにいたったいきさつを、はっきりと、順を追って説明することができるはずだ。違うか？　それとも何かい、私のような老いぼれには話したくもないというのか？　さっきは人にさんざっぱら喋らせておいて」

「い、いえ、そんなことは決して」

西崎が縮みあがって否定した。

細見は彼の肩に手をかけて、今度は穏やかに言った。

「君をどうこうしようと言っとるんじゃない。たとえ盗作だろうと、私はいっこうにかまわん。私はただ真実に興味があるだけだ。ここで君が喋ったことは絶対に口外せん。なあ、正直に話してくれ」

西崎はうつむいて唇を噛んだ。

「いかんいかん、お茶を出すのを忘れていた。男独りで暮らしていると、どうも気が利かんでな」

と細見は、西崎に考える時間を与えるため、いったん応接間を出た。

番茶を淹《い》れて戻ってくると、西崎はそれをひと口すすり、ぼそっとつぶやいた。

「おっしゃるとおり、本当の作者は僕であると言えません」

やはりそうだったかと細見は大きく息をついた。

「でも、誤解なさらないでください。いわゆる盗作なんかじゃありません。最終的にああいう形に仕あげたのは僕ですし、基にした原稿にしても、決して非合法な手段で手に入れたのではありません」

西崎は身振り手振りをまじえて訴えかけてきた。

「君とは別に原作者がいる。そういうことだね」

細見は確認した。

「はあ、原作者というか、まあ原作者といえば原作者ですね」

西崎は言葉を探すようにこめかみをつっ突いた。

「合法的な手段で原作を手に入れたと言ったが、それは原作者合意のうえで譲り受けたということだね？」

「いや、承諾は……、取ろうにも取れませんでした。死んだあとだったから」

「死んだ人間から手に入れた？　君、もっと落ちついて、順序だてて説明してくれたまえ」

言いながら、細見は煙草を勧めた。西崎はそれを拒んで、

「原作にあたる文章を書いたのは祖父なんです」

「君のおじいさん？」

細見の予測を越えた答だった。

「ええ。祖父の遺品の中からその原稿を見つけました」

「君のおじいさんは物書きをやっていたのかね？」

「いえ、警察官です」

「警察官？」

これまた細見を驚かせた。

「母方の祖父が亡くなったのは今年の一月でした。祖父は先年連れ合いを亡くし、また子どもは僕の母一人きりでしたから、遺産のすべては僕の母が相続しました。そして僕も遺品の整理を手伝ったのですが、その時、『わが犯罪捜査記録』と題された数十冊のノートを見つけました。

それは、祖父が在職中かかわった事件を、随筆風に、あまりかたくるしくない文章

で綴ったもので、母が言うには、祖父はその執筆を退職後の楽しみにしていたそうなのです。一冊目の冒頭には、こんな回想録でも後進の役に立つことがあるかもしれないので、自分の死後はしかるべきところに寄贈《きぞう》してくれ、というようなことが書いてありました。

で、僕は興味を惹かれて、ぱらぱらやってみたところ、これが意外なことにおもしろい。祖父は文才を隠し持っていたらしく、かかわった事件そのものは取るに足らなくても、それをおもしろく読ませてくれるんです。

まあ、それはさておき、そうやって読み進むうちに、とてつもない事件にぶつかりました。非常に風変わりな動機とトリックを持った、一編のミステリーのような事件です。祖父もその事件には相当な思い出があるらしく、ノート二冊にわたって回想していました」

「それを下敷きに『白骨鬼』を書いたということか」

細見は唸った。西崎がうなずく。

「いったいどういう事件だったのかね？」

「ですから、それは……、『白骨鬼』とまるっきり一緒です。夜な夜な女装する青年がいて、そいつが断崖の上で首吊り自殺して、死体が消えて——、ああそうか、先生は第一回目の原稿しか読んでいらっしゃらないのですね。よろしかったら、先の展開をかいつまんでお教えしますけど」

「あ、いや、それはやめておこう。小説を読む楽しみがなくなる」

細見は西崎の申し出を断わって、

「実際にはいつごろ起きた事件なんだね？　やはり戦前のことかね？」

と訊いてみた。

「いいえ。あれは昭和二十何年だったっけ……、正確には憶えていませんが、とにかく戦争が終わって間もないころの事件です。それから、先ほど『白骨鬼』とまったく同じ事件と言いましたが、もちろん江戸川乱歩や萩原朔太郎は出てきません。関係者にしても、何か迷惑になってはいけないと思って、僕の原稿では名前を変えました。ここまで言ってしまえばもう、『白骨鬼』がどうやってできあがったかお解りでしょう？

ミステリー作家を志望していた僕の前に興味深い事実談が転がり出てきた。それは半世紀近くも前の、しかも地方で起きた小事件だったから、これをベースに小説を書いても誰のとがめも受けないだろうと考えた。さらに幸いなことに、トリックが戦前でも通用する種のものだったから、時代を乱歩の全盛期までスライドさせ、作品全体に『実在探偵作家の探偵談』という彩りを添えた。つまりそういうことです」

気ぜわしく言い終えて、西崎は深い溜息をつき、それにつれて背中を丸めた。

細見は煙草をくわえて腕組した。眉間《みけん》に深い皺《しわ》が寄る。

「題材を実際に起きた事件に求めるのはルール違反でしょうか?」

西崎が不安そうにつぶやいた。細見は考え考え喋る。

「そうさな、小説というものは多かれ少なかれ、現実の何かからヒントを得て作られるものだから、君のやり方が間違っているとは言わん」

「よかった。先生にそうおっしゃってもらえて。盗作でないにしろ、完全なオリジナルでないということで、非常な負い目があったんです」

西崎の表情がやわらいだ。

「間違ってはいないが、感心もできんな」

しかし細見は厳しい調子で言った。

「君にとって小説とは何かね? 興味深い犯罪実話を掘り出した、それを換骨奪胎《かんこつだったい》して一丁あがり――そんな安直な姿勢でいいのかね? 満足を得られるのかね? 私は違うと思うがね。

小説は創造物だ。現実にヒントを得ることはあるにしても、それは自分の創造力を補うにとどめるべきで、君のように、現実が主で創造力が従というのは、はなはだ感心できん。なにしろ、自分の力で新しいものを生み出してやろう、という意気込みに欠けている。

瞠目《どうもく》すべきノートを見つけた時、どうしてそれに敵愾心《てきがいしん》を燃やさなかった？　これを越えるおもしろさを持った犯罪事件を創造してやろう、と」

西崎はうなだれて一言もなかった。細見はそれを見て、

「いや、まあ、今の段階でそこまで言い切ってしまうのは酷だな。君がその実話とやらをどこまで拝借したのか、それを確かめてみないことには何とも言えん。おじいさんのノートと『白骨鬼』とを照らし合わせてみないことには」

穏やかに言葉を加えた。

白骨鬼（第二回）

朔太郎《さくたろう》登場

幽霊さわぎの翌日、私は紀州白浜をあとにして、東京へと汽車に乗った。そして、芝区車町《しばくるまちょう》［註・現在は港《みなと》区高輪《たかなわ》二丁目］の自宅に戻ると、もう狂ったように、原稿紙に向かう毎日を送った。死にそこなったのだから、ともかくごまかし物でもなんでも書くよりほかなかった。印税は底をついている、「新青年」の水谷準《みずたにじゅん》君からは矢のような催促がきている。

さて、そうやって久方振りに筆を執《と》っていると、ちょっと気になる手紙が舞いこんできた。

それは、塚本直の知合いを名乗る、北川雪枝《きたがわゆきえ》という娘からのもので、浜風荘での彼の様子を詳しく聞かせてほしいというようなことが書きつけてあった。しかし私は、偽名で通していた私の居所をどうやってつきとめたのか、それにはやや興味あったけれど、小説の仕事が佳境《かきょう》にはいったのと、あの美青年の忌《いま》わしき姿を思い出したくなかったのとで、なんの返事も出さずにほうっておいた。

そうするうちに、十月になって、はじめの週に、萩原朔太郎氏の訪問を受けた。

萩原氏は仕事場の土蔵洋室に上がり込むなり、

「ヤア、人間椅子だ、人間椅子」

といって、安楽椅子のクッションの上でピョンピョン飛び跳ねたり、外張りの毛織物に頰をすり寄せたりして、さも楽しそうにはしゃいだものである。

混血児のように彫り深い顔だち、魔法使いの老人のような鉤鼻《かぎばな》、無造作《むぞうさ》になでつけた長い頭髪と、だまっていれば、ちょっと恐ろしく、氷のような冷静と、剃刀《かみそり》のような叡智《えいち》を感じさせる詩人だが、時として子供じみたことをする人でもあった。

「一と月ほど伊香保《いかほ》に行っていたんだよ。あすこの湯は痔によくきくからね」

そういって萩原氏は、桜の丸テーブルの上に地酒の一升瓶を置いた。私は女中に適当な肴《さかな》を用意させようと、一たん部屋を出た。

戻ってみると、萩原氏は部屋の中を熊のようにウロウロしていた。卓上電話をヒョイと取り上げたかと思うと、レースのカーテンに鼻づらを寄せ、今度は煙草盆の彫刻を丹念に指でなぞり、そうしてまたフワフワと卓上電話まで戻ってくる。いつもそう思うのだが、どうにも落ちつきのない人だ。

「もしもし、乱歩君、僕の雑誌〔註・個人雑誌「生理」。「自分の寝言が好きに書ける、痴語妄想の発表機関」として朔太郎自身が刊行した。昭和八年六月創刊、十年二月終刊〕に何か書いてよ。新らしいのを十一月ごろ出すつもりなんだ」

と萩原氏は卓上電話の送話口に向かってしゃべった。どうやら、すでに一ぱいひっかけてきたと見える。

「最近いそがしいんですよ」

私はそういって安楽椅子に腰を降ろした。

「ウフフ、君も存外見えすいた嘘をつくものだね。何がいそがしいもんか。去年からちっとも書いてないじゃないか」

萩原氏は痩《や》せた頭部をガクガクさせて、おかしくてたまらないように、声を殺して笑い出した。

「イヤ、ほんとうにいそがしくなったのです」

私は氏の大げさな態度にムッとして、思わず声が高くなった。

「ウフフフフフ」

萩原氏はなおも笑いつづけながら、部屋の中をうろついたが、仕事用の西洋机の前で足を止めると、

「ヤヤ。巨星、ついに沈黙を破る、だね」

眼をパチクリさせて原稿紙を取り上げた。

「『悪霊』！　ウン、実に君らしく、物々しい題名だね。どれどれ、『二た月ばかり前の事であるが、N某という中年の失業者が、手紙と電話と来訪との、執念深い攻撃の結果、とうとう私の書斎に上がり込んで、二冊の部厚な記録を、私に売りつけてしまった』」

萩原氏は朗々と読み上げて行く。

「例によってつまらない話ですよ」

私はピョコンと立ち上がって、萩原氏から原稿紙を奪った。

「君はいつもそうやって謙遜《けんそん》するけれど、君がいうほどひどい作品は、そんなにはないよ」

「何をおっしゃいます。箸《はし》にも棒にもかからない愚作ばかりですよ。本人がいうのだからまちがいありません」

「君は非常な理想家だね。偉いよ、ウン、とても偉い。でも、読者は喜んでくれているのだから、それはそれでいいじゃないか」

「私はちっとも嬉しくありません」

「しかしね、君が愚作と思うところの小説を、読者が大歓迎してくれなかったら、君はブラブラ遊び廻っていられない」

私は言葉につまってしまった。

「とりあえず読者を喜ばしておけばいいじゃないか。ほんとうの仕事はたまにすればいい。チマチマしたことで悩むから、ここが淋しくなるんだよ。サア、一杯やろう」

萩原氏はそういって、私の禿げ頭をテンテンと叩いた。

私はもうガックリしてしまって、ボンヤリと安楽椅子に坐ったのだが、飲みはじめると、萩原氏がまたもからかうようなことをいってきた。

「また行方をくらましていたそうじゃないか。君の奥方が大そう心配していたぞ」

「ご冗談を。アレは私の放浪癖には馴れっこになっています。四、五日あけたくらいでバタバタしませんよ」

「イヤ、ほんとさ。僕のところにも何度か電話がかかってきた。うちのものがお邪魔してないでしょうかって、オロオロしていたぜ」

「どういう風の吹き廻しなんでしょうね」

「ウフフフ、君は相変らずの照れ屋だね」

萩原氏はほがらかにいって、杯をキュッとあけた。

「そんなことより、萩原さん、旅先で妙なことがあったんです」

私はこの劣勢から抜け出そうとして、忌わしい思い出を口にする羽目となった。だが、私は順序を考えて語る必要はなかった。萩原氏は実に巧みな聞き手であり、一語一語、氏の問うにしたがって答えて行けばよいのであった。結局私は何もかも、自殺を止められたところから、幽霊騒動までのあらゆることをしゃべってしまった。

「ハハハハ、それはとんだ災難だ。白粉を厚塗りした女男かい、ウフフフ。弟を幽霊とまちがったかい、ハハハハハ」

萩原氏は話のなかばからクスクスやっていたが、私の物語が一段落つくと、とうとう腹を抱えて笑い出した。

「笑いごとじゃありませんよ」

私は大むくれで煙草をふかした。

「ごめん、ごめん。しかし、衆道《しゅどう》に寛容な君があわてふためくとは、なんとも珍しいね」

「あのなりはひどすぎました。低級な男娼みたいで、ただただ汚らしいだけでした」

「ウン、確かにそうだね。浅草公園や新宿の街角で見かけるあれは、実に不快だ。女装をするなら綺麗にやってほしいものだ。歌舞伎の女形のようにね」

萩原氏も眉をひそめた。

「そのとおりです。綺麗な女装であったなら、私は何も申しません。ですが、その塚本君ときたら、ただベタベタと白粉を塗りたくって、紅の差し方も知らず、髭も剃らず、あれでは元の美顔がだいなしだ。見るにたえない。文化の冒瀆《ぼうとく》といってもいい」

「文化？　いやに大げさだな」

「大げさなものですか。同性愛は立派な文化です。一部の汚らしいかげまは別として、ほんとうの同性愛は、実に智的で文化的なのです。古今東西の歴史をひもとけば一目瞭然《りょうぜん》です。文化はいわゆる余技でありますから、衣食が満たされた時代に、明日の糧《かて》を心配する必要のない人々のあいだで、大輪の花を咲かせます。同性愛もそのような時代に大へん栄えます。古代ギリシャしかり、徳川元禄またしかりです」

私は、わが言葉に、だんだん昂奮しながら、つい知らず声高《こわだか》になっていった。

「畜生の世界に文化がありましょうか。畜生が同性との愛に目覚めましょうか。否です。ほんとうの同性愛は、高等動物である人間にのみ許された、非常に高い次元での、純粋のプラトニックに根ざした恋愛なのです」

「異性との恋愛にもプラトニックはあるぜ」

萩原氏は鼻白んだ調子で口をはさんだ。

「イイエ、それはちがいます。異性との恋愛の根本は肉欲です。それは、人間がいかな高等動物とはいえ、結局は動物であるがゆえの悲しい宿命です。男と女は自然とからだを求め合うようにできているのです。もちろんプラトニックな恋愛もありましょうが、それはあとから生まれる感情でしかありません。まずは肉慾ありきです。対して同性との恋愛では、肉慾以前にプラトニックが存在しています。したがって、真の恋愛は同性とのみ達成できるのです」

「ホホウ、すると、女性を愛してやまない僕などは、犬畜生もいいとこだな」

萩原氏はニヤニヤ笑った。

「イヤ、それは、そう決めつけるのは短絡的かと……」

私はヘドモド弁解した。雄弁がすぎたようだ。

萩原氏はしばらくのあいだ、クスクスと忍び笑っていたのだが、いつしかだまり込んでしまった。異様に押しだまってしまった。私はうなだれていたのだが、あまり長いあいだ相手がだまりこくっているので、ふと見ると、萩原氏は妙に怖い顔をして、じっと空間を見つめていた。

「どうにも不快だね」

やっとしてから、萩原氏はポツリといった。

「申しわけありません。口がすぎました」

私は心をこめて頭を下げたが、萩原氏は表情も変えず、またもだまり込んでしまった。

「どうか許してください」

私はもう一度、さらに心をこめて頭を下げた。すると萩原氏はユックリとからだを起こしながら、

「イヤ、君を責めてなんかいない。許せないのは、その塚本直とかいう青年だ。月恋病は薄気味わるいだけで済まされるけれど、僕の詩をなぞったような死に方が気に食わない。あの詩が冒瀆されたようで、実に不愉快だ」

と憤然とした調子でいった。

私は萩原氏の気持が痛いほどよくわかった。私自身も、猟奇殺人が起きるたびに、犯人はお前の小説をまねたのだなどと、いわれのない誹謗中傷《ひぼうちゅうしょう》を受けているのだ。

「僕の想像があやまりでなけりゃ、これは君が考えているよりは、つまり表面に現われた感じよりは、ずっと恐ろしい事件かもしれないよ」

萩原氏はますます陰気な面持ちで、ひどく物々しいことをつぶやいた。

「せっかくのお酒をまずくしちゃいましたね。オヤ、酒がなくなっちゃいましたね。ちょいとお待ちください」

私はさも剽軽《ひょうきん》ぶっていうと、銚子を持って立ち上がった。

「君、酒はいい。ちょっと相談がある」

萩原氏はあらたまった調子でいって、長椅子の上にドッカとあぐらをかいた。

「塚本青年の知合いに面会を求められたといったね。北川なんとかという娘さんだ」

「エエ、北川雪枝です」

「近いうちに彼女と会おうじゃないか。日取りは君が決めてくれ」

「どうしてです」

「塚本青年について詳しく知る必要がある。ほんとうに自殺するほど追いこまれていたのか、あるいは人に殺されるような理由を持っていたのか」

「どうしてそんなことを知る必要があるのです」

「決まってるじゃないか。警察にやる気がないのなら、われわれの手で事件の真相を探るしかない」

「どうして真相を探る必要があるのです」

「君は駄々っ子かね。どうして、どうしてばかりくり返して」

萩原氏はあきれたようにいった。それでも私は、

「真相なんてどうでもいいでしょう。私たちには関係ないことです」

とブツブツつぶやいた。

「関係ない？　大ありじゃないか。君、命の恩人が妙な死に方をしたのだよ。僕は詩をなぞられて不快な思いをしている。このモヤモヤを晴らさずしてどうする」

「一とき我慢すればいいことです。すぐに忘れてしまいます」

私は思ったままを答えた。

「君はそれでいいのかい。なんとなく終らせてしまってかまわないのかい」

萩原氏は早口でくり返した。

「かまいませんとも。めんどうなことにはかかわりたくありません。サア、つまらない話はおひらきにして、楽しくやりましょう。アア、それとも新宿で飲み直しましょうか」

私はヘラヘラ笑いながら立ち上がった。

「君はマンネリズムを嫌っているんだろう」

堪忍袋《かんにんぶくろ》の緒《お》が切れたのか、萩原氏は私をどなりつけた。そして、私が萎縮《いしゅく》していると、氏はあぐらを正坐に変えて、今度は慈父の声音で問いかけてくるのである。

「幼稚な読者を相手にする低級な通俗文学など書きたくないんだろう」

「ハア、それはまあ、できることなら」

私は元気のない声で答えた。

「君はいつかもいっていただろう。真の意味における探偵小説は必らず理智的であらねばならぬと」

「ハイ」

「それから、エエト、探偵小説が理智に訴えるものであるかぎり、必らずある種の謎がなければならない。しかして、この謎がりっぱなものであればあるほど、不可能としか考えられないような難解さを持っているほど、ストーリーとしてよいことになる。そして、謎は理論的な推理の積み重ねによって解かれねばならない。君は確かそういったよね。その気持は今でも変らないよね」

「ハイ」

「それだけ思っているのに、なぜ、この事件を避けたがる。君の大好きな、純粋探偵小説にも似て、非常に奇妙な謎がころがっているじゃないか。月恋病といい、理不尽な自殺といい、僕の詩をなぞったことといい」

萩原氏の声は次第に大きくなって行った。

「塚本美青年の汚らしい姿を思い出したくないのかい」

「それもありますが、何しろ現実の事件は好きじゃないんです」

私は救いを求めでもするように、眼をキョトキョトさせた。

「君は眼が見えないのか。君の脳髄《のうずい》は腐っているのか」

萩原氏はピシャリといった。

「いいかい、現実と空想は紙一重なんだ。小説は空想だ。しかるに、その空想が君の頭にはいるのはなぜだと思ってるんだ。文字という、紙という、現実のものがあるからこそじゃあないか」

萩原氏の論は一種の詭弁《きべん》のような気がしないでもなかったが、なんだか抗《あらが》いがたい迫力があるのも事実であった。氏は灰がポロポロこぼれ落ちるのもおかまいなしに、煙草を振りながら熱弁をつづけていった。

「僕が思うにね、探偵小説とはすなわち、未知に対する冒険だ。未知とはすなわち、日常茶飯的でない世界だ。さすれば、君が白浜で体験したことは、充分に未知の世界を感じさせるものじゃないか。現実の出来事ではあるけれど、君は廣宇雷太という架空の人物を演じ、決して日常茶飯的でない謎に直面した。おぞましくも詩的な謎にね。僕は君の話を聞いただけでゾクゾクきたよ。なのに君はこのままほうっておきたいという。

なんてもったいない！　どうだい、いま一度廣宇雷太にならないかい。僕は僕で別世界の住人になる。現実と架空の狭間《はざま》で大芝居を打つんだ。二人して未知の世界を探索して歩こうじゃないか。何も謎解きだけが目的じゃない。イヤ、答など出ずともかまうもんか。冒険を志すことが大切なんだ。未知の世界に対する情熱が、ロマンチシズムを生む情熱へと変って行くんだ。冒険を終えたころ、君はきっと、新らしき探偵小説の旗手として再生していることだろう」

私は気圧《けお》されて言葉もなかった。なんという情熱だろう。これが詩人の言葉というものなのか。

「一緒に冒険しよう。力を合わせて、月恋病の秘密を探ろう」

萩原氏はそういい終えると、ふっと表情をやわらげ、突然、両手でもって私の手を握ってきた。昔の「義を結ぶ」といった感じで、手先に力を入れて、何度も何度も振り動かした。

私はうなずかざるをえなかった。

「ただし、僕は『蓑浦《みのうら》君』にはなりたかないぜ。ハハハハハ」

萩原氏は手をはなすと、乱れた長い頭髪を、指でうしろへかきながら、ほがらかに笑うのであった。

双生児

萩原朔太郎氏と義を結んで五日が過ぎて、十月の第一日曜日のことであった。私は、結城《ゆうき》紬《つむぎ》の袷《あわせ》に絞り羽二重《はぶたえ》の兵児帯《へこおび》をしめて、銀座へ出かけて行った。萩原氏と相談した結果、彩《さい》華《か》のシナ料理でも食べながら、北川雪枝の話を聞こうじゃないかとなったのだ。

台風のあとの、よく澄みわたった、すがすがしい日であった。

銀座のペーヴメントは、めかしこんだ紳士淑女で非常に混雑していた。辻という辻には、まっ赤なとんがり帽の道化師が立っていて、ヒューヒュラ、ドンドン、百貨店の広告の連ね文句をどなっていた。

「銀座、銀座、銀座、夜の銀座、昼の銀座、男も銀座、女も銀座、銀座は日本だ、M百貨店は日本一だァ」

私はちっともそう思わないのだが、銀座を歩くこと、銀座で買物をすること、銀座を享楽することは、今や日本じゅうの人間の渇仰の的なのである。

待ち合わせの時間ちょうどに彩華につくと、ケバケバしい朱塗りの柱の陰に、銘仙《めいせん》を着た娘がポツネンと立っていた。

丸ポチャッとした顔の、今風の洋髪耳かくしに結った、まだあどけなさの残る乙女だったが、銀座の華やかな、輝かしい光景に引き換え、ひどく陰気な表情をして、何かにおびえるような恰好でたたずんでいた。

「北川雪枝さんですね」

私が声をかけると、彼女は弱々しい笑い方をして、ソッと顔を上げた。その恥じらい勝《が》ちな微笑《ほほえ》みは、なんともいえぬ優しく懐かしいものだったが、全体の表情は、やはりどこかしら元気なく思われた。

「あの、先生、わたくしの無礼をお許しくださいませ。先日はほんとうに思いあまって、あのような手紙を書いてしまったのです」

そうして、北川雪枝がポツポツ語るには、塚本直とはいわゆる幼馴染みで、彼の自殺については、例の双生児の弟から知らされたのだが、自殺前の様子をさらに詳しく知りたいと思って、田辺警察署にその旨手紙を出したところ、一ばん詳しく知っている人物にじかに聞くがよろしいでしょうと、私の名前を教えてくれたという。返信者はもちろん赤松紋太郎警部である。

聞きながら、私は少なからず憤慨した。赤松警部は、機密厳守の職についていながら、存外口軽な男だったのである（私はずっとあとになって、その件で警部を責めたところ、彼は、実に切々とした文面で、ついホロリときてしまったなどと弁解した）。

「ヤア！　お待たせ」

突然耳元で、快活に呼びかける声がした。振り向きざま、私はギョッと眼をむいた。それは萩原氏であったが、新手のサンドイッチマンと見まちがうほど、その恰好はあまりに異様であった。

格子縞のインバネスに、やはり格子縞のズボン、頭には耳垂れつきのハンチングをかぶり、左手に籐《とう》のステッキを、右手にブライヤの古パイプを握っているのである。

「どうだい。シャーロック・ホームズみたいだろう。ウフフフフ」

萩原氏は私の耳元にささやきながら、さも自慢そうに忍び笑った。

私は何か変だと思った。萩原氏は確かに、西洋人のような顔だちをしているけれど、これでは猿が洋服を着ているようだ。やっぱりサンドイッチマンだ。

「僕はオナンドといいまして、こちらの先生の書生をやっております」

萩原氏はそういって、英国紳士がレディーにするように、うやうやしく頭をさげると、何やら名刺らしきものを雪枝に差し出した。ヒョイとのぞくと「御納戸色《おなんどいろ》」としるされてあった。

私はまたまたあきれてしまった。アーサー・コナン・ドイル卿をもじっての雅号なのだろうが、名前を偽るにしても、もう少しまともなものがあろうというものだ。それに、名刺を持っていて、主人よりも盛装している書生が、どこにいるというのだろうか。

雪枝は、しかし、萩原氏の妙ちきりんな恰好におびえていたけれど、別段疑いを持ったふうはなかった。

三人そろったところで店内にはいって行って、萩原氏がテキパキと注文を済ませると、かねてからの打ち合わせどおり、先《ま》ずは私が話しはじめた。シナの苦いお茶をすすりながら、雪枝に向かって、白浜での出来事を、すこしもかくさず、くわしく物語った。

そのときの雪枝はというと、たえず伏し眼勝ちで、色を失った唇をワナワナ震わせて、私がしゃべり終えても、顔さえ上げようとしなかった。

「先生のお話は以上です。満足なさいましたか」

萩原氏がやさしい声音で尋ねると、彼女はだまってうなずいた。

「ほかにお聞きになりたいことはありませんか」

この念押しにも、やっぱりうつむいたまま、何度も何度もかぶりを振った。それを見ると、萩原氏はコホンと咳ばらいをして、私をチラとうかがって、

「先生、このお嬢さんに、何かお聞きになりたかったのではございませんか」

「エエト、その塚本青年のことですが、彼とは昔からの、なんですな、幼馴染みということでしたよね」

私はヘドモドした口調で尋ねた。

「こちらの先生は大へん口べたでいらっしゃいますので、僕が代わりに申しましょう。塚本青年の身の上を詳しくお教えいただきたい、つまりそういうことです」

見かねたように、萩原氏が助け船を出してきた。だが、雪枝はモジモジするばかりで、いっこう返事をしない。

「恋だ。ネエ、そうでしょう」

萩原氏は、やにわに身を乗り出して、パイプの吸い口を雪枝に突きつけた。

「あなたは恋をしていますね。塚本青年を恋いしたっていたのですね。眼を見ればわかります」

図星であった。彼女はハッとしたように、青白い頰に手をあてた。それを見た萩原氏は、一そう身を乗り出して、

「何やらわけありのようですが、さしつかえなければお聞かせねがえませんか。イヤ、ぜひともお話しください。見たところ、顔色が大そうわるい。肌も荒れていらっしゃる。一人で思い悩むからそうなるのです。一から十までいってしまいなさい。そうすればスッキリします。美しさが戻ります。食慾もわきます。

あなたはまだお若い。悩みごとを自分一人で解決しようと思ってはなりません。ことに恋の悩みはそうです。恋に悩み、あやまった判断をくだし、長い人生を棒に振る若者がいかに多いことか。なれば、酸いも甘いも嚙み分けた、こちらの先生に相談なさい。きっとわるい

ようにはいたしません」

と巧みな言葉を並べたてた。

私はもう驚歎してしまった。さいぜんからの役者然とした態度といい、香具師《やし》顔負けの切り口上といい、あの尖鋭の詩人が、このような異能を隠し持っていようとは思いもよらなかった。

果たして、萩原氏の妖術は、雪枝の重い口をひらかせたのである。

「わたくしのせいです。わたくしが愚かなまねをしたばっかりに、直さんは死んでしまわれたのです」

雪枝は独り言のようにつぶやいた。

「遺書によると、父親の期待に圧《お》し潰《つぶ》されたということでしたが」

私はけげんに首をかしげた。

「あれは表向きの理由です。ほんとうはわたくしがわるいのです。わたくしのせいで死んでしまわれたのです。先生のお話を聞いて、それがハッキリいたしました」

「表向きの理由？　では真の理由は何です。一体あなたは彼に何をしたのです」

私は心なくも、性急に、詰問調で尋ねてしまった。彼女は一瞬間口ごもったが、すぐにキッと顔を上げて、

「均さんと結婚の誓いだてをしておきながら、直さんを恋いしたってしまったのです。あ

あ、なんてあさましい女なのでしょう。許されぬ愛と、かなわぬ恋とわかっておりましたのに。ですからわたくしがわるいのでございます。あのようになるまで、直さんを苦しめてしまったのでございます」

「こいつはおだやかじゃないね。均というのは、例の美青年のふたごの弟なんだろう。このお嬢さんは、弟から兄へ心うつりしたといってるんだぜ。しかも、弟とおんなじ顔の兄にだ。ちょっと無気味なものがあるね」

萩原氏が私の耳元でささやいた。いわれるまでもなく、私も、秘められたる事実の異様さに、なみなみならぬ興味を抱かずにはおれなかった。

「先生、マアお待ちください。物事には順序というものがあります。あまりに急《せ》いたのでは、こちらのお嬢さんも話しづらいことでしょうから、少しずつ、一から聞いていくことにいたしましょう」

萩原氏は私からはなれると、そんな前置きをして、雪枝の話を引き出して行くのであった。

そのとき雪枝の語った彼女の身の上を、順序よくつなぎ合わせてしるすと、彼女の郷里は三河《みかわ》の蒲郡《がまごおり》で、同じ町内に住む一つ年下の塚本兄弟とは、ままごと遊びもした仲であった。

彼女が塚本均と恋仲になったのは女学生のときである。だが、それは不幸な恋であった。というのも、彼女は均に親しみを感じていたけれど、それ以上に恋いしたっていた人物がいたからだ。それが、双生児の兄の方の、塚本直なのである。

双生児なれば、どちらと恋仲になろうと一緒のように思われるのだが、雪枝がいうには大いにちがうとのことだった。確かに、顔かたちも、声も、ちょっとしたしぐさにいたるまでが瓜《うり》二つである。しかし、それは外見的なことであって、内なる性質は、むしろ正反対だったというのだ。

兄の直は、本や絵画を愛する大人しい青年で、弟の均は、角力《すもう》や柔道が得意で、港の札つきどもとの交遊も噂される、ちょっと荒っぽい青年だった。そして彼女は、直の芸術肌なところにひかれていたのである。自分も小説や詩が好きだったので、仲よく語り合えたなら、どんなに仕合わせだろうかと思っていた。

だが、均の誘惑はあまりに巧みであった。恋というものにあこがれる乙女心のくすぐり方を憎いばかり心得ていた。雪枝がハッと気づいたときには、もう均にからめ取られていたという。

なかばあきらめた形で、いざつきあってみると、塚本均というのは、実にひねくれた男であった。ホンのわずかの差で弟となってしまったことを非常に恨めしく思っていて、自分には家督相続権がないだの、東京の学校に行かせてもらえないだの、彼女の耳元で女々《めめ》しくくり返すのだ。あげくに、父親が留守勝ちなのをこれ幸いと、不良どもを家に上げては、酒や煙草をやる。

「アアこんな人だったなんてと後悔しても手遅れでした。そのときにはもう、均さんが中学校を出たら結婚をという話が、互いの家のあいだでまとまっていたのでございます」

雪枝がそこまで語ったとき、注文の品々が運ばれてきたので、話は一たん中断となった。

人でなしの恋

「先ほど、塚本青年の父親は留守勝ちだとおっしゃいましたが、それはどうしてです」

給仕が皿をさげて行くと、萩原氏はパイプをふかしながら、質問を再開した。

「県議の先生でいらっしゃるからです。名古屋に別宅を持っていらっしゃるのです」

「フフン、奥方をほっぽらかして、別宅の方でよろしくやっているのですね」

萩原氏は小指を立てた。雪枝はポッと顔を赤らめて小さくうなずいたが、

「奥さまはいらっしゃいません。十年ほど前に亡くなられました」

ともいった。

「再婚は？」

「ずっとお独りでいらっしゃいます」

「フム、なおさら独り寝が淋しかろう」

「でも、そうやって、本宅をあけてばかりおいでだものだから、均さんがああなってしまわれたのです」

雪枝はギュッと唇を嚙んだ。

「そうともいえますまい。わるい仲間とつきあっていたのは弟のほうだけで、直青年は大人しくやっていたのでしょう。なれば、均青年が身を落とした責任は、本人のがわにも大いにあるというものです」

萩原氏は少し非難の調子をふくめていった。それは雪枝にも充分わかっているらしく、ウン、ウンとつらそうにうなずくのであった。

さて、雪枝の告白のつづきである。事実は異様さをましていく。

先ずは塚本均との結婚についてだが、幸か不幸か、これはしばらくおあずけとなった。というのも、均が中学校卒業の間際になって、急遽《きゅうきょ》進学の道を許されたからである。うるわしくも、兄の熱心な口ぞえが父親を心がわりさせたらしい。よって雪枝との結婚は、均が大学を卒業してからということになった。

均は雪枝にうるさくつきまとうのを中断して、勉強に打ち込み、東京のH大学予科を受験した。見事合格したあかつきには、中学校の卒業も待ちきれずに東京の下宿に住みつくというかれようであった。一方成績優秀だった兄の直は、東京帝大をめざして、かのN高校に入学した。

均が上京して行ったことで、雪枝は一《ひ》と先《ま》ずホッと胸をなでおろした。ところがそれも束の間、彼女の一家に大きな不幸が起きた。

実家の旅館で食中毒騒ぎが起き、それが元で多額の借財をかかえてしまったのだが、彼女の父親はそれを残したままどこぞに姿をくらましてしまったのである。不幸とは重なるもので、彼女の母親は心労から病の床につき、まだ年若い弟妹を道づれに心中してしまった。

この予期せぬ境遇の変動のために、彼女は、東京の大森《おおもり》在の知るべをたよって、郷里をはなれねばならぬ羽目となった。それがこの春、つまり昭和八年三月のことである。

上京した雪枝は、しばらくのあいだ、新らしい土地になじむのにせいいっぱいであったが、馴れてくると、塚本均に逢いたくなった。好かぬところがあるとはいえ、異郷の地で心を寄せられるのは均しかいない。ひそかに思いを寄せていた直も東京に出てきていたので、彼に逢いたいという気持も少なからずあったけれど、それは婚約者に逢ったあとにしようと思った。

彼女はそこで、均からもらった手紙をたよりに、彼の宿を訪ねて行った。彼を驚かしてやろうと思って、なんの前ぶれもなしに、江戸《えど》川橋《がわばし》の下宿を訪問した。ところが、ほぼ一年ぶりに顔を合わせて、ビックリしたのは彼女の方であった。

均の変りようといったら、それはもう無残なものだった。髪もひげもモジャモジャと、まるで草叢《くさむら》のように伸ばすにまかせ、ヨレヨレの、もう幾日も着たっきりといったふうの浴衣《ゆかた》で、これまた垢じみた煎餅《せんべい》蒲団にくるまっていたのである。そして、昼日中というのに雨戸をしめきって、畳の上には一升瓶やら茶碗やらがゴロゴロ転がっていた。

彼女は最初、長患《ながわずら》いしているのではと心配した。それほどあわれな様子だった。だが、均は血色こそわるいものの、いたって健康であった。

聞くと、学校にはほとんど行っていないとのことだった。自分には学問は向かないのだという。

では毎日何をしているのかというと、日中は宿でゴロゴロしていて、深夜ともなるとムクムク起きだし、浅草公園をさまよっては、暗い木蔭のベンチなどを一つ一つのぞき廻ってみたり、浮浪人たちと懇意《こんい》に酒を酌《く》みかわしたりしているという。一度ならず、巡回の警官に捕まりそうになったけれど、そうやっていろんな体験をすることがほんとうの勉強になるのだ、自分はそのうちに世の中を変えてみせるのだなどと、わけのわからぬ理屈を並べたてる。

あまりのあわれさを見かねて、雪枝はそれからも仕事の休みのたびに（彼女は、丸の内のビルディングにオフィスを構える合資会社K・Y商会で女事務員をやっていた）均の宿に通いつづけた。均が不在のときでも、ソッと上がり込んで、セッセと片づけや洗濯をした。だが、均はいっこう改心する様子はなく、そして、時がたつにつれて、均の奇態は一そうひどくなって行った。

ある日のこと、雪枝は例によって、勝手に上がり込んでいたのだが、ふと気づくと、頭の上から、非常にかすかな、地虫の鳴き声でもあるかのような物音が聞こえてくるのを感じた。耳鳴りではない。ゴソゴソ、ゴソゴソとネズミのような足取りで近づいてくる。そして、ガタンと烈しい音がしたかと思うと、押入れの襖がサッとあけはなたれた。

彼女はもう生きた心地がしなかったが、見ると、それは塚本均であった。彼も突然の訪問者にギョッとした様子で、しばらくは二人で眼と眼を見合わせていたが、やがて均は煤《すす》だらけの顔をニヤニヤさせると、天井裏を歩き廻っていたのだ、ほかの下宿人の生活を隙見しているのだ、等、等を自慢そうに語るのである（雪枝は、そのとき均から聞かされたことを、何かに取り憑《つ》かれたように、少しも恥かしがることなく並べ連ねたが、本筋には関係なく、はばかり多き事柄なので、すべて略し、ただ塚本均が異様な行動をとっていたことのみしるしておく）。

またあるときは、彼女が下宿の廊下を歩いていると、均の部屋の中から、ハッ、ハッ、ハッという獣じみた荒々しい息づかいが聞こえてきた。その合間には、ドタドタ走り廻る音もする。そしてまた、ハッ、ハッ、ハッだ。

彼女はゾッと全身総毛立った。中にはおそらく、飢えた野良犬がはいり込んでいて、均を餌食にせんと牙をむいているのではないかと思った。均は武道に長《た》けているけれど、いかんせん相手は獰猛《どうもう》な野獣、かなうべくもないだろう。

彼女は大あわてで家主を呼びたてた。家主もそれにはびっくりして、木刀を握りしめて捕物にのぞんだ。

果たして、部屋のまん中に、髪を乱した均が、猿股一つきりで倒れていた。裸の上半身には玉のような汗がビッショリだ。熱病患者のようなうめき声さえ漏れている。時すでに遅く、猛獣の餌食になったのであろうか。

いやいや、そうではなかった。均は間もなくピョコンと起き上がると、元気よく運動をはじめた。狭い部屋をチョコマカ動いては、拳闘のグローブをブンブン振り廻す。野良犬などどこにもいない。

さいぜん彼女が耳にした異様な物音は、均が鍛練《たんれん》する際に発したものだったのだ。均はひとしきり運動したのち、ポカンとする彼女と家主に向かって、拳闘の興行に飛びいり参加するんだと息巻いた。

彼女は非常に胸をいためた。このままでは均の将来が空恐ろしかった。いや、すでに気がふれているのかもしれない。

塚本直と再会したのは、ちょうどそんな折である。それは、くだんの捕物珍騒動が起きる少し前のことで、使いで本郷《ほんごう》の菊坂《きくざか》へ行ったとき、道でバッタリ出くわしたのだ。忘れもしない、今年の六月二十七日のことである。

そのとき直は、岡田《おかだ》道彦《みちひこ》という学友と一緒に歩いていた。岡田が運転するモーターサイクルと衝突したとかで、連れだって病院に行った帰りであった。

雪枝はワッと泣き出してしまった。岡田道彦がいることも忘れて、直の袖にすがりつくと、泣きじゃくりながら、均の異様な生活を語り聞かせた。

直も弟の変りようは先刻承知であった。大へんな心配をしているのだ、父親に知れたら勘当ものだと顔を曇《くも》らせた。

この日をきっかけに、雪枝は直とつきあいを持つようになった。あるときは手紙を通じて、またあるときは銀座や神田で待ち合わせて、均の奇態を治す手だてはないものかと熱心に相談した。

だが、そうやってつきあって行くうちに、雪枝は、均のことなどどうでもよくなってしまった。肝腎《かんじん》の相談そっちのけで、直と一緒の時間を楽しむようになったのだ。

何しろ、幼いころから恋いこがれていた人と、郷里を遠くはなれた大東京で、思いがけず出くわしたのだ。彼女はもう、二人は赤い糸で結ばれているのだと思い込んでしまった。

彼女は悶えに悶えた。食事は喉を通らず、仕事は手につかず、夜も眠れず、それが日一日と深くなって行くのだ。そしてある日とうとう、切ない胸の内を直に打ち明けてしまったのである。

「わたくし、ほんとうにどうかしていたのでございます。手が届かぬことははじめからわかっていたはずですのに、つい甘い夢を見てしまいまして、胸の苦しさにたえかねてしまいまして、とんでもないことを口走ってしまったのでございます。

直さんは大そう暗い顔をなさいました。均さんのことを考えれば当然です。ですが、そのときのわたくしは愚かしくも、そこまで考えがおよばずに、嫌われているのだと勘ちがいをして、シクシク泣き出してしまったのです。すると、直さんはわたくしの手を握りしめて、嫌いなもんか、好きだ、好きだよとくり返してくださいました。でも、やっぱり、顔は少しも嬉しそうではありません。

それを見てわたくしは、また勘ちがいしてしまいました。自分の情熱が足りないのだと思い込んで、それまで以上にお手紙をしたため、仕事のお休みのたびに、直さんに逢いに行ったのでございます。自分の仕合わせしか考えておりませんでした。直さんの深い苦しみを感ずるいとまなどございませんでした。

直さんがおかしくなられたのは、そのころからでございます。口数が少なくなって、お友だちの岡田さんがおっしゃいますには、部屋にとじこもりっきりで、学校にも出てこなくなったとのことでございました」

雪枝はそこまでいってしまうと、人目もはばからず、ハラハラと涙を流した。大きな水の玉が、青白い頬の上を、ツルッ、ツルッと流れ落ちるのだ。

塚本直がふさぎ込んだのも至極もっともなことである。雪枝は弟の許嫁《いいなずけ》なのだ。たとえ彼女に幼馴染み以上の懐かしさを感じていたとしても、彼女の愛を受け入れることはできない。背徳である。父親に勘当されてしまうのはもちろん、二度と郷里の土を踏めなくなる。

「直青年に胸の内を明かしたのはいつのことです」

萩原氏は雪枝の泣きやむのを待って尋ねた。

「八月末でございました」

「その半月後、彼は自殺した。なるほどね」

萩原氏はそうつぶやいて、眉宇《びう》に一抹の曇りを宿した。私もこれは自殺の動機としては充分だと思った。雪枝の情熱が塚本直を苦しめたことは明らかで、彼女がそれを悔いるのも無理からぬところである。

「直さんと最後に逢いましたのは、九月八日のことでございます。前ぶれなしに、直さんがわたくしのところにおいでになりました。大森の家にでございます。そして、実に妙なことをおっしゃったのです。わたくしの着物を貸してほしいといわれたのです。

わたくし、なんだか変に思いましたけど、もしや女友だちに又貸しするのではないかと、あらぬ嫉妬もしましたけど、ともかくも、直さんの方から逢いにきてくださったことが嬉しくて、嬉しくて、一ばん大切にしていた着物をお貸しいたしました」

「それはもしや、花鳥を描いた振袖ではありませんか」

私はハッと身を乗り出した。

「帯は金襴《きんらん》だ。そうでしょう」

「ハイ。先生が白浜の宿でごらんになった着物でございます」

「そうでしたか。彼は夜な夜な、あなたの着物を着ては、涙にくれていたのですか」

私はつぶやくようにいった。そのとき、何気ない自分の相槌が、新らしい意味を持って、私の頭の芯を刺戟した。月恋病の正体がボンヤリと見えてきたぞ。

塚本直は月を恋しがっていたのではないのだ。それは、たまたま月を見ていただけで、彼の真の目的は、雪枝の着物を身につけ、決して結ばれぬ彼女との間柄を歎《なげ》き悲しむことにあったのだ。だから、首をくったときにも、彼女の着物を着ていたのだ。いや、着なければならなかったのだ。なんとなれば、彼女の着物を着ることは、彼女と一心同体になることであり、つまり彼は、疑似的な心中を図ったのである。

「あなたは『月に吠える』という詩篇をごぞんじでしょう。イヤ、きっと読んだことがあるはずです。大好きなはずです」

私は昂奮して尋ねた。彼女はコックリうなずいて、

「萩原朔太郎は直さんの一ばん好きな詩人でした。それを女学校時代に知りまして、わたくしも萩原朔太郎を好んで読むようになりました」

と、そのままうつむいてしまった。

「フム、萩原朔太郎ですか。ご両人とも、なかなか趣味がよろしいようですな。ウン、大いに読むがよろしいでしょう」

当の本人は鼻をヒクヒク蠢《うごめ》かせた。

「先生は先ほどおっしゃいましたよね。直さんは死ぬ間際まで『月に吠える』を熱心に読ん

でいたと。わたくしはそれを聞きまして、やっぱりわたくしのあさましさが直さんを追いつめてしまったのだと、ハッキリ悟りました。わたくしの着物を着て首をくったのも、『月に吠える』を読み耽《ふけ》っていたのも、すべて、わたくしに対する恨みごとだったのでございます」

雪枝は必死に涙をこらえている様子だった。私も同感であった。恨みではあるが、それは烈しい恋情の裏返しでもあるのだ。

塚本直も、真に雪枝を愛していたのだ。大人しい性質ゆえに、それを彼女に伝えることができず、積極家の弟に先を越されてしまったが、そうしてもなお、彼女を忘れられずにいた。

そんなある日、直は彼女から胸の内を明かされて、大いに当惑した。お互い好き合っているとわかったはいいが、それは不幸でしかなかった。時すでに遅し、彼女は弟の許嫁である。断じて略奪などできぬ。

だが、雪枝の情熱は燃えさかる一方で、彼はそれに負けそうになる。正直な気持が喉まで出かかる。

そうして懊悩《おうのう》がきわみに達したところで、死を思いたったのだ。私もそうだったが、人間、板挟みに遭うと、なんだかヤケクソになってしまうものである。

塚本直は、雪枝とあの世で結ばれることを願いつつ、ともに愛した萩原氏の詩を胸に刻みつけ、彼女の身代わりとなる着物と心中した。これが月恋病の正体だったのか。

でも、やっぱり気に食わぬ。死んだときの様子が自殺を示していても、動機が十二分であろうと、なんとなく釈然としない。

塚本直は私の命の恩人なのだ。私を前にして命の大切さを説いたのだ。実にりっぱな言葉だった。そんな彼がなぜ自殺する。変だ。彼はただの大嘘つきでしかなかったのか。

だが、今はそんなことを考えても仕様がない。萩原氏と二人きりになって議論すればいいことである。私はともかくも、雪枝の話を最後まで聞くことにした。

「そして、九月十六日の朝でございました。均さんが血相を変えて、わたくしのところにやってきたのでございます。わたくしはてっきり、忘れものでもあったのかしらと思いましたが、そうではありません。『兄さんが自殺した、首吊りした』と、うわごとのようにくり返したのでございます」

「ちょっとお待ちください。今、『忘れもの』といわれましたね。ということは、均青年は以前にも、大森のお宅にきたことがあるのですね」

萩原氏が聞きとがめた。すると、雪枝はハッとしたように、一瞬間まっ青になったかと思うと、見る見る火のように顔を赤らめた。そして、ほとんど聞き取れぬか細い声で、

「イエ、その、前の晩でございました。お金を貸してくれないかということでして。そのとき何か忘れものでもしたのではと」

と言葉尻をにごして答えた。

「ウフフフ、あれは嘘をついている顔だ。均青年はたびたび通っていたとみたね」

萩原氏が、私のそばに顔を寄せて、ソッとささやいた。

「そうです、そうです。スッカリ忘れておりました。これをごらんください」

雪枝は話題をそらすようにいって、巾着袋から、折り畳んだ紙片を取り出した。電報用紙であった。

「十五日の夕方、わたくしのところに届きました」

オトニキク、タカシノハマノ、アダ　ナミハ、カケジ　ヤソデ　ノ、ヌレモコソスレ
ツカモトタダ　シ

発信は九月十五日の午前十一時で、もちろん紀州の白浜から打たれている。自殺の半日前だ。

「フム、祐子内親王家紀伊《ゆうしないしんのうけのきい》の歌か。それにしても、事実とはいえ、ずいぶんキッパリといいきったものだ」

萩原氏は感心するように、電文をシゲシゲと眺めた。

音にきく　高師の浜の　あだ浪は
　　かけじや袖の　ぬれもこそすれ

「噂に高い、高師の浜に立ち騒ぐ波は、袖にかけますまい、濡れては困ります」という言葉の裏には、「名高い浮気な殿御の契りは受けますまい、泣きぬれることになってはこまります」という辛辣《しんらつ》な皮肉がこめられている。

つまり塚本直は、「弟の許嫁でありながら、それを反故《ほご》にするような、浮気者のあなたとは契れません」といい遺《のこ》したのである。雪枝への情熱が悶えになり、悶えが歎きになり、歎きが凝って、恨みの念へと変って行ったのである。

「ですから、わたくしのせいなのでございます。直さんの心をかき乱したわたくしがわるいのです。直さんはそれを恨んで死んで行かれたのです。先生、わたくしはどうしたらよろしいのでしょうか」

雪枝は声を震わせて、異様にギラついた眼で私を見つめるのだった。

疑惑

北川雪枝を省線の新橋《しんばし》まで送って行ったのち、私たちは銀座裏のカフェにはいった。

帝都最大の殷賑《いんしん》地帯、ネオン・ライトの闇夜の虹が、幾万の通行者を五色に染める銀座街にあって、そこは、あまりにも淋しく、陰気で、影が薄いカフェだった。

十坪ほどの土間に、はなればなれに三、四脚のテーブルが置かれ、そのあいだあいだには、常磐木《ときわぎ》の鉢植えが、八幡《やわた》の藪知らずのように並んでいる。電燈はロウソクのように薄暗く、シーンと静まりかえって、一人の客もなければ、女給の姿も見えぬ。墓場みたいなカフェだ。

だが、密談をするにはうってつけである。私たちは、大声に女給を呼ぶのも野暮だと思ったので、先ず椅子につくために、片隅の鉢植えの葉蔭へはいって行った。

「ウフフフ」

萩原氏はドッカリ腰を降ろすと、もうがまんならぬとばかりに笑い出した。

「いやあ、疲れた、疲れた。お芝居というのは実に大へんな労働だね。でも、非常に楽しかった。なんだか、こう、胸がスッキリした。お芝居が病みつきになってしまいそうで怖いよ」

いいながら、萩原氏はラジオ体操のように、手を動かして見せた。

「萩原さんならきっと本物の役者になれますよ。それに、あの巧みな話術。本家のシャーロック・ホームズも顔まけだ」

私はヤレヤレと応じたのだが、萩原氏はますます顔をほころばせて、

「ウフフ、僕が芝居上手かい、ホームズ顔まけかい。ではワトソン博士、君はもう少しお芝居の勉強をしておきたまえ。あんな大根役者ぶりじゃあ、僕が恥かしいよ」

とクツクツ笑い出すしまつである。相変らず子供のように純粋な詩人だ。私より八つ年上の四十六歳ということだが、とてもそうは見えない。

「ときに、ワトソン君、彼女の話は実におもしろかったと思わないかい。君の嫌いな現実とやらも、まんざら捨てたもんじゃなかったろう」

萩原氏は、なおもおどけた調子でいった。

「おもしろいというより、驚きで一ぱいです。ふたごを股にかけての恋とは、イヤハヤ」

それが第一の感想である。

「オヤ、君はあんなことに驚いたのかい」

萩原氏はけげんそうにいった。

「あんなこと？　それはないでしょう。だいたいですね、彼女は塚本均との婚儀が延びてホ

ッとしていたくせに、上京してからはすすんで彼の下宿に通い、かいがいしく世話をやいた。では塚本均にほんとうに惚れていたのかといえばさにあらず、直君にシャアシャアと胸の内を伝えてしまう。これは一体何ごとですか。恋とはそれほどいいかげんなものなのですか。女は魔性《ましょう》の生き物といいますが、北川雪枝はそのさいたるものです」

しゃべって行くうちに、私はだんだん昂奮して行った。

「女は魔物かい。ウフフフ、実に君らしい意見だね」

萩原氏は声を殺して笑った。何がおかしいのやらサッパリわからぬ。私は少なからず不快になって、

「では聞きますがね、仮にですよ、直君がああやって死んでしまわなかったらどうなったと思います。勘当覚悟で、駈け落ちも辞さずという強い意志で彼女を受け入れたとしたら」

と挑むように尋ねた。

「ウン、そうさな、しばらくは直青年と仕合わせにやって行っただろうけど、そのうち、フイッと均青年が恋しくなったかもしれないね」

「そうでしょう、そうでしょう。私も彼女の話しっぷりから察するに、実にそのとおりだと思うのです。私はだから、彼女は魔性の強い女だといっているのです。アア、なんて貪欲《どんよく》な女だ。なんという恥知らずだ。直君があんな女にまどわされて死んだのだとしたら、私はもう彼女を許せませんね。私の話を聞きたがったのは懺悔《ざんげ》のつもりなのでしょうが、いまさら

涙したところでどうなります。直君はいっこう浮かばれませんや」

私は声高にまくしたてた。

「でもね、それはなんの不思議もないことさ。僕には彼女の気持がなんとなくわかるよ」

萩原氏は非常にまじめな表情になって、ジイッと私を見つめた。

「萩原さんにはあの異様な恋が理解できるのですか」

私は思わず聞き返した。すると萩原氏は待ち構えていたように答えた。

「雪枝嬢は完全無欠の男性を求めていたのだよ。やさしくて、荒々しくて、シッカリ者で、不良じみたところがあって、風流の心を持っていて、時には弱いところを見せてくれる、そんな男性をね」

「ばかばかしい。そんな相反するものを揃《そろ》え持った人間がいるものですか」

「そうさ、どこを探してもいやしないさ。だから彼女は二股《ふたまた》をかけた。二人の男性の中から、それぞれ、理想的要素だけを取り出して、自分の心の中で、一人の完全な男性を作り上げようとしたんだ。

雪枝嬢は、直青年こそが理想の男性だといったけれど、あれは嘘だね。確かに、直青年は彼女の理想の大部分を持っていたのだと思う。だけど全部じゃない。彼女はなんとなくもの足りなさを感じていたはずだ。なぜといって、直青年はあまりに優等生すぎる。男性らしさに欠けている。

その点、均青年は男そのものだ。荒々しさがある。不良っぽさがある。それが際立《きわだ》ちすぎていたがため、彼女は均青年にいやらしさを感じていたのだけれど、反面、その男らしさに惚れもした。

それに、ホラ、独り暮らしをはじめた均青年といったら、たちまち乞食のようにだらしなくなってしまっただろう。あれがまた、母性本能をチクチク刺戟したんだなあ。君も覚えておくがいい。女というものはね、男の弱い部分に惚れることもあるんだよ。

くり返していうけどね、雪枝嬢は恋に関して非常な理想家なんだ。至上の恋愛にあこがれていたのだ。しかるに、完全に理想をかなえてくれる唯一者などこの世に存在しえないので、彼女は恋の二股をかけ、それぞれの好もしい部分に惚れる羽目になった。貪欲といえば貪欲だけど、ある意味では不幸な性質だね。一人の男で満たされないのだから」

「ただのわがままですよ」

私は憮然《ぶぜん》とつぶやいた。

「衆道好みの君に女心はむずかしすぎるか」

萩原氏はパイプの吸い口でモジャモジャと頭を掻《か》いた。私はますます気分を害してムッとした。

「僕は、彼女の話のどこにひかれたってね、なんといっても均青年のことさ。金満家の坊ちゃんが深夜の浅草公園を徘徊《はいかい》するんだぜ。浮浪者と酒をくみかわすことが人生勉強だとのたまうんだぜ。なんという猟奇者だ。なんだか君ソックリの人種じゃないか、フフフフフ。それから、極めつきが、天井裏の散歩だ。屋根裏の散歩者だってさ、ウフフフフ。彼は『郷田《ごうだ》三郎《さぶろう》』の血筋の者かね、ハハハハハハ」

萩原氏はとうとう腹を抱えて笑い出した。

そのときようやく、萩原氏の高らかな笑いを合図にして、いないと思った女給が、どこからか影のように現われた。萩原氏はウィスキーとチーズを頼んで、それから、

「君、あれを貸してよ」

と壁に飾ってあったギターを指さした。

萩原氏は詩人としてズバ抜けていたけれど、その上、音楽の才能にも恵まれていた。大へんなギターの名手で、若いころは演奏会を催すことしばしばであったと聞く。氏の作品に音楽的なリズムが感じられるのはそのためであろう。

私は、しかし、萩原氏のギターを眼の前で聞くのは、このときがはじめてだった。曲名はわからぬが、氏は、自身の詩にも似た、幻想的なメロディーをつまびいた。私は、その妙《たえ》なる調べを聞くにしたがって、心の中から、さいぜんまでのムシャクシャが消えて行くのをハッキリ感じた。存外彼は催眠術の心得があって、私の怒りをしずめんとしてギターを弾きはじめたのかもしれぬ。

(萩原氏はほんとうに名探偵の素質を持っているのではないかしら)

子供のようなはしゃぎようといい、舞台役者顔まけの芝居ぶりといい、音楽の才能といい、シャーロック・ホームズそのままではないか。そうだ、それから、萩原氏は無類の薬好きだとも聞く。ジャスターゼ、ノクテナール、アダリン、カルモチン、等、等、等、等……。これまたコカイン中毒のホームズにソックリだぞ。

シャーロック・ホームズがヴァイオリンなら、わが萩原朔太郎はギターだ。

やがて、萩原氏は、六本の弦をジャランと鳴らしてギターを置いた。実に唐突《とうとつ》に尋ねるものであるが、これもやっぱり名探偵ゆえのことであろうか。

「塚本直の変死は自殺か否か？」

「あらゆる状況が自殺を示していますね。そして自殺とするなら、月恋病にもスッキリとした説明がつけられます」

私はそうして、彩華でボンヤリ思っていたことを述べていった。むろん最後には、しかし自殺とするには一つだけ釈然としないことがある、命の恩人が命を粗末にするはずがないとつけ加えた。

萩原氏は、私の話を、いっこう気乗りせぬ様子で聞いていたが、私が話し終えると、ひどく昂奮した面持ちで、

「僕も自殺説には大いに異議アリだね」

と叫ぶようにいった。その瞳が喜ばしげな光を放っている。

「仮に自殺だとしたら、未知に対する冒険はこれにて終了だ。そんなことがあってたまるもんかい。いやさ、断じて終らせてなるものか。この事件にはもっと奥底の知れぬ秘密が隠されているはずだ。物凄い異様さが息をひそめて横たわっていなければならない。僕はそれを絶対に見つけ出してみせるよ」

あまりのことに、私は二の句がつげなかった。私の考えには、まがりなりにも論理があるけれど、この探偵さんはどうだ。論理もヘッタクレもありゃしない。これでは、海賊船の財宝をあてずっぽうで探しているも同然だ。私は少々心配になってきた。

「では、誰が直青年を殺したと思うかい」

萩原氏はまたも飛躍した。私の顔色などにはおかまいなしだ。

「僕は屋根裏の散歩者が怪しいと思う。プンプン臭う。何しろ均青年には充分な動機があるもの」

萩原氏は勝手にしゃべりつづける。

「均青年は、許嫁と兄のただならぬ関係を知ってしまったんだね。それは、街で偶然見かけて知ったのかもしれないし、あるいは、雪枝嬢は菊坂で直青年に再会して以来、直青年にベッタリで、均青年をおざなりにしていたから、均青年はどうも妙だなと思って、彼女のあとをつけ廻し、それで知ったのかもしれない。

ともかく均青年は二人の密通を知って、怨念の炎を燃え上がらせた。許嫁と兄に対する復讐を誓い、日々をついやして、最も効果的な手段を考えた。その結果、自殺に見せかけて兄を殺すことにしたのさ。実に恐ろしい復讐法だと思わないかい。兄を殺してしまえば、自分の元に許嫁を取り戻せる。しかも雪枝嬢は、わが身の愚かさが直青年をほろぼしたと思い込んでいるから、一生懺悔の涙にくれる羽目になる」

「懺悔」といえば、「懺悔の涙したたりて」という一節が「天上縊死」の中にある。

「均青年が犯人だとすると、月恋病に新らしい解釈が成り立つよね。均青年の奸計《かんけい》による産物だ。雪枝嬢が申し立てるには、彼は昔から相当な奸策師《かんさくし》であって、言葉巧みに、彼女をわがものにしたそうじゃないか。今回も、その口八丁手八丁を存分に発揮して、直青年をおとしいれたのだよ。

世にも不思議な、ワクワクものの遊びをしてみないかい、というふうなことを、もっと巧みに、もっとゾクゾクするようないい廻しで持ちかけた。直青年は素直な性質だったので、それにヒョイとひっかかってしまった。世にも恐ろしい結末が待ち受けているとも知らず、弟の指図どおり、雪枝嬢から着物を借りて、夜な夜なそれをまとって、さてこれからどんな楽しいことがあるのかしらと待ちわびた。だが、やってきたものは、あらぬことか、血を分けた弟の呪いの言葉、そして三途《さんず》の川の渡し守だった。

均青年の奸智《かんち》には恐れいるよ。直青年をああやってふるまわせておけば、警察は彼のことを、気が変だったのだ、自殺しても不思議はないと思い込む。雪枝嬢は雪枝嬢で、自分の背徳が彼を死に追いやったのだと、血を吐くほどの後悔しきりだ」

　私も実をいうと、塚本均を、やや疑っていた。彼が兄を殺す動機は、恋の怨念のほかにもある。兄がいなくなってしまえば、あれほど執心していた家督相続権が、ヒョイところがり込んでくるのである。

　郷里をはなれた彼が乞食のようになってしまったのは、独り暮らしの気安さに、生来のだらしなさが、ムズムズ顔をのぞかせただけなのかもしれぬ。だが、家督相続権のなさをはかなんで、いっそ乞食のほうが楽だわいと、ヤケクソになったとも考えられる。そんなとき、兄の殺害を思いつかないといえようか。

　しかし私の中には、塚本均は犯人たりえないという、確固たる論理的認識があった。

「彼にはアリバイがありますよ。九月十五日の晩、つまり直君が死んだその夜、雪枝を訪ねています。同じ日に同一人物が白浜と東京を股にかける可能性はありません」

　私はキッパリといった。

「フフフフフ、君は旅客飛行機というものを忘れているようだね。それに、ホラ、最近できた羽田《はねだ》飛行場［註・昭和六年開港］、あれは彼女が住む大森とは目と鼻の先だぜ」

「たとえ飛行機を使っても不可能です」

「聞こうじゃないか。どうして旅客飛行機でもダメなのだ」

　萩原氏はえらい見幕《けんまく》でつめよってきた。

「北川雪枝が受け取った電報がありましたよね。塚本均が犯人だとしたら、あの電報は、直君ではなしに、均が打ったことになりますよね」

私は考え考え説明した。

「もちろんだとも。あれは、浮気者の許嫁に対する呪詛《じゅそ》だ」

「電報は十五日の午前十一時に発信されていました。まだひる前ですから、電報を打ってすぐ汽車に乗って、大阪築港「註・当時、空港があった」から飛行機を利用すると、晩には東京の街を歩くことができます」

「ホラ、みたまえ」

「ですが、ここからが無理なのです。雪枝に顔を見せたのち、さて直君を殺すために白浜に戻ろうと思っても、その時刻に飛行機は飛んでいません。よしんば、あの日にかぎって夜間の臨時便があったとしても、大阪から白浜までの道のりを考えると、どうして夜中の十一時前後に、三段壁の一本松で自殺の偽装ができましょう」

「ウーム」

萩原氏は急所をつかれてだまり込んでしまった。実につまらなそうな顔をしてギターを取り上げると、ジャランジャランと掻《か》き鳴らしはじめた。今度は情熱的なラテンのリズムだ。

「彼女の話の中に、岡田道彦なる人物がチラッと出てきましたよね」

私はソロリと切り出した。

「アア、直青年にモーターサイクルをぶつけたとかいう」

萩原氏はギターを弾きながら応じた。

「彼をどう思います」

「別に。直青年の学友だろう。それをどう思えというのかね」

「彼について、いま少し調べを加えてはいかがでしょう」

「どうしてだね」

「彼が直君を殺したとは思われませんか」

「ハッ！　何をいい出すのかと思えば」

萩原氏はあきれ顔でギターを置いた。

「岡田は直君にけがを負わせているのですよ。その衝突事故が元で、二人のあいだにいさかいがなかったといえましょうか。イエ、ああいう事故が起きますと、大なり小なり、いさかいが起きるものです。金銭的な問題もありましょう、金銭では解決できぬ肉体的障害の問題もありましょう」

「君、それは考えすぎだよ」

萩原氏はやっきとなって、

「雪枝嬢はハッキリいわなかったけれど、一体直青年がどれほどのけがをしたというのだ。君は実際に白浜で会っているだろうが。足をピョンコピョンコ引きずっていたのかい？　片腕がブチンともぎ取れていたのかい？　ピンシャンしていたのだろう。その程度のけがで、殺人事件に発展するようないさかいが起きるものか」

とパイプを振り振りまくしたてた。

「はた目にはわからぬ後遺症をかかえていたのかもしれません」

私は自説をつづける。

「後遺症に悩まされていた直君が、自分の一生をどうしてくれるんだと岡田に詰め寄り、岡田はそれをうるさく思ったのかもしれません。どうしろといわれてもどうする術《すべ》もなく、このままでは一生涯彼の面倒をみる羽目になりかねないと、暗澹《あんたん》たる気持におちいったのです。

そんなとき、突如北川雪枝が現われて、それを境に直君が沈んで行った。岡田はハタと手を打ちました。厄介者の直君を、結ばれぬ恋に悩んでの自殺と見せかけて殺してはどうだろうかと考えたのです」

「フン、そうかい、そうかい。まあよかろうさ。ここでヤイノヤイノいい合ったところで話にならぬ。衝突事故の一件については、本人やら病院やらを調べてみればハッキリすることさ」

萩原氏は少々荒っぽい口をきいて、

「君の思考はなんとなく警察じみてるね。関係者のすべてを疑ってかからないことには気が済まないようだね。岡田青年の疑いが晴れたなら、今度は下宿の家主にでも嫌疑をかけてみるかい。ウフフフフ」

と皮肉めいた笑いをもらした。

「お言葉を返すようですが、下宿の家主が犯人という可能性もありますよ。現実の犯罪事件とはそういうものなのです。えてして、ばかばかしい結末で終ってしまうものなのです。私はだから好きじゃないのです」

私はヤンワリといったが、萩原氏はまったく受けつけない。

「君はちっともわかっていない。僕らは、未知の世界を楽しもうとしているんだぜ。現実がどうあろうと、僕らは僕らのやり方で、僕らなりの真相を見つければいいのだよ。だから、その結果浮かび上がった人物が、現実に犯人である必要なんかない。妄想を満足させてくれるような、りっぱな動機と、方法と、犯人が必要なんだ」

わけのわからぬことを口走る駄々っ子だ。萩原氏はほんとうに、現実の中に持ち込んだ架空世界で遊ぼうとしているのである。いくら現実嫌いの私とはいえ、ちょっとついて行けないものがあった。

萩原氏はスッカリ怒ってしまったようで、あらぬ方《かた》を見つめながら、ギターをテーブルに寝かせたまま、ポロンポロンと琴のようにつまびきつづける。私は、どうしたものかしらと考えながら、ウィスキーをチビチビ嘗《な》めた。

「僕は屋根裏の散歩者が大いに気に入ったんだ。彼が無関係であってたまるものかい」

やがて、萩原氏はあきらめきれぬようにつぶやいた。

屋根裏の散歩者

　翌日の昼どき、私が本郷の洋食屋で冷しコーヒーを啜《すす》っていると、約束より少し遅れて、萩原氏がニコニコ顔でやってきた。

「君、大いに喜びたまえ。ゆうベジックリ考えたのだが、塚本均のアリバイくずれたり、だよ」

　萩原氏はドッカと腰を降ろすと、そんなことを口にした。私は、まだ塚本均にこだわっているのかと気乗り薄だったが、

「僕らは実に迂闊《うかつ》だった。雪枝嬢の話が真実だったとどうしていえよう」

　といわれてハッとした。

「北川雪枝が塚本均をかばいだてしていると？」

「そのとおり。つまり、十五夜の晩、均青年は東京に戻ってきちゃあいないのだ。彼は白浜で電報を打ったのち、そのまま夜を待って、直青年を殺害し、あくる晩、さも東京から駈けつけてきたかのようなふりをして、父親の前に現われた」

「なるほど、あの晩、均が東京にいたという証拠は、雪枝の言葉だけですものね。彼女が嘘をついているとしたら、彼のアリバイはなくなる。しかし萩原さん、彼女はなぜ、均をかばっているんです」

私が尋ねると、萩原氏はもどかしそうに、

「探偵作家ともあろう者が、これがわからないでどうする。きのうも話して聞かせただろう。雪枝嬢は均青年をいやだと思う一方、好きでもあったのだよ。彼に虚偽の申し立てを懇願されれば首を縦に振ってしまうよ」

「相手が殺人者でもですか」

「たとえ殺人者であろうともね。恋は人をそこまでさせるものなんだよ。それに、よしんば雪枝嬢がウンといわなかったとしても、均青年は何も案ずることはない。例の巧妙な話術をもって脅しをかければよいのだ。

俺が殺人の罪を犯したのも、元をただせばお前のせいだ、お前の背徳が俺を殺人者にしたのだ、お前が協力せずに、俺が捕まるようなことになったなら、お前もお上からとがめられるのだぞ」

萩原氏は声色を使って凄んでみせた。

「イヤ、いけない」

私はやっきとなって、

「萩原さんの説には非常な欠陥があります。警察は直君の死を自殺だと信じきっているのですよ。均のことなど、つゆいささかも疑っていないのですよ。そんな嘘の助け船は、均が疑われてはじめて申し立てればよろしいことです」

「おいおい、それこそ犯罪者の常套《じょうとう》手段じゃないか」

萩原氏はスラスラと答えるのだ。

「真に怪しい輩《やから》ほど、何も疑われぬ前から、自分は潔白だとペラペラしゃべりたがるものだ」

「そうかもしれませんが、ですが、やっぱり腑《ふ》に落ちません。私の前で虚偽のアリバイを申し立ててどうなりましょう。私は警察官ではありません」

「それはね、君の名前に恐れをなしたからだよ」

私は彼の言葉の意味をさとりかねた。

「均青年は周到にも、警察が直青年の死をどのようにとらえているのか知りたく思って、雪枝嬢に探りの手紙を書かせた。すると、警察は自殺と信じきっていて一と安心なのだが、ところが、君という人物が直青年につきまとっていた事実があった。これは彼にとって非常な脅威だ。何しろ君には明晰な頭脳がある」

「からかわないでください」

私はそれこそ穴があったらはいりたい気持になった。

「からかってないさ。いいかい、君は、今でこそちがうけれど、元はといえば、純粋な理智を売り物とする探偵作家だった。マンネリ的で僕はあまり感服できなかったが、あの『二銭銅貨』や『心理試験』といった理智的な作品の生みの親だ。均青年はそれを恐れたのだ。警察以上の智恵を働かせて、直青年の自殺に疑いを持たぬともかぎらぬ。ではその前にと、彼は雪枝嬢を君のところによこして、先手を打つことにしたのだよ」

私は思わずうなってしまった。萩原氏の考えは一応もっとものように聞こえる。私が真に理智的かどうかは別問題として、世間では左《さ》ように解釈していると、私も認めざるをえない。

だが、何か変だぞ。萩原氏はどこかしらで大きな見落としをしているような気がしてならない。

「ということだから、均青年については、まだまだ調べて行かなくっちゃね。サテ、その前に、君がご執心の岡田青年に会いに行こう。彼が犯人でないことをハッキリさせるためにね」

萩原氏は注文のコーヒーも待たずに、ピョコンと立ち上がったかと思うと、もう道路へ飛び出していた。

果たして、岡田道彦に疑わしいところはなかった。岡田本人が主張したのはもちろん、菊坂の外科病院で確認を取ってみても、塚本直のけがは左指三本を単純骨折したのみであり、その治療費の全額は岡田が負担していて、殺人事件に発展するようないさかいが起きる余地はつゆいささかもなかった。

病院を出ると、私たちは市電を乗りついで、牛込区《うしごめ》［註・現在は新宿区］の筑土八幡町《つくどはちまんちょう》に、塚本直の下宿を訪ねた。

それは、八幡様の裏手にある、可なり新らしい西洋館であった。二階建ての豪奢《ごうしゃ》な建物は、中央に庭を囲んで、そのまわりに、桝型に部屋が並んでいるような造りで、建物全体は、はなはだしく野暮なコンクリート塀に取り囲まれている。その塀の上には盗賊よけのガラス片さえ植えつけてある。私がこの近くで下宿屋を営んでいた当時には見あたらなかった、嫌味なほど成金趣味の下宿屋だ。

大島の袷《あわせ》を着た、品のいい女あるじが語るには、塚本直は非常に折り目正しく、徹夜もいとわず勉学に励む模範学生であったが、六月の末、つまり北川雪枝が現われたころから、なんだか様子がおかしくなって、挨拶をしても上の空といった感じであったという。

女あるじはそれから、塚本直が借りていた部屋の鍵をあけて、

「塚本さんのお父上がおっしゃるのでございますよ。亡くなったことがハッキリするまでは、このままにしておいてほしいと」

と涙ながらにいうのであった。

部屋の中には、調度品から、書物から、何もかもがソックリ残されていた。なるほど、遺

体が上がらぬうちは死を認めたくないというのが親心というものであろう。

そんなことをボンヤリ思っているうちに、私の脳髄の片隅に、ある一つの妄想が、チロチロと流れ落ちてきた。われわれは、警察もふくめて、大いなる錯誤におちいっているのではあるまいか。

塚本直の遺体は上がっていない。見つかったのは、一本松にはさんであった遺書と、崖下の海に浮かんでいた草履《ぞうり》と、かつらだけなのである。死体がないにもかかわらず、彼は死んだと断じてよいものであろうか。彼はどこかで生き延びているのではないか。

私は、そう考えると、ゾッと身震いせずにいられなかった。

いやいや、そんなばかなことはない。第一発見者の奥村源造が確かめているではないか。塚本直の脈はなく、彼はまぎれもなく息絶えていたのである。

だが、そういい聞かせても、私の頭のモヤモヤはいっこう消えようとしない。塚本直がいまだ生存しているという考えを捨て切れぬ。この新説を萩原氏に提出したなら、彼はいかなる反応を見せるだろうか。

しかし私は、萩原氏に伝えるには時期尚早だと思った。萩原氏のことだ、そんな現実ばなれなことを耳にしたら、眼をランランと輝かせて、私の思いつきをさらにふくらませた、妙ちきりんな妄言《もうげん》を吐きかねない。塚本直生存説は一と先ず棚上げだ。

そして私は正気に戻ったのだが、見ると、萩原氏は女あるじに質問を浴びせている最中であった。

「塚本青年をこころよく思っていなかった人間をごぞんじないでしょうか」

「サテ、わたくしは、塚本さんのお友だちをほとんどぞんじませんので」

「この下宿の中に、そういう人物はいませんでしたか」

「ここにいらっしゃるのは良家のおぼっちゃんばかりです。どうして塚本さんといさかいを起こしましょう。サア、夕飯のしたくをしませんと」

女あるじは眉をキッとつり上げて、私たちを追いたてるように答えた。

時刻は四時を廻って、さていよいよ塚本均の下宿を訪れることになった。

牛込の江戸川公園の西のはずれに、俗称大滝という、コンクリートの巨大な水門がある。武蔵野の西から流れてきた小川が、そこで滝になって、昔は桜の名所であった江戸川となり、大曲《おおまがり》のところで南に折れて、飯田橋《いいだばし》のところで外堀に流れこんでいるのだ。

その大滝のそばには、数軒の貸舟屋があって、夏の夕涼みに小舟をあやつる人も多く、郊外のちょっとした名所になっているのだが、塚本均は、そんな貸舟屋の二階を間借りしていた。兄の新築西洋館に較べると、実にみすぼらしく、不衛生な下宿である。

家主に探りをいれるものと思っていたところ、萩原氏は大たんにも、下宿の階段をズカズカ上って行く。早くも、容疑者とじかに話そうというのか。

「塚本さん、塚本さん」

名札を確認すると、萩原氏はそう声をかけながら戸を叩いた。ところがいっこう返事がないもので、萩原氏は思いきったことに、部屋の扉を押しこころみるのだった。戸の錠前はこわれている様子で、キイキイと、まるで赤ん坊の泣き声のようないやな音をたてて、きしみながらひらいた。

部屋をのぞいて、私はオヤッと思った。万年床も一升瓶も見あたらぬ。文机の上には難解そうな書物がズラリと並べられている。

雪枝から聞いた話とずいぶんちがうぞ。まるで別人の部屋みたいだ。部屋をまちがったのかしら。

だが、まぎれもなく、ここが塚本均の部屋であって、

「ここをごらん。拳闘の鍛練《たんれん》をした跡が残っている」

と萩原氏が四つん這いになって指す方を見ると、畳のところどころが黒ずみ、ささくれ立っていた。拳闘独特の足さばきをした痕跡だ。

「留守とは残念だが、それもよかろう。留守なら留守で、やることがあるさ」

萩原氏はポケットから懐中電燈を取り出した。

「何をはじめるのです」

私はいぶかしく思って尋ねた。

「懐中電燈は暗がりで使うものだよ。ウフフフフ」

萩原氏は、薄気味わるい微笑みをふくんで、じらすように答えた。その言葉が、なぜか私をドキンとさせた。

「あなた、まさか」

私はおそるおそる天井を指さした。

「ウフフ、もちろんだとも。僕らも屋根裏を散歩しようよ。均青年の行動はもらさず確かめないとね。先ず僕が上る。呼んだら、君もおいで」

いうが早いか、萩原氏は押入れの襖《ふすま》をあけはなった。そして、押入れの上段にヒョイと上がり込むと、天井板の一枚をはねのけて、その天井の穴の中へ、電燈工夫のようにもぐって行った。

彼の異様なまでの昂奮ぶりはどうだ。まるで、ワクワクしながらお化け屋敷にはいっていく子供である。天井裏とは、かくも人の心を愉快にさせるのだろうか。

「君、君。早くきたまえ」

しばらくすると、押入れの、萩原氏がもぐって行った天井の穴から、ニョッキリと腕が伸び出してきて、私を手招いた。着物を汚したくなかった私は、決して上がるまいと思っていたのだが、彼の声があまり真剣だったので、ポッカリと口をあけた、ほら穴の入口とでもいった感じのする、その天井の穴に首を突っ込んだ。

「ネエ、おかしいと思わないかい」

探検隊長の萩原氏はそういって、懐中電燈の光の輪をユックリと動かした。

先ず眼につくのは、縦に長々と横たえられた、太い、曲りくねった、竜の背骨のような棟木であった。その棟木からは、ちょうど竜のあばら骨にあたるたくさんの梁《はり》が、両側へ、屋根の傾斜に沿って突き出ている。それだけでも雄大な景色であるが、その上、天井を支えるために、無数の細い棒が梁から下がっていて、それがまるで鍾乳洞《しょうにゅうどう》の内部を見るような感じを起こさせる。

建物が古いということもあるけれど、それにしても、ずいぶん汚らしい天井裏である。煤《すす》やほこりがうずたかく、四周にはクモの巣がビッシリだ。

やがて、光の輪にしたがって眼を動かすうちに、私はけげんなものを感じた。

「均青年は散歩なんかしていないぜ」

まさに萩原氏のいうとおりである。天井裏には無数の手形や足跡がついていたが、それは彼の部屋の上だけであって、両隣の部屋の方へは延びていない。これでは散歩したとはいえない。

彼は瞑想《めいそう》の場所として天井裏を利用しているのかしら。それとも、誰かをこの部屋に呼びよせて、そして自分は天井裏から、ニヤニヤ隙見しているのかしら。

私たちは口もきかず、てんでに想像をはたらかせていたが、何もこんな廃坑のような暗がりで考えることもあるまいということで、ともかくも部屋を出て、家主の話を聞いておくことにした。

家主というのは、白髪白髯、猿のように皺《しわ》くちゃな顔をした、見たところ七十近くにも思われるお爺さんであった。老人は桟橋にチョコンと坐って、煙草をふかしながら、舟底にこびりついた苔《こけ》をそぎ落としていた。

「H大学予科の学生監督部長、御納戸色と申します。塚本均君を訪ねてまいったのですが、今は留守をしているようですな」

萩原氏は、こんな出鱈目《でたらめ》をいいながら名刺を差し出して、老人を驚かした。

「大へん困ったことに、塚本君はちっとも学校に出てきませんでね、本日はそれを諭《さと》しにまいったのです。このような状態がつづくようでしたら、学校をやめてもらわねばなりません」

「ハア、さようですか。それは、ご苦労なことで。じゃが、変ですな。塚本さんは、ここんとこずっと、朝は早うから学校へ出かけて行きますぞ」

萩原氏はキョトンとした。

「昔は、といってもホンの半月ほど前までじゃが、そりゃあ変物《へんぶつ》の学生さんでしたよ。大そうなお金持ちのくせして、そのへんの乞食のような恰好をしとるし、わしがいくらいうても、部屋ン中をとっ散らかす。いつだったかは、土用にはいったばかりのころだったかのう、あのクソ暑いさなか、わざわざ窓をしめきって、すっぱだかで拳闘の練習をしておった。おかげで畳はボロボロじゃ。ところが、最近ようやっと改心しましてな、部屋は整頓《せいとん》するし、頭もひげもキチンと刈り揃える。学校にもチャンと行っとりますぞ」

家督相続権がころがり込んできたことで、急にやる気を起こしたのだ。

「しかし、このたびは塚本さんも大へんだったねえ。おかげで目ぇ覚ましたんだろうけど、塚本さんとしちゃあ複雑な気持じゃろう」

「何が大へんだったのです」

萩原氏はしらじらしく尋ねた。

「お兄さんが首をくくったんじゃ。塚本さんは電報を受け取るや、そりゃもう大声で泣き叫びましてな、着の身着のままで飛び出して行きましたわい」

「電報？　誰からの電報です」

私はハッとして聞き返した。

「実家からですよ」

老人は当然のように答えた。

「そ、その電報が届いたのは九月十六日のことですね」

私はますます昂奮して、舌がうまくまわらなくなった。

「エエト、そうそう、十五夜の次ン日じゃった。朝早《はよ》うに電報配達夫がやってきてね」

「聞きましたか？」

私はニヤッと意味ありげな笑みを萩原氏に送った。萩原氏は極度の狼狽《ろうばい》に口もきけぬ。みるみる、額には玉の汗が浮かんできた。

とうとう、塚本均のアリバイが成立したのである。

十五日の深夜、紀州の白浜において塚本直を殺害した人間が、いかなる手段をもってすれば、翌早朝までに東京に戻ってきて、電報——蒲郡の実家が、警察の連絡を受けてすぐに打ったものである——を受け取ることができようか。萩原氏の大きな見落としとは、これだったのだ。

萩原氏はそれっきり、私が何をいっても、ウンウンと生返事をするばかりで、そのうちしおれようを見ていると、なぜか私までが、ひどく失望して行くのであった。

石塊《いしくれ》の秘密

それから中二日おいて三日目のひる過ぎに、私は萩原氏の様子見かたがたその後の経過を知らせるために、世田谷の代田《だいた》に出かけて行った。

かれこれ二年ほどのつきあいの中で、萩原氏の自宅を訪ねるのは、このときがはじめてだったけれど、かねて所を聞いていたので、探すのに骨は折れなかった。

とんがり屋根の萩原邸は小高い丘の上にあった。屋根の小豆《あずき》色と白壁がよく調和した、落ちついたたたずまいの邸宅である。だが、邸宅のすぐ隣を通っている高圧電線が、時折風にあおられて、ブーン、ブーンとうなるさまは、なんとも無気味で恐ろしかった。

刺《し》を通じると、丸ポチャの女中の取次ぎで、ややしばらくして萩原氏がのれんをかき分けて出てきた。

「なんですか、それは」

私は、彼が首から掛けている濃紺の前垂れを妙に思って、何気なくそう尋ねた。彼の痩せぎすのからだをスッポリ包み込むほど、大きな、変な恰好の前掛だ。だが、彼は眼をキョト

キョトさせて、

「君、これは、なんだ、前掛だよ。前掛、前掛、と」

と、あたりまえのことだけくり返して、ハッキリ答えようとしない。

「朔太郎がいつもお世話になっております。この子のことですから、先生には大へんご迷惑をかけているのでございましょう」

するとそういいながら、やっぱりのれんをかき分けて、一人の老婦人が現われた。どうやら萩原氏の御母堂《ごぼどう》のようである。

「先生、笑ってやってくださいな。朔太郎はまるで子供でしてね、こうして前掛をしないことには、御飯のあと片づけがやりきれないんですよ。畳も着物も御飯粒だらけにしちゃってね。アア、恥かしい子だ」

いわれて見るとそのとおりで、彼の前掛にも、ほっぺたにも、御飯粒がペタペタくっついている。

「おっかさん、堪忍《かんにん》しておくれよ。そんなこと、人にいわなくてもいいだろう」

萩原氏は御母堂をキッと睨《にら》みつけて、

「さあ、上がった、上がった」

ギクシャクした足取りで、先に立って歩きだした。

私はクスクスと忍び笑いながら、彼のあとにしたがった。なんだか外で会うときの萩原氏とは、まったくの別人である。

通されたのは、非常にエキゾチックな応接室で、私はその趣味のよさに感心した。

天井からは吊りランプを模した電燈が下がり、部屋の隅にはギターのケースや西洋の台ランプが置かれ、煉瓦《れんが》造りのマントルピースもそなえられている。そのマントルピースの上には赤い燭台《しょくだい》や骨董の壺が並べられ、外国の風景版画が飾られている。

「よく来てくれたね。僕はあれからムシャクシャのしどおしだ。屋根裏の散歩者が犯人でないとしたら、一体誰が直青年を殺したというんだい。それともやっぱり自殺だったのかい。アア、おもしろくない、おもしろくない。何か愉快な話はないかね」

そういって、萩原氏はテーブルの上から銀の灰皿を取り上げると、それを持ったままジュウタンの上にベタッと腹這いになって、朝日［註・煙草の銘柄］に火をつけた。

「実は私、きょうはお見舞いにまいったのです。萩原さんの憂鬱を治す元気の素を見つけましてね」

私は、道々考えていた、思わせぶりなせりふで切り出した。

「ホホウ、そいつはすてきだ。新種の薬かい？　もしや、アシーシュではあるまいね。僕、一度でいいからアシーシュというものをやってみたかったんだよ」

萩原氏はワクワクした調子でいった。

「イエ、そのようなあぶなっかしい薬ではありません。からだには一切害がなく、もっと効果絶大な代物《しろもの》です。ちょっと失礼」

私はそう微笑むと、彼に背を向けて、ある準備をしたのちに、

「私の脈を取ってみてください」

といって両腕を差し出した。

萩原氏はいぶかしげに首をひねったが、やがてムックリ起き上がると、先ずは私の左手首に指先を当てた。

「ヤヤ。脈がない」

彼はハッとして、指をあてがうところを少しずつ変えて行った。彼の指は、按摩《あんま》さんのように、ヒョイ、ヒョイと敏捷《びんしょう》に動く。

「これはどうした。君、ほんとうに脈がないぞ」

彼はますますギョッとして、今度は私の右手首に指を移したが、こちらにも脈がないとわかると、背筋をピンと伸ばして、驚くほど大きな眼で私を見つめるのであった。

「君は仙術の心得があるのかい。気力で脈を止められるのかい」

「ハハハ、子供だましの簡単な手品です」

私は快活に笑って、着物の襟元に手を突っ込むと、左脇の下から拳ほどの大きさのゴム毬《まり》を、右脇の下からは、やはり拳大の、スベスベした石ころを取り出した。

「脇の下にこのようなものを入れて、脇をシッカリしめつけると、動脈が圧迫され、脈が止

まるのです。心臓は確かに動いているにかかわらず、手首まで血が通わなくなってしまうのです。種を明かせばナアンダというようなことですが、これがあるばかりに脈の停止が自在になるのですから、なんとも不思議なものです」

「どれどれ、ちょっと拝借」

萩原氏は私の手からゴム毬を奪おうとしたが、私はそれをサッとかわして、

「よろしいですか、脇をシッカリしめつけることが重要なのです。しめつけが甘いと、血が通ってしまいます」

と、もう一度自分の両脇の下に、ゴム毬と石ころを一つずつはさみ込んだ。

「僕にもやらせておくれよ」

萩原氏は不服そうだ。だが、私は彼にかまうことなくつづけた。

「さて、両脇にゴム毬なり石ころなりを入れて、脇をギュウギュウしめつけて行きますと、両方の手先がおのずと近づいて行きます」

私は説明しながら、そのさまを演じてみせた。

「ゴム毬、ゴム毬」

萩原氏は、私の意図など少しもくみ取っていない様子で、小づかいをせびる子供のようにいう。私は、そこで、そうやって両手の手先を合わせたまま、ひざまずき、首をカクンと前に倒して見せた。

「き、君、それは、あの」

　萩原氏の表情がギョクンと強張《こわば》った。

「そうです、これこそ『祈れるさまに吊されぬ』です。萩原さんの『天上縊死』ソックリの死に様です」

　私は祈りの姿勢をやめて胸を張った。

「君は、すると、直青年は生きていると主張するんだね」

　萩原氏は結論を急いだ。

「イヤ、誤解なきよう願います。私は何もそこまではいっておりません。彼が生存している証拠など何一つありません。ただ、このような方法を用いることで、彼はあの晩、一時的自己抹殺を装うことができた、かように申しているのです」

　私は言葉を選び選びつづけて行く。

「直君を一本松まで追いかけて行った奥村源造は、直君はまぎれもなく息をしていなかった、脈がなかった、と申し立てておりましたが、だからといって、そのときの彼がほんとうに死んでいたとはかぎらないのです。息は一とき止めればいい、脈にしても、たった今証明したように、どこにでもあるゴム毬や石ころを使えば止められる。

　そうして、源造が立ち去ったのち、ノコノコと起き上がって、首に巻きつけた縄を途中からちぎり、かつらや草履を崖下にほうり捨てて、どこかへ行ってしまう。それらの詭計《きけい》はもちろん、首吊り死体が、風のいたずらで飛ばされて行ったと思わせるために行なったものです。

そもそも、私がこの手品を思いついたのも、直君の遺体がいまだ上がっていないことにありました。源造は死体を見た、だがその死体が消えた。この二つの事項を、くり返しくり返し考えるうちに、脳髄がピリリと刺戟されたのです。私はそして、こんな子供だましでほんとうに脈が止まるのかしらと、実際にゴム毬や石ころを使ってこころみたのですが、そうするうちに、非常な重大事に気づきました。それは首吊りの恰好です。

私はそれまで、直君は『天上縊死』にならって死んで行ったとばかり思っていました。彼が萩原さんの詩を好んでいたからそう思ったのです。いわば先入観です。しかし、私は手品をくり返しこころみるうちに、実は『天上縊死』にならったのではなく、結果として、偶然にも、ならったかのような首吊りになったのではと考えるようになりました。

というのも、両脇に何がしかの小道具をはさんで脈を止め、そうして首吊りのふりをしようとするならば、意識せずとも、『天上縊死』にあるような恰好を強いられるからです。首をくるのはふりだけですから、足は地についていなければならず、そのとき安定を求めんとするなら、当然ひざまずく姿勢になりましょう。そして、さいぜんやったように、脇を厳しくしめつけると、左右の手先は自然とくっついて行きます」

私はここまで一と息にしゃべってしまうと、思わせぶりに、コホンと咳ばらいをして、萩原氏をチラとうかがった。

「イヤア、さすが大先生だ。詩にならったのではなしに、結果的にならったふうになった。ウン、実に理智的な御推察じゃないか」

萩原氏はポンポンと柏手《かしわで》を打つと、やにわに立ち上がって、

「ウフフフフフ。直青年は死んだふりをしていただけかい。彼は隠密に生きているとな。君、いいよ、実にいい。僕たちの冒険はまだまだつづいて行くんだね」

と、例によって例のごとく、他人事《ひとごと》のようにいいながら、部屋の中をノソノソと歩き廻りはじめた。

私の思惑はズバリ当たって、元気の素が萩原氏を立ち直らせた。だが、私はそれを嬉しく思う一方で、少々不安になった。実をいうと、私の新説は、ある方面では筋が通っているのだが、別の角度からながめると、なんともシックリいかないのである。それを最後までいってしまうと、萩原氏をひどく落胆させやしないか。

「イヤ、それなんですがね、直君がいまだ生きているとするには、いくつかのおかしな点があるのですよ」

私はやや元気のない声で、ともかくも話のつづきをはじめた。

「先ず第一に、彼は何ゆえあのような手品を用いなければならなかったのか。三段壁で一時的自己抹殺をはかろうとするのなら、あのように手の込んだ手品をする必要はありません。

崖っぷちに遺書を残して、ついでに履物でも脱ぎ揃えておけば、それで充分こと足ります。あすこから身を投げたならめったなことでは死体が上がらないという厳然たる事実があるのですから、警察もそれを鵜《う》呑《の》みにして、彼の自殺に疑念をさしはさむことはないでしょう。警察は存外いいかげんな捜査しかしないものです」

「君、それは簡単だよ。遺書や履物だけを残すよりは、一たん死体を見せておいた方が、確実に死んでいたと思い込ませることができる」

萩原氏はすかさず口をはさんだ。

「なるほど。では、その件は一応納得しておきましょう。しかし、これはどうです。首吊りのまねごとで一時的自己抹殺をはかりたいのなら、証人となる人物をあらかじめ用意しておかねばなりません。一本松で首をくっている彼の姿を目撃して、脈が止まっていることを確認してくれる人物です」

「源造とやらが証人になっているじゃないか」

「イエ、源造はたまたま証人になったにすぎません。偶然にも、三段壁に向かって行く直君の姿を見かけて、それを心配に思ってあとを追っただけです。もしも、源造が五分でも遅く家を出ていたならどうなっていたでしょう。直君は目撃者のいないところで首吊りのまねごとをする羽目になったのですよ。そんなばかなことがありましょうか。

私は、もっと確実な証人が必要だといっているのです。それはおそらく、彼が口実を作って呼び寄せることになるのでしょうが、彼が首吊りを演ずるちょうどその刻《とき》に、必らず一本松までやってきてくれる人物です」

私はキッパリといった。

「フム、確かにつじつまが合わないね。手品というものは、ひっかかってくれるお客さんがいてこそ成り立つものだ」

というようなことで、私たちはプッツリだまり込んでしまったが、しばらくすると、萩原氏が妙な独りごとをはじめた。

「三段壁から身を投げると確実に命を落とす。死体も上がらぬ。これは厳然たる事実である。したがって、この事実を逆手に取ることによって、自殺のお芝居を容易に演ずることができる。崖上に投身自殺の痕跡を残しておけば、警察はそれをもって、自殺であると断定する。死体が上がらないからといって、それをうさんに思うことはない。警察は絶対に怪しまない」

萩原氏はどうやら頭の整理をはかっているようであった。

「ところが、直青年は実に用心深かった。身投げの痕跡だけでは不充分だと思って、死体そのものを一たん見せることにした。さすれば、自殺したことが、さらに揺るぎのない事実としてとらえられる。彼はそこで、首くくりの手品を行なうことにした。必要な小道具は、縄が一本に、ゴム毬が二個きり。しごく簡単な手品だ。彼はそれらを懐《ふところ》にしのばせて宿を出た。縄とゴム毬を持って宿を出た。縄とゴム毬を持って宿を出た」

萩原氏は頭をかかえて、テーブルの上に顎をのせ、すべての注意力を頭の芯にもみ込むように、同じ言葉を幾度となくくり返した。私の新説に救いの手をさしのべようとあせっているのだ。

だが、いくら頭をいじめつけたところで何も見つけ出せまい。それは私がよく知っている。考えれば考えるほど、深く深く矛盾《むじゅん》の泥沼へと沈み込んで行って、もがき苦しむばかりなのだ。それを思うと、私は少々うしろめたい気持になった。

「ウフフフフ」

そのとき突如として、地底から這い出してくるような、一種無気味な忍び笑いがひびき渡った。萩原氏がテーブルの上で頭をかかえたまま、骨ばった背中をヒクヒクさせて、さもおかしそうに笑っているのだ。

なんということだ。萩原氏は昏迷《こんめい》のあまり、とうとう脳髄に変調をきたしてしまったのかしら。

「萩原さん、どうしたのです」

私は思わず、彼の上に顔を寄せて、アタフタしながら声をかけた。

「ウフフフフ、僕は自分が恐ろしいよ、自分の思考力に慄然《りつぜん》とするよ。詩作なんてうっちゃって、民間探偵にでもなろうかしら、ウフフフフ」

萩原氏はムックリ起き上がると、端整な顔をクシャクシャにして、ますます異様なことをいい出す。

「さすが探偵小説家だ。目のつけどころが抜群だね。直青年が生きているとな。脈を止めて見せたとな。フフフフフ、まったくそのとおりだ。ただ、惜しむらくは、君は思考の方向を固定してしまった。だから矛盾の克服ができなかった」

「答が見つかったのですか」

私はギョッとして、萩原氏の眼色を読みながら尋ねた。

「ウン、わかった。実に論理的な答だ。僕はそれに絶対の自信を持つよ」

萩原氏はニコニコ笑いながら答えて、

「直青年が首吊りに使った縄だけどね、あれの出所はどこだい」

と唐突に問いかけてきた。

「源造の屋台です」

私は、それが重要な質問とは思いもよらず、気軽に答えた。

「オヤ、君も存外にぶいね。まだ気づかないのかい」

萩原氏はあきれ顔でいった。

「何に気づけというのです」

「これから首を吊ろうという人間が、首吊りに欠くことならぬ縄を持たずして、首吊りにおもむくかね」

私は「アッ」と、つい叫び声を上げないではいられなかった。

「それとも何かい、彼は用意の縄を宿に置き忘れたのかしら。途中でそれに気づいたけれど、取りに戻るのがめんどうだから、折よく目にとまった屋台の縄をかっぱらって、それで首をくくったのかしら。なんとも間の抜けた話だね、ハハハハハハ」

「ではあなたは……」

私はなんだかドキドキしてきた。

「そうさ。直青年に自殺の意志など毛頭なかったということだ。先ずはこれで、直青年生存説に論理的根拠がそなわったよね」

なんということか。萩原氏は、私がホンの思いつきで持ち出した塚本直生存説に、論理の鎧《よろい》を着せつけたのである。

だが、私はこの萩原氏の論理に一応は感服したのであるが、よく考えてみると、肝要な問題が解決されていないではないか。

塚本直に自殺の意志がなかったなら、一本松での首くくりは偽装であったと断定できる。そして、首吊り死体を装うには、私が思いいたった手品を用いるほかない。ところが彼は、目撃者の用意をせずに手品を行なおうとした。一体どういうことだ。

「いけない、いけない。君はいまだに滑稽《こっけい》な心理的錯誤におちいっているね。君、十五夜の晩の天候を思い出してごらんよ」

　萩原氏は私の矢つぎ早な質問を押えて、逆にそんなことをいい出すのであった。

「夕刻から雲行きが怪しくなりまして、あいにく十五夜お月さんは見えませんでした」

　私は彼がいわんとするところをさとりかねていた。

「ああ、君は休養を取りすぎて頭がボケてしまったのかい。雲なんかどうでもいいことだ。十五夜お月さんなんて論外だ。僕がいいたいのは風だよ、風。あの晩は物凄く風が強かったのだろう。源造とやらは、屋台が飛ばされやせぬかとヒヤヒヤものだったのだろう」

　萩原氏はもどかしそうだ。

「いいかい、直青年はそもそも、ただ単に身投げのまねごとをするつもりだったのだ。崖っぷちに遺書と履物を残して、そうしてどこぞに姿を消すつもりだったのだよ。ところが、彼は三段壁に向かう途中で不安にかられた。嵐のような大風が吹いている。岩山の頂ではもっと荒れ狂っていることだろう。身投げの偽装をほどこしている最中に、そんな大風にあおられたならどうなる。風が吹いていなくてもあぶなっかしい場所なんだぜ。眼下数百尺にまっさかさまじゃないか」

　といわれて、私はハッと気づいた。

「命綱ですね」

「ウン、やっとわかったようだね。あまりの大風に身の危険を感じた彼は、ふと眼にとまった屋台から縄をくすねて、それを命綱とすることにしたのだ。自分のからだの一部を一本松にくくりつけ、そうやって身の安全を確保したのちに偽装工作を行なおうとしたのだ」

萩原氏はニンマリとつづける。

「ところが、さて作業をはじめようかいなという段になって、思いがけぬ困りごとが起きてしまった。どこか遠くの方で人の声がする。『オーイ、オーイ』と呼びかけながら、だんだん近づいてくる」

奥村源造だ。

「直青年はあせりにあせった。偽装作業を目撃されたら一巻の終りだ。といって、崖の上には松が一本生えているきり、身を隠す場所はない。彼の進退はここにきわまったか。いやいや、彼はそのとき閃《ひらめ》いた。脈を止める手品を思いついたのだ。

彼は、そこで、命綱のためにとかっぱらってきた縄の一端に輪を作って、もう一端を一本松の枝にゆわえつけた。そうしておいて、手ごろな石ころを二つばかり見つけると、それを両脇にシッカリとはさみつけ、縄の輪の中に首を通して源造を待った。

あとは説明するまでもないね。案の定、源造はその首吊りがお芝居だとはつゆ疑わず、大あわてで人を呼びに行った。直青年は源造が立ち去ると、松の幹に遺書を突っ込んで、かつらやら草履やらを崖下に投げ捨てて、縄を途中からひきちぎって、つまり首吊り死体が大風で吹き飛ばされたかのような工作をほどこして、しかるのち、自分も岩山をくだって行ったのだ。

さいぜん君は、『天上縊死』にならった首吊りは、意図的なものではなく、結果として存在しているにすぎないといったよね。まったくそのとおりさ。首吊り自殺の手品そのものが偶然の産物なのだからね。どうだい、これでつじつまが合うぞ。ハハハハハハハ」

私はウーンと大きくうなった。私が徹夜しても解けなかった難問を、萩原氏はあっという間に解きほぐしたのである。

だが私はここまで聞いても、まだなんとなくシックリせぬものが残っていた。

「直君はなぜ自分をこの世から消したのでしょうか。一体何をもくろんで、警察はもちろん、身内や友人までも欺《あざむ》いたのでしょう。結ばれぬ恋を歎《なげ》いての自殺なら納得できますが、それゆえの失踪とは、はなはだピンときません」

「彼女を奪い取るためだろう」

萩原氏は造作なく答えた。

「彼女？　北川雪枝？」

「直青年が真に雪枝嬢を愛していたのなら、さもありなんだぜ。彼女の方から胸の内を明かされて大喜びしたはいいけれど、彼女は何しろ弟の許嫁だ。正面きって奪い取ることはできぬ。そこで、一たん自分を亡き者としてしまい、その後時期をみて、二人して見知らぬ土地に移り住む腹づもりなのだろう」

「なんて廻りくどい。普通に駈け落ちすればいいものを」

私は不満だ。

「普通に駈け落ちしたなら、許嫁を奪われた均青年はどうなる。あろうことか、兄に奪い取られたんだぜ。人間という人間を金輪際《こんりんざい》信じなくなるだろうよ。それに、父親は怒り心頭に発するだろうし、家名にも大そう傷がつく。直青年は賢く、またやさしかったので、あとの状況がなるたけわるくならぬよう、自分という存在を消したのち、インヴィジブル・マンとなっての駈け落ちをもくろんだのさ」

萩原氏はスラスラと答えた。だが、私は愚かしくもまだ納得がいかず、

「すると、彼女は直君のお芝居を、最初から知っていたということになりますよね」

と尋ねた。

「ウン、そうだね。結ばれぬ恋を無理やり結ぶために、二人が手に手を取り合って計画したのだろう」

「それではなぜ、彼女は事の真相を知っているにもかかわらず、私のところに話を聞きにやってきたのです」

「それは、ホラ、均青年を疑っていたときに僕がいったことを思い出してごらんよ。あれと同じさ。直青年も雪枝嬢を使って警察に探りを入れ、君の正体を知り、そして君を恐れた。だから、彼女を君のところにさしむけて、嘘の先手を打つことにしたのだよ」

「アア、なるほど」

「ともかく、僕は直青年生存説が大いに気に入った。そうだとするなら、僕の詩にならったような首吊りばかりか、君の自殺を止めたことにも説明がつくのだよ。彼はほんとうの自殺をするつもりではなかったのだから、君の自殺を止めても、命の尊さを説いても、なんの心理的矛盾もないわけだ」

これで一切が明白になった。私の新説の不完全な部分を、萩原氏が隙間なく穴埋めしてくれたのである。もはや私が異議をさしはさむ余地はない。今はもうスッカリ兜《かぶと》をぬいだ。

「残るは、どこかに隠れひそんでいる直青年を探し出すだけだね」

萩原氏はそういって、さっそく出かける用意をはじめるのであった。

第三章

東京には二つの団子坂《だんござか》がある。

一つは、明治の昔、菊人形の名所として名を馳《は》せた、文京区千駄木《ぶんきょうせんだぎ》の団子坂で、界隈に団子を売る茶店があったことから、そう呼ばれるようになったという。二葉亭四迷《ふたばていしめい》の「浮雲《うきぐも》」や夏目漱石《なつめそうせき》の「三四郎《さんしろう》」にも登場する、あの団子坂である。江戸川乱歩が好きな者には、明智小五郎《あけちこごろう》のデビュー作「D坂の殺人事件」の舞台としても馴染み深いことだろう。

この団子坂界隈から、谷中《やなか》、上野桜木《うえのさくらぎ》にかけては、今でも江戸情緒があふれている。土蔵造りの商家、落語そのままの三軒長屋、迷路のような細い路地、緑深い寺の境内《けいだい》、千代紙や文楽《ぶんらく》人形の店。関東大震災、そして大戦の空襲という、江戸東京を決定的に壊滅させた二つの災害から奇跡的にまぬがれた地区なのである。

もう一つの団子坂は、新宿区のほぼ真ん中、東京女子医大の北側に位置している。西に進むと新宿の新田裏《しんでんうら》に至り、東に向かうと大久保《おおくぼ》通りに合流して飯田橋に出ることができるため、現在この団子坂の通りは抜け道として利用されることが多い。が、その昔は非常な低湿地で、歩くたびに泥団子ができる悪路だったという。

こちらの団子坂界隈は前者と対照的で、戦災で壊滅的な打撃を受け、その復興にもひどく手間取った。だが、大戦終結から半世紀、元号も代わった今となっては、そのなごりもなく、箱型の建築物が冷たい光を放っているばかりである。ただ一軒を除いては。

その煙草屋は坂の途中にあった。

それは半バラックの木造建築で、店頭に自動販売機は見あたらず、ガラス窓の向こう側では、腰の曲がった老婆が編棒を動かしていた。歳《とし》を取るのを忘れたような、終戦直後のアルバムから切り取ってきたような、そんな印象の煙草屋である。

細見辰時は感動にも近い驚きを覚えながら、煙草屋の板塀に沿って通りをはずれた。七月二十五日、「白骨鬼」の第二回を読み終えた翌日のことである。

息が詰まるほど暑い日だった。

板塀の中をひょいと覗くと、軒先に風鈴がさがり、よしずが立てかけてあったが、これだけ陽射しが強く、そよとも風が吹かない日には、見苦しく、暑苦しいばかりだ。

細見は煙草屋の裏手に回り、そこにしつらえられた階段を昇っていった。赤錆《さ》びた鉄段を昇りきったところには簀《す》の子が敷かれ、扉の破れた下駄箱が置かれていた。廊下は湿っぽく、黴《かび》臭い。どこからか、ぴちゃぴちゃと水滴のしたたる音がする。

細見は胸が熱くなる思いだった。靴を脱ぎかけたまま立ちつくし、遠い遠い、学生時代の記憶を楽しんだ。

「先生、こちらです。今か今かと待ちかねていました」

その声に、細見は回顧から解放された。すぐそこの戸の陰から西崎和哉の顔が覗いていた。足音を耳にして、わざわざ出迎えてくれたらしい。

「汚ない部屋ですけど、どうぞおあがりください」

西崎は相変わらず礼儀正しく言って、細見を部屋の中に案内した。

入ったとたん、その熱気に、細見は顔をしかめた。まるで蒸し風呂のような部屋だ。

そして細見はびっくりした。ひどく質素な部屋なのだ。四畳半一間で、風呂も便所も流しもない。調度品と呼べるものは、窓際の勉強机と、その上のラジオカセットと、申し訳程度の風を送っている扇風機くらいのものだ。書籍の類は段ボール箱の中に無造作《むぞうさ》に放り込まれている。

「いまどきの学生はみな、ワンルームマンションとかいうところでベッドに寝ているのかと思っていたよ」

細見は汗を拭き拭き、感心して言った。

「あまり派手な暮らしをしたら、銀行を襲ったことがばれますからね」

西崎は低い声でつぶやいた。一瞬、妙な静寂が部屋を支配した。

「あ、いや、はずしちゃったなぁ。冗談です、冗談」

西崎が気まずそうに頭を掻いた。

はずす？　どういう意味だ？

細見は軽い頭痛を覚えた。一見質素な西崎にしても、中身は今の若者と変わりないのか。

「なにしろ仕送りが少なくて、こんなところにしか住めないんです。ところが困ったことに、来月いっぱいで出ていかなければならないんです。取り壊してマンションにするらしくて。そんなこと急に言われてもねえ。大学に近くて、こんなに安いアパートなんか、どこの不動産屋を探してもありませんよ。原稿料が入るのは当分先のようだし」

西崎は愚痴《ぐち》をこぼしながら、焼けた畳の上に雑誌を積み重ね、その上に湯呑み茶碗を置いた。喉に粘《ねば》りつくような、生ぬるい麦茶だった。

「大学に近い……、まさか早稲田《わせだ》じゃあるまいね？」

細見はちょっと気になって尋ねた。

「ええ、早稲田で経済を勉強しています」

西崎はニヤリと笑った。

細見は喉の奥で唸った。今のが冗談でないとしたら、この男は救いがたき乱歩中毒患者だ。

団子坂の煙草屋の二階、それは団子坂違いとはいえ、若き日の明智小五郎と同じ下宿先である。そして早稲田の経済は乱歩の出身校。

「早速だが、例のノートとやらを見せてもらえるかね」

薄気味悪いものを感じながらも、細見は本題を切り出した。

西崎は緊張した面持ちで机の引出しを開け、古びた大学ノートを掴《つか》み出した。

「もっと早くに連絡いただければ、僕が持って伺いましたのに」

「いいんだ、いいんだ。たまには遠出しないと体がなまってしまう。菅野君に言わせると、頭がボケるということだが」

と苦笑して、細見は二冊のノートを受け取った。

一冊目の表紙には「わが犯罪捜査記録――其《そ》の弐拾六《にじゅうろく》　香川《かがわ》千吉《せんきち》」とあった。二冊目は「其の弐拾七」である。

「この前言いませんでした？　祖父といっても母方で、だから僕とは名字が違うんです」

細見は西崎に軽くうなずくと、老眼鏡をかけて一冊目を開いてみた。

この随想録は、大阪曽根崎《そねざき》署員としての四十年を振り返るために書きはじめたものなので、昭和二十二、三年のあの事件にページをついやすのは、その趣旨に反するかもしれない。あれは香川千吉一個人として、勤務のひまひまに、かかわりを持ったのだ。

しかしそれは、私が在勤中取り扱ったどの事件より不可解千万《せんばん》であったし、また、私の存在そのものに関係する事件でもあったことなので、以下しばらくの間、「わが犯罪捜査記録番外編」として書き記していくこととする。

あれは忘れもしない昭和二十二年八月十日のことであった。

大阪市北《きた》区兎我野《とがの》××の路上で、集配途中の郵便局員が、二人組の男に襲撃され、郵袋《ゆうたい》を奪われるという事件が発生した。だがさいわいにして、迅速かつ正確な通報がなされたため、事件発生一時間後、私は、現場にほど近い北区扇町《おうぎまち》××の工事現場に、二人組を追いつめることができた。

「おとなしく出てこんかい！」

郵袋がチラリとのぞいた土管に向かって、私は叫んだ。

「早う出てこんかい！　逃げらりゃせんぞ！」

もう一度叫んだが反応はなかった。私は拳銃を抜くと、注意深く歩を進めた。

と、その時である。背後でガサリと音がした。振り向くと、二つの大きな影がすぐそこまで迫っていた。鉄パイプを上段にかまえ、今にも振りおろさんとしている。

犯人だ！　土管の中の郵袋はおとりだったか！

それに気づいた瞬間、私は発砲した。いや、実を言うと、私は発砲した事実を憶えていない。ハッと気がつくと、地面の上を二人の男がのたうちまわっていた。私は本能的に身の危険を感じ、発砲してしまったのである。

弾丸の一発は地中に埋まっていた。

一発は一人の肩をかすめていた。

最後の一発は、もう一人の肺臓を撃ち抜いていた。

そして三時間後、手当てのかい空《むな》しく、彼は息をひきとった。

正当な理由あっての発砲ということで、私は何の処罰も受けなかった。今日ならおそらく、処罰はないにせよ、世間一般に道義を問われることと思うが、私にはそれもなかった。世の中はまだ混乱の中にあって、私の過失にかまう余裕などなかったのだ。

しかし彼の御両親は私をお許しくださらなかった。日をあけず足を運んだが、一度として焼香《しょうこう》させていただけなかった。

そして私もまた、自分が許せなかった。たとえ犯罪者とはいえ、正当防衛とはいえ、尊い人命を奪ってしまったのだ。

私はさいなまれた。銃弾を浴び、血海でのたうつ彼が夢枕に立ち、私はうなされ、不眠症になり、仕事も手につかなくなった。そしてとうとう、死をもって詫びるしかないという結論に達し、私は紀州の白浜に向かった。それが九月十四日のことである。

細見にとって目新しかったのは以上の冒頭部分だけだった。以下は「白骨鬼」とまったく同じ展開である。正確に言うなら、「白骨鬼」がこの実話をまねたのだが。「私」こと香川千吉は、一人の青年に身投げを止められ、生き続ける決心をする。香川はその晩、旅館の女中に「月恋病」の話を聞かされる。翌日、月恋病患者が命の恩人だと知って驚嘆し、さらに恩人の奇怪な自殺談を聞かされて愕然《がくぜん》とする——。つまり、香川千吉イコール廣宇雷太（江戸川乱歩）であり、西崎はその置き換え作業を行なったにすぎないのだ。

いや、もう少しだけ手を加えている。香川千吉の手記の中には、萩原朔太郎に該当《がいとう》する人物は出てこない。これは西崎のオリジナルであって、現実には、香川千吉が独りで上京して、恩人の弟の許嫁に会い、下宿先で聞き込みをしている。恩人は一時的自己抹殺を図ったのではないか、咄嗟《とっさ》の機転で首吊りのまねをしてみせたのではないかという一つの結論も、香川千吉独りで導き出したものだ。

それから、関係者の名前はそっくり書き改められていた。たとえば、「白骨鬼」の塚本直、均兄弟の本名は小松利忠《こまつとしただ》、利人《としひと》である。

とはいうものの、香川千吉の実体験と「白骨鬼」の内容は酷似していた。主人公を変え、それに合わせて時代を十四年ばかり逆行させ、萩原朔太郎という相棒を登場させることによって、装飾的な部分はずいぶん様変わりを見せているが、しかし事件や思考の流れは何ら変わりない。

「塚本直、塚本均というのは、小松利忠、小松利人の綴り替えなんです。廣宇雷太の場合とはちょっと趣きを変えて、ローマ字書きにして組み替えてみました」

細見が考え込んでいると、西崎がメモ用紙を提示してきた。

K	1	T	5
O	2	U	6
M	3	K	1
A	4	A	4
T	5	M	3
U	6	O	2
		T	7
T	7	O	8
O	8		
S	9	T	11
I	10	A	12
T	11	D	13
A	12	A	14
D	13	S	9
A	14	I	10

K	1	T	5
O	2	U	6
M	3	K	1
A	4	A	4
T	5	M	3
U	6	O	2
		T	7
T	7	O	8
O	8		
S	9	H	11
I	10	I	12
H	11	T	13
I	12	O	14
T	13	S	9
O	14	I	10

「なるほど」

細見はそっけなく言って、

「『白骨鬼』の最終回分の原稿はここにあるかね？」

「ちょっと汚ないですけど」

と西崎は、赤を入れかけのゲラ刷りをよこしてきた。

細見はゲラ刷りにざっと目を通した後、もう一度香川千吉の手記に移った。

最後まで瓜《うり》二つだった。どちらも、事件発生から四ヵ月後の一月二十四日深夜をもって、一件落着ということになっている。幕引きの衝撃的な出来事まで一緒であった。

「やっぱり独創性を欠いているでしょうか？　犯人を罠にかけるくだりなんかは完全なオリジナルなんですけど」

西崎は自己弁護を交えて伺いをたててきた。細見は何も答えず、難しい顔つきで煙草をふかし続けた。西崎はそれが答えだと解釈したらしく、肩を落として深い溜息を繰り返した。

二人は沈黙した。が、部屋は沈黙しなかった。扇風機が、きいきいと、油の切れた音を立てて首を振っている。窓ガラスが、そして部屋全体が小刻みに揺れている。団子坂を往き来する車がそうさせるのだろうか。

細見は決断をつけると、ひとつ咳ばらいをくれてから言った。

「ところで君、つかぬことを尋ねるが、この原稿は一枚いくらかね？」

その唐突さに西崎はとまどったようだが、

「二千円です」

と、か細い声で答えた。

「で、全部で何枚書いたのかね？」

「三百枚ちょっとです」

「ということは、二千掛けることの三百で、約六十万円か。ほんの小遣い程度だな」

細見は挑発するように言ったが、

「そうですね。引っ越したら全部パーです。まあ、連載が終わったら単行本にまとめてくれるという約束だから、そっちに期待しています」

西崎は屈託なく笑った。

「しかし君は新人だし、ましてあんな小さな版元だ。初版はせいぜい五、六千部といったところだぞ」

「あ、そんなことはありません。最低でも一万部からはじめてくれるそうです」

「それは菅野君が言ったんだろう？」

「はい。社長直々に」

「ははは、彼の大法螺《ぼら》を鵜呑《うの》みにしたかい」

細見はさもおかしそうに笑ってみせ、

「菅野君はいつもそうだ。威勢がいいのは口ばかりでね、私もつきあいが浅かったころはよく泣かされたもんだよ」

これには西崎もやや色を失った。

「で、仮に初版五千とすると、一冊千円の、印税はその一割で計五十万。たった五十万円ぽっちにしかならん」

「五十万……。でも、僕、学生だし、五十万円がそっくり残れば」

西崎は自らを慰めるようにつぶやいた。

「残るもんかね」

細見はぴしゃりと言った。

「引っ越しの資金は原稿料でまかなう。これはいいとして、引っ越したあとどうなる？　君はさっき言っていたよな、これほど安い下宿はどこを探しても見つからないと。すると当然、ここより高い部屋に移ることになる。倍も三倍も高いところに。そんな家賃を月々払っていけるのかね？　いやおうなしに印税を削《けず》るはめになるんじゃないかね？

いいや、それだけじゃない。いい部屋に移ったら、そこに見合った調度品を揃《そろ》えたくなる。気が大きくなって、贅沢に飲み食いしたくなる。作家デビューできた嬉しさで、友だち連中におごりたくもなろう。五十万なんてあっという間だ」

反撃のいとまを与えぬよう、矢継ぎ早に言葉を放った。

「……、そうですね。考えてみれば、五十万なんてあっという間に消えてしまいますよね。バッと売れて、何度も増刷がかかってくれないかなあ」

西崎は宙を見つめてつぶやいた。

「なに甘いことを言うとる。君の『白骨鬼』はいくらも売れやせんよ。増刷なんて夢のまた夢だ」

細見はまたも冷淡に言い切った。

「夢のまた夢って……、そんなにおもしろくありませんか?」

西崎は落胆に少々の憤慨をにじませた。

「おもしろい、おもしろくないの問題じゃない。売れる、売れないの問題だ。私は『白骨鬼』を大いに買っとるよ。たいへんおもしろいと思う。だが絶対に売れやせん」

「おっしゃる意味が解りません」

「西崎和哉の名前を誰が知っている? 海のものとも山のものとも解らぬ新人作家の本を、誰が手に取ろうとする? それはよほどの本好きだけだ。本というものはね、作者の名前があってこそ売れるものなんだよ」

　西崎は沈黙した。

「それは私がよう知っとる。デビュー作の『夢幻、青の章』は返品の山だった。次の『赤の章』も似たようなものだ。ところがそれでもあきらめず、版元もチャンスを与えてくれて、『白の章』、『黒の章』と出し続けた結果、ひょんなことから著名な評論家の目にとまり、身にあまる賞を受けることになった。

　私が売れはじめたのはその時からだ。賞をもらったことで一躍有名になり、受賞作の『夢幻』ばかりか、出すもの出すものがベストセラーだ。私自身は愚作のきわみだと思っとるというのに、細見辰時という名が勝手に営業してくれるのだ」

　屈辱を思い出し、細見は知らず声高になっていた。西崎はそれに気圧《けお》されたのか、首《こうべ》をたれ、膝の上で拳を握りしめている。

「だが、『白骨鬼』を超話題作にする手がないわけではない」

　細見はおもむろに言った。

「えっ？」

　西崎が顔をあげる。

「その方法をもって世に問えば、何百万、いや、一千万円以上の印税も夢ではない」

　西崎は目をしばたたかせている。細見は一瞬ためらったが、しかし呟ばらいとともに

にそれを振りはらうと、

「どうだい。『白骨鬼』の著作権を私に譲らんかね？　もちろん、ただでとは言わん」

とうとう言った。もうあとには引けない。

「つまり、『白骨鬼』を細見辰時名義で出版するのだ。そうすれば、西崎和哉名義で出すよりはるかに売れる。そしてその印税を君と二人で分けるのだ。いや、君が全部持っていってもかまわない」

西崎はあっけにとられて一言もない。

「もしかすると、細見辰時の名は、もはや神通力を失っているかもしれない。二十年ぶりの新作発表ということで話題にこそなれ、若い読者は手に取らないかもしれない。だが、私は青風社に顔が利く。私の力で初版を五万部以上刷らせよう。五万だぞ、五万。君の名で出す十倍だ。これなら、増刷がかからなくても五百万円になる。

さいわい、菅野君が詐欺まがいのことをやってくれたため、外部の人間はみな、現段階では『白骨鬼』の作者を知らない。西崎和哉なる新人のデビュー作であると明かされるのは、連載が終わったあとだ。そして最終回分の原稿は、まだゲラの段階。

今ならまだ間に合う。菅野君に事情を説明して、実は細見辰時の復活作だったと発表してもらおうじゃないか。

いや待てよ、いっそ、来月号には最終回を載せん方がいいな。再来月号にも、その次にも。そうやって読者を怪訝《けげん》に思わせ、何やらいわくありげだと思わせておいて、突如として『白骨鬼』を店頭に並べる。作者は誰だろうかと手に取ってみると、なんとあの細見辰時！　この売り方は話題を呼ぶぞ」

細見は煙草を振りながら、何かに取り憑《つ》かれたように喋った。

「先生はつまり、僕に影武者になれ、ゴーストライターになれ、と？」

西崎がぼんやり尋ねてくる。

「まあ、そういうことになるかな。しかし一般のゴーストライターとは実入りが雲泥《うんでい》の差だ。印税すべてを君にやると言っとるんだから。全額だぞ」

細見は繰り返し強調した。

「なんてことだ……。あの細見辰時がこんな未練がましい人だったなんて……」

西崎が頭を抱えた。

「未練がましいだと？」

細見は聞き捨てならなかった。

「細見辰時は非常に潔癖《けっぺき》な作家だった。斬新《ざんしん》なアイディアが浮かんでこない、自分の思いが筆に伝わらない、しかしそれでも出せば売れてしまう——彼はそんな状況をよしとせず、これ以上の恥さらしはごめんだとばかりに筆を折った。僕はてっきりそう思っていましたよ」

「そのとおりだ」

「嘘だっ」

西崎は短く叫び、拳で畳を打った。

「あなたはそうやって筆を折ったものの、年が経つうちに、歳を取るごとに、なんとも寂しいものを感じるようになった。『夢幻』は確かに、ミステリー史上、いや、文学史上に残る名作だ。だが、今となってはあまりに古臭く、それを手にするのは一部の人間に限定されている。そして『夢幻』以外の作品は次々と絶版になり、細見辰時の名は大衆の前から消え、過去のものとなりつつある。

あなたはそこで再起をはかった。細見辰時ここにありと、自己の存在をアピールしたくなったのだ。一度栄光にひたった者の、哀れともいえる所業《しょぎょう》だ。ところが、あまりに長いブランクを置いたため、いっこうに筆が動かなかった。その昔愚作と嫌悪を感じていた種の小説さえ書けなかった。

そんな時だ。あなたは『白骨鬼』という作者不詳の小説を目にした。訊《き》くと、ずぶの素人が書いたという。連載が終わるまで、それを明かさないのだという。あなたはこれだと思った。相手はたかが新人、金さえ払えば作品の譲渡《じょうと》に応じるだろうと思った。

さっきあなたは、印税のすべてを投げ出してもいいと言いましたが、それは正直な気持ちでしょう。なぜなら、あなたが欲しいのは金じゃない、名声だ。細見辰時の健在を示せればそれでいいのだ。

もちろん僕の『白骨鬼』なんて『夢幻』には遠く及ばない。しかしあなたは、この程度なら細見辰時の名で出しても悪くないと思った。だいいち、こんなチャンスは二度と訪れるものではない。

いま考えてみると、『白骨鬼』の成り立ちを根掘り葉掘り質問してきたのも、ああなるほどと納得がいきます。あなたの頭はすでに発表後に飛んでいたんだ。細見辰時が長い長い沈黙を破れば非常な話題になる、インタビューが殺到する、当然作品の成り立ちについても問われることだろう。あなたはもう『白骨鬼』をわがものにした気分で、来たるべき時のために僕を質《ただ》したのだ」

「ああ、そうだとも。まさに君の言うとおりだ。私はお迎えがくる前に、なにがなんでも、もうひと花咲かせたかったんだ」

細見は、もうなるようになれと開き直って、ついそんなことを口走った。

「私は喉を患《わずら》っている。医者は、喉頭炎《こうとうえん》だ、心配いらん、としか言わんが、私には解っておる。癌《がん》だ」

「買収がままならぬとみるや、今度は泣き落としですか。そんな見えすいた嘘は元ミステリー作家にふさわしくありませんよ」

西崎は鼻で嗤《わら》った。

「本当だ。こうやって喋っていても苦しいんだ」

と細見は痰《たん》のからんだ声で、

「もう先が短いと悟った時、私は無性に書きたくなった。『夢幻』一つきりの人間で終わってしまうなんて、あまりに寂しすぎるじゃないか。だが、書く気ははち切れんばかりだというのに、現役当時と一緒で、ろくな筋立てさえ浮かんでこん。そんな私の前に忽然《こつぜん》と現われたのが『白骨鬼』だ」

「ああ、そうですか、そうですか。ですが、あなたがたとえ癌だろうが、今日かぎりの命だろうが、僕は絶対に『白骨鬼』を譲りませんよ」

「待ってくれ。ともかく最後まで聞いてくれ。私は『白骨鬼』を一読して、震えるほど興奮した。なにしろ、あの『白骨鬼』こそが、私の理想とする小説だったからだ。私は長い間、ああいった世界を描きたいと思いながら、しかし自分の力が足りないばかりに、どうしても文字にすることができないでいたのだ。

だから私は『白骨鬼』を目にした時、若い才能に先を越されたかと愕然としながらも、これは何としてでも私のものにしなければと思った。私の名前で出さないことには気がおさまらなくなった」

「今度は誉めちぎって落とそうという魂胆《こんたん》ですか。見苦しいまねはもうよしてください。何と言われようと、『白骨鬼』は西崎和哉の名前で出します。僕が書いたんだ。僕の名前で出さなくてどうします。そりゃあ売れないより売れた方がいいに決まっているけど、自分を殺したら一生の悔いになる。あなたは僕と違うようですけどね。他人の作品を自分の名で出しても、それで死んでいっても、何の悔いも、恥も感じないのでしょう？」

西崎はあわれむように言った。

「なあ、君はまだ若い。才能もある。『白骨鬼』を私に譲ったとしても、この先何十年と自分を生かすことができるじゃないか」

湧き起こる激情をおさえつけ、細見はすがりついた。

「冗談じゃない！　なんて図々しいことを」

と西崎は、立てた中指を細見に突きつけた。

「頼む。このとおりだ」

細見は居住まいを正し、鼻づらを畳につけた。痛いほどこすりつけた。

「やめてください」

だが、すぐに引き起こされた。

「僕は『夢幻』が大好きだ。あの、トリックと、サスペンスと、こまやかな描写とが過不足なくちりばめられ、渾然《こんぜん》一体と調和した世界は、まさに日本を代表するミステリーと呼ぶにふさわしい。

そして僕はそれ以上に、細見辰時という人間が好きだった。彼の、ばかがつくほど潔癖な生き方を尊敬していたんだ。

なのに、俗世間への未練たらたらなばかりか、人の小説を自分のものにしたいだなんて、そんな愚劣な行為に何の罪悪感も抱いていないだなんて……。帰ってください」

西崎は声を震わせると、ドアを指さし、くるりと背を向けた。

「君、罪悪感がないなんて、それは言葉がすぎる——」

「出てけって言ってるだろう！」

西崎は怒鳴った。

「さあ、出ていって！」

戸を開け、細見の体を廊下に押し出した。

「帰ってください、もう帰ってください」

びしゃりと閉められた戸の向こう側で、うわごとのようなつぶやきが繰り返された。

白骨鬼（最終回）

ぺてん師と空気男

話はそれから新らしい年のはじめに飛ぶ。そのあいだ三月ばかりは大きな出来事もなく過ぎ去ったので、それを一々描写していては退屈だからである。

だが、新年早々の一大変事を語る前に、順序として、透明人間捜索のその後について、少々ふれておかねばなるまい。

結論からいってしまうと、私と萩原氏は全力を上げて塚本直を捜索していたし、それから本職の私立探偵にも労をかけて、何か手掛かりになるような事実を聞き出そうと骨折ったにもかかわらず、塚本直はいかなる妖術を心得ていたのであるか、杳《よう》としてその消息がわからないのであった。

ずいぶん前にも書きしるしたように、私は最初こそ未知への冒険に躊躇《ちゅうちょ》していたけれど、事件の異様さがだんだんわかってくると、根がこうしたことの好きな男だものだから、非常に乗り気になってしまって、執筆のひまひまには、熱心に探偵のまねごとをして東京市内を歩いて廻ったものである。

私と萩原氏はおもに、塚本直の偽装自殺には北川雪枝が一枚噛《か》んでいると考えられることから、彼女のあとをつけ廻してみたのだが、こまったことに、彼女はいっこうそれらしき男と密会する様子を見せないのである。大森の家と、勤め先とを往復するばかりで、たまに銀座へ出向くときも独りきりであって、許嫁のところにもほとんど足を運ばないのであった。

そこで、私たちは今度は、呉服橋《ごふくばし》の岩井《いわい》探偵事務所に依頼して、東京はもちろん、蒲郡、白浜と、塚本直の潜伏していそうなところをくまなく捜索してもらったのだが、それでもやはり彼の影すらつかむことができないのである。

塚本直がどこぞで生き長らえているなど、私の妄想にすぎなかったのかしらん。

だが、たった一つだけ、私たちを勇気づけてくれる、新らしい事実の発見があったことを、ここに書きそえておく。というのは、最初の下宿訪問では迂闊《うかつ》にも見落としていた、塚本直の密かな趣味についてである。

十一月のなかばだったか、私と萩原氏は、八幡様の裏手にある塚本直の下宿を再訪した。これは萩原氏の提案によるもので、塚本直がいまだ生きているとするなら、残したままの荷物に未練を感じて、コッソリ取りに現われたかもしれぬので、それを確かめてみようというのである。

そこで、女あるじの眼を通じて部屋をあらためてもらったところ、残念なことに、彼が荷物をあさった様子は認められなかったが、そのとき、思いがけぬものがヒョイと飛び出してきた。

女あるじが本棚をいじっているときであった。彼女は粗相《そそう》して、幾冊かの本を棚から落としてしまったのだが、その本が抜け落ちた箇所に眼をやると、ポッカリあいたその奥に、別の書物の背表紙が見えるではないか。つまり、本棚には前後二列を使って本が収められていたのである。

前列には難解な学術書と、内外の文学作品がギッシリと並べられ（萩原氏の作品も多々あって、それは彼を大へん喜ばせた）、そして驚くなかれ、後列はすべて、探偵小説や犯罪実話のたぐいで占められていたのである。私の蔵書ほどではないにしろ、探偵小説だけで優に百冊を越え、中には、私が未読の新着洋書もあった。

塚本直は非常な探偵趣味だったのである。つまり、例の偽死のトリックを、咄嗟《とっさ》の判断で思いつくだけの素地を持っていたということである。

しかし、そういう新事実があったにせよ、現実には、彼の消息は空気のごとくつかめないものだから、萩原氏はもう、日に日にうちしおれてしまい、その落胆ぶりは書くにしのびないので、それは想像におまかせするとして、私も彼ほどではなかったけれど、やっぱり少なからずいらだってしまった。いらだちのあまり、いつもの悪い癖がムクムクと頭をもたげ出して、復帰の手はじめに書きはじめた小説が、わずか三回の連載でバッタリ行きづまってしまった。

たいした筋立てもできぬまま書きはじめたのがそもそものまちがいであったが、それに加えて、萩原氏との推理合戦で智恵を使い果たし、空気男の捜索でヘトヘトになり、最後まで書きつなぐだけの闘志がうせてしまったのだ。

娯楽雑誌の売文なれば、それでもどうにか我が身に鞭《むち》をくれて、全体の一貫性などおかまいなしに、毎月毎月を面白く読ませてやるわいとひらき直って書きつづけたであろうが、あの作品だけはいいかげんな話にしたくなかった。何しろ、探偵小説の本舞台である「新青年」での連載なのだ。ダラダラ書きつづけてお茶を濁すよりは、中途でスッパリやめてしまった方がはるかにましであった。

閑話休題、前章の萩原邸訪問から三月《みつき》たった、新しい年のはじめに場面をうつす。私は松の内が明けるや、家を飛び出して、麻布《あざぶ》区［註・現在は港《みなと》区］のとあるホテルに、廣宇雷太として滞在していた。

私は「悪霊」の中絶を決意したものの、臆病ゆえにキッパリ申し出ることあたわず、とりあえず一と月だけ休ませてくださいなどといってしまったがため、ますます立場がつらくなり、家庭にもいたたまれなくなってしまったのだ。こうなるともう、追いつめられた犯罪者の所業である。

私が投宿したホテルは、麻布の高台にある木造洋館で、客室のベッドは簡素な鉄製のもの、テーブルや椅子も、いかにも西洋の安宿という感じの無骨さで、調度品と呼べるのはそれきりしかなかった。洗面台も水道もない。トタンを張った台の上に琺瑯《ほうろう》引きの洗面器と水入れがドンと置いてあり、それで手を洗えというわけだ。

時代ばなれもここまでくると、なんだか嬉しさがこみ上げてくる。聞くところによると、私以外の泊まり客はすべて異国の人間だそうで、そういわれてみると、私の部屋にも異国人の体臭が染みついているように思われた。

そんなホテルの一室で、私は日がな一日、窓にもたれてすごしていた。本や新聞は読まない、もちろん原稿も書かない、窓外の景色をボンヤリ見降ろしてすごすのだ。

ホテルのまわりに人家はなく、欧州小国の公使館がいくつかあるばかりなので、昼日中でも気味わるいほど静まりかえっている。眼下の道路はわりと広く見えるけれど、まったく人通りがない。たまに姿を現わすとしたら、金髪鷲鼻の公使館員か、洗濯屋などの御用聞きぐらいのものである。

しかし私には、それがまた好もしく思われた。なんだか、ヨーロッパの小国か、シナの魔都シャンハイの場末にでも隠れ込んだような感じがして、原稿がなんだ、編集者がなんだ、来るなら来て見ろ水谷君、と妙に気が大きくなっていた。

さて、一月十四日もそのようにすごしていたのだが、四時ごろになってノックがあった。

（おや、もう夕食かい。やけに早くないかい。まさかこの場所を嗅ぎつけられたのではあるまいな）

と私は首をかしげて、おそるおそるドアを開けた。

ドアの向こうには、蝶ネクタイのボーイが銀の盆を捧げ持って立っていた。三度三度の食事を運んできてくれる美少年の日本人ボーイだ。

「ご面会の方が下にいらしてますが、いかがいたしましょう」

彼は英語なまりのある日本語でいうと、盆の上にのっかった名刺を掌《てのひら》でさし示した。私は一瞬ギョッと眼を見張ったが、

「通してもらおうか」

と落ちつきはらって、ぺてん師、いやいや名探偵御納戸色の名刺を受取った。

「ヤア、おめでとう。今年もよろしく。今年こそ僕の雑誌に何か書いてよ。絶対だよ」

やがて、風呂敷包みをかかえた萩原氏が現われて、私の頭をポンポン叩いた。

「ふうん、日本にもこんなホテルがあったのかい」

萩原氏は非常に感歎した様子でつぶやくと、前かがみで室内をながめ渡し、時どき細長い指を立てては、琺瑯引きの洗面器や石炭バケツを、チョイ、チョイとさわって廻る。

「マア、坐ってください」

私は椅子を勧めた。

「増上寺《ぞうじょうじ》の方に用事があってね、ついでに君の家に寄ってみたところ、新年早々雲隠れというじゃないか」

萩原氏はニイッと笑った。私の家内は決して口軽な女ではないけれど、萩原氏の巧みな話術にかかっては一とたまりもあるまい。誰にも明かすなといいつけておいた私の居場所をポロッと漏らしたとしても、それは無理からぬ話である。

「君は果報者だねえ。なんてよくできた奥方なんだ。ほうら、お年玉、お年玉、と」

萩原氏は外套のポケットから部厚な封筒を取り出した。

「ああ、これは助かった」

私は心から喜んだ。家内は、私が当分家に帰らぬと承知して気をきかせてくれたのであろう、封筒の中には十円札が束になってはいっていた。

「それと、これも」

つづいて藍染めの風呂敷包みだ。あけると、真新らしい下着と、それにまじって十数通の郵便がはいっていた。パラパラとながめたところ、ほとんどが出版社からの手紙のようだったので、私は、こんなもの読みたくもないわいとテーブルの脇にうっちゃっておいて、そそくさと着替えものの片づけをはじめた。

「なんだい、こりゃ」

突如として萩原氏がすっとんきょうな声を上げた。振り向くと、氏は口あんぐりの体《てい》で、ハガキの一枚を手にしていた。

「『僕はなんといっても港湾労働者の肉体が一ばんです。浴場で、あの筋骨隆々とした肉体にめぐり合ったときの、なんと仕合わせなことか』」

羞恥を知らぬ青年の文章を、萩原氏はそのまま読み上げた。私は彼の手先からそのハガキをもぎ取るや、クシャクシャと握りつぶした。

「私はどうも誤解されているようでしてね。まいっちゃいますよ」

私は丸めただけでは気持がおさまらなかったので、火掻き棒で石炭ストーブの焚口《たきぐち》をあけると、ゴウゴウとうなりを上げて燃えさかる灼熱の竈《かまど》に、猥褻《わいせつ》なハガキを放り込んだ。

およそ探偵小説作家というものは、職掌がら、暗号文や、殺人の予告状といった、やたら変てこな手紙を受け取ることが多いのだが、私にはことのほかその傾向が強かった。同性愛青年の恋文など、まだかわいいものである。サディズムの少女の打ちあけ話もある、春画を描いて送りつけてくる者もある（おそらく、お前の小説はこんなものだと風刺しているのであろう）。最もおぞましいところでは、人糞を羊羹《ようかん》にたとえ、そのいとおしさをせつせつとつづった糞便嗜好者からの手紙もあった。

私はイカモノに愛着を感じるたちなので、それらの人種に好かれてこまるということはないけれど、ほとんどの場合、手紙の内容が幼稚だったりして、一々取り合っていられないのである。

「ヤヤ！　これを見たまえ」

萩原氏はまたも叫び声を上げた。

「もういいですよ。その手の手紙は捨ててくだすってかまいません」

私はめんどうくさく答えた。

「いいから読んでみたまえ。こりゃあ一大事だ」

萩原氏はまじめな調子でいった。ほんとうにこまり果ててしまったように、ひどくむずかしい顔をしていた。

そのハガキは、懐かしや、田辺警察署の赤松紋太郎警部からのものであったが、あの恐ろしい容貌とは似ても似つかぬ墨痕鮮やかな細筆で、次のようにしるされてあった。


新玉の年のはじめの御寿、謹んでお祝い申し納めます。

先生には愈〻《いよいよ》お健やかに幸多き新春をお迎えなさいましたことと、遥かに御慶び申し上げます。新青年誌御掲載の畢生《ひっせい》の大作、いよいよ面白恐ろしく、私も胸を高鳴らせながら拝読させてもらっております。

さて、目出度い年のはじめに、かような不吉なことを書きそえる御無礼、何卒《なにとぞ》お許しください。

先般、一月五日のことになりますが、白浜の桟橋におきまして、塚本直君と思しき男性の白骨死体が発見されました。現在、大阪府警の応援も仰ぎ、鋭意個人識別を進めておりますれば、鑑定の結果がまとまりしだい、追って御連絡申し上げます。

先ずは右、年初の御祝いと第一報まで。

指

それから、私と萩原氏は、身柄一つでホテルを飛び出すと、東京駅発の東海道線に乗り込んだ。いわずもがな、赤松警部とじかに会って、事の次第を教えてもらおうというのである。警部の手紙には、第二信で詳しく報告すると書きそえてあったけれど、そんなもの、悠《ゆう》長《ちょう》に待ってはおられぬ。

白浜の桟橋で発見された死体が、まぎれもなしに塚本直であったなら、われわれの冒険は一から出直しである。いや、もはや冒険はおしまいである。他殺もダメ、失踪もダメ、なれば素直に自殺と考えるよりほかないではないか。八方ふさがりだ。

私たちは、だから、お互い口にすることはなかったけれど、

(どうか警察の勘ちがいでありますように)

と念じながら、夜行の二等車に揺られていた。

道中別段のこともなく、私たちは翌朝、中継ぎの大阪駅に降り立った。そこから、城東線［註・現在はＪＲ大阪環状線の一部］、阪和電鉄［註・現在のＪＲ阪和線］、紀勢西線と乗りついで、ひる前には紀伊田辺駅に

到着した。

田辺警察署を訪れると、ちょうど幸いなことに、赤松警部は手隙《てすき》で将棋を指しているところだったので、私たちは喜んで迎えられた。ことに萩原氏が、例のいかがわしい名刺を出すことなく、本名を名乗ると、警部は眼をパチクリさせて、

「こりゃあ一大事だわい。大先生がお二人も！　田辺署はじまって以来のめでたきことじゃ。ただいま署長を呼んでまいりますれば、少々お待ちを。熱いうどんも持ってこさせましょう。ああ、その前にお茶でした、お茶」

と新米女中のようにあわてふためくのであった。

「どうかおかまいなく。マア、お坐りください」

さすがの萩原氏もやや面食らった様子だったが、なんとか警部を落ちつかせると、私たちの来意を簡単に告げた。

「親御さんは一と安心といったところでしょうが、何も年のはじめに出てこんでもねぇ。お屠蘇《とそ》気分がだいなしですわい」

赤松警部は顔をしかめて萩原氏に応じると、白骨死体発見の顛末《てんまつ》を、詳しく物語りはじめた。

田辺湾南端の入江、白浜温泉の中心街からやや東に行ったところに、白浜の海岸沿いを往復している観光汽船の発着所がある。発動汽船はそこを出ると、円月島《えんげつとう》を右手に番所鼻《ばんしょばな》を廻

って、御船山《みふねやま》の裾《すそ》を左手に南下して、そうして三段壁の裾あたりでクルリと舳先《へさき》を北に返すと、同じ航路を戻って行くのだ。

発着所といっても、待合の小屋はなく、海上にプカプカ浮いた桟橋があるばかりなのだが、それは一月五日の払暁《ふつぎょう》のことであった。

殿村《とのむら》某という大阪の金満紳士が、夜っぴて芸者遊びをしたあげく、何を考えてか、芸子衆の手を引き引き、夜の散歩をおっぱじめた。途中、殿村は尿意をもよおして、桟橋の先端まで歩み出たのだが、豪快な立ち小便をはじめたとたん、ギャッと悲鳴を上げた。小便もひっこんだ。

桟橋の真下に、ボッカリとしゃれこうべが浮いていて、彼の放尿の様子をジッと見上げていたのだ。酒がすぎての幻覚症状ではない。

殿村に呼ばれて、芸子衆も見た。しゃれこうべはほの白い月明かりに照らされて、水の動揺につれて、顔が半分隠れるかと思うと、またヌウッと現われる。まるでゼンマイ仕掛けのおもちゃのようで、凄いったらなかった。

それから、もう、キャア、キャアと、時ならぬ大騒ぎであったが、殿村はさすがに男である。勇猛果敢にも桟橋から身を乗り出すと、ヒョイとしゃれこうべをつかみ上げた。

すると、しゃれこうべにつれて、ボロボロになった着物が現われて、その中から、バランバランと骨がこぼれ落ちたのであるが、どれもが、皮も身もすっかりなくなった、犬にしゃぶりつくされたような白骨であった。当然、人相などわからぬ。女ものの着物と一緒に現われたことから、女の白骨死体であろうと察せらるるばかりである。

ところが、知らせによって駈けつけた警察医は、バラバラの骨を一々観察したのちに、妙なことをいい出す。この骨は男のものだと断言するのだ。彼が説明するには、男と女とでは骨の形状がまったく異なっていて、頭蓋骨一つ取って見ても、その死体は男のものにちがいないという。

その言葉にピンときたのが芸子の一人であった。彼女は、昨秋三段壁で起きた珍事を思い出して（女装した男の首吊りという異様な事件であったため、それは白浜じゅうにとどろき渡っていた）、殿村の旦那が引き上げた死体は、その珍事の主にちがいないと主張した。なるほど、そうであるなら、男なれど女の着物を身につけている理由に説明がつく。

「それは、観光汽船のしわざだったというのですね。三段壁の真下に落ちた彼の死体を、観光汽船が桟橋まで引き連れてきたと」

赤松警部の物語が一段落ついたとき、私が確かめた。

「さすが大先生、実にそのとおりですわい」

警部は非常に感心した調子で、

「朝になって、潜水夫が調べましたところ、観光汽船のスクリュウに、死体がまとっていた着物の残骸がからみついておりました。

それから、汽船の航路をたどって行くと、三段壁下のあちこちに、バラバラと骨が浮かんでおるじゃありませんか。それらを署に持ち帰って、桟橋で上がった骨と合わせてみたところ、ほとんど一体の白骨死体が完成したのです。

したがって、次のごとく推察できますな。あすこの崖下でグルッと旋廻した汽船が大きな渦を湧き起こして、海底から死体を浮かび上がらせて、その一部をスクリュウに巻き込んで、桟橋まで運んで行った」

「なんとなく腑に落ちないものを感じませんか」

私はいよいよ正念場の質問を発した。

「ハテ？　おっしゃる意味が呑み込めませんが」

「彼が自殺したのは九月なかばですよ。ウジもわかない海中にありながら、わずか三月半で、まっさらな骨になりましょうか」

「それは、ホラ、前にもお話ししたでしょう。三段壁の下には人食いほら穴がありましょうが。あれにパックリやられたら、たちどころに、骨までしゃぶりつくされてしまうのです。三月もいりません。三日もありゃ充分ですわい」

私と萩原氏はギョッと見つめ合った。一瞬間、死のような静寂が一座を占領した。

「ワハハハハハ」

突如として、笑いが爆発した。赤松警部が腹をかかえて笑いだした。

「ワハハハハ、冗談、冗談。ご安心めされ。ほら穴は何の関係もありませんて。海中死体の白骨化が異常に早いのは万国共通ですわい、ハハハハハ」

「どういうことです」

私は憤慨してつめよった。

「ホレ、海中には、サメやフカといった獰猛《どうもう》な魚が棲んでおりましょう。先ずはあのたぐいが、人肉のおいしそうなところを食い散らかすのです。そして残ったところを、水底に棲みついた太刀魚《たちうお》やタコがつっつくものですから、たいした月日がたたないうちに、あわれ骨を残すのみとなってしまうのです。

もっと凄まじい報告もありますぞ。エエト、なんちゅう名前だったかな、そうそう、スナホリムシモドキじゃ、わが国の近海にスナホリムシモドキちゅう小動物が棲みついとるんですが、そいつに取りつかれると、わずか一と晩で、からだじゅうの肉を食いつくされるといいます」

その異様な事実談に、私はゾッと総毛立った。南米の川に棲息するピラニアも顔まけである。

「しかし、その死骸が直青年のものといい切れましょうかね。かつて、やっぱり女の恰好で身を投げた男がいて、汽船はそいつの死骸をひきずってきたのかもしれぬでしょう」

「ハハハハハ、女の恰好をする男が、そうそういてたまるものですかい」

私の攻撃が打ち砕かれると、萩原氏が二の矢を放った。

「イヤ、それは早とちりというものです。この世には存外、女装趣味の男がたくさん隠れひそんでいます」

「そうです、そうです。東京の浅草公園やら新宿やらに行ってごらんなさい」

私も萩原氏に相槌を打った。

「ハハハハハ、さすが、大詩人先生に大小説家先生じゃ。女装した男がもう一人いた、ですか。なかなかおもしろい妄想ですな。ワハハハハハ」

赤松警部はまたも腹をかかえて笑った。笑った拍子に涙まで流す。これには、私もカチンときた。萩原氏などは顔をひきつらせて、

「では聞きましょう。僕の疑問のどこが妄想だとおっしゃるのです」

とガタリと椅子を進めた。

「これは、とんだ失礼を。イヤ、なんだか両先生とも、妙に殺気立っているというか、冷静さを欠いているというか、そんなふうに見えましたもので、ついつい笑ってしまいました」

そういわれて、私はサッと赤面した。私たちは、冒険をつづけたい一心で、頭に血が上っていた。

「われわれは何も、死骸の着衣のみで塚本直君と断定したわけではありませんて。現在の警察捜査は実に科学的なのですよ。大東京の警視庁には遠くおよびませぬが、田辺署でも、そ

れは可なりのものです」

警部はコホンと咳ばらいをすると、黒表紙の帳面をパタンとあけて、科学検査の結果を読み上げて行く。

「骨から含水炭素様物質を抽出し、それについて凝集素吸収試験、解離試験を行のうと……、エエイ、ややこしゅうてようわからんわい。ともかくも、その結果、白骨死体の血液型はAB型と判明しました。

次に性別判定ですが、アア、これはさきほど申しましたな、ではそれは飛ばしまして、年齢の推定。仙椎が癒合《ゆごう》して仙骨が形成されているものの、頭蓋骨縫合《ほうごう》の癒着消失は、冠状縫合、矢状縫合、三角縫合、頭頂側頭縫合ともに不完全で……、エエイ、これもわからん。つまり、年齢は二十歳前後です。身の丈は、上下肢の長管骨の長さから推算いたしまして、五尺四寸ほど。

まとめますと、白骨死体の主は、血液型がAB型、性別は男、年齢が二十歳前後、身の丈は五尺四寸、とあいなりますが、これはすべて、生前の塚本直君とピタリ一致しております。

さらに、骨に生前の外傷は一切ありませんでしたので、これも、首をくって完全に息絶えたのち、大風にあおられて海中にドボン、という彼の死の状況を物語っておりますな」

「それがどうしたというのですっ」

うわずった声でどなりさま、萩原氏は、机をドンと叩いて立ち上がった。

「二十歳前後で、AB型の血液型を持っている、身の丈五尺四寸の男は、わが国に何千、何万人といるでしょう」

冒険の続行に一縷《いちる》の望みを託してわめき散らすのだ。

「ワハハハハハ、萩原先生、そのとおりですわい。塚本直君であるに必要な条件であっても充分とはいえませんわな」

警部は数学的な言葉を使ってアッサリ兜《かぶと》を脱いだけれど、その態度は実に余裕綽《しゃく》々《しゃく》であった。

（オヤ、変だぞ。負け惜しみの高笑いにしては、妙に落ちつきはらっているぞ）

私と萩原氏はけげんに顔をつき合わせた。だが、それを口にする間もなく、警部が話しはじめた。

「大阪府警に三谷《みたに》ちゅう私の親友がおりましてな、そいつが実に大それた研究をやっておるのです。やつは『復顔』と呼んどりますが、簡単に申しますと、白骨化した頭蓋骨の上に粘土で肉づけを行のうて、しゃれこうべになる前の顔を復元しようというこころみです。私も最初聞かされたときには、子供の遊びじゃあるまいし、と大そうばかにしたもんですが、驚くなかれ、これが実にようできるもんでして、彼の手練が、白骨死体の身元割り出しにどれだけ役立っていることか。そこで私は、桟橋で上がったしゃれこうべを大阪の三谷に預けてみたのです」

警部はさも楽しそうにニコニコ笑うと、帳面のあいだから、二葉の手札型の写真を取り出した。

「こちらが、蒲郡の御実家から借り受けた、塚本君の生前の写真です」

一枚目には、学帽をかぶってかしこまっている彼の上半身が写っていた。

「で、こちらが三谷の作品です。写真を見ながら粘土で肉づけするなど、そんなこすっからしいまねはしていませんぞ」

二枚目を眼にした刹那《せつな》、私はギョッとして、思わず立ち上がってしまった。萩原氏の顔も絶望にひん曲がっている。

昔風の瓜実顔《うりざねがお》、弱々しい首筋の線、二重瞼の大きな眼、等、等、等……、そこにうつし出されていた粘土細工は、微妙なちがいこそあれ、塚本直その人の顔であった。

「ワハハハハ、どうです。たかが骨とあなどれんでしょうが、ハハハハハハ」

私たちはコテンパンに打ちのめされてしまった。グウの音も出ぬ。室内には、警部の高笑いだけが、いつまでも、いつまでも、ひびき渡った。

で、私たちはもうガッカリしてしまって、トボトボと田辺署をあとにしたのだが、こうなったらもうヤケクソである。しばらくのあいだ白浜温泉に逗留《とうりゅう》しませんか、と私が提案した。東京にスゴスゴ戻ったところで、どうせ原稿紙に向かいやしないのだ。

宿を見つける前に、萩原氏のたっての希望で、一升瓶をかかえて、三段壁の岩山に登ることなった。すべての発端となった場所で、酒を酌みかわしながら冒険を弔おうという、はなはだ詩人らしい発想であった。

南国とはいえ、季節は冬のまっただ中である。崖下からは風がビュウビュウ吹き上げてきて、それは寒いばかりでなく、ちょっとでも油断すると、はるか遠くまで飛ばされて行きそうな恐怖であった。それでも、私たちは一本松の根元に腰をおろして、ブルブルガタガタ震えながら、交互に一升瓶を取り合って、けんめいにラッパ飲みを重ねた。

酒をガブガブ飲むばかりで、私たちはほとんどだまり込んでいた。それぞれの思い出に耽ったり、悔恨の念にかられたりしていた。

「ホラ、君も飲みたまえ」

やがて、萩原氏がつぶやいたかと思うと、一本松の根元にゴボゴボと酒をかけはじめた。そして、鼻をグズグズいわせながら、

「君も苦労してるね。こんなに肌荒れしちゃって」

ささくれ立った幹をいとおしそうになで廻すのだ。

「なにも、こんなあぶなっかしいところに立つこともありませんのにね。大そう寒かろう、独りきりでは淋しかろう」

私も酔っぱらったついでに、柄にもなく、おとぎ話めいた言葉を口にした。

「むかし、むかしは、たくさんの友だちがいたんだろうけど、今じゃあ、君、独りぼっち

よ」

「ウン、君だけが勝ち残ったんだ。君はホントに力強いよ。僕にもその力を分けておくれ
だ」

「みんな風に負けちゃったんですね」

そして、二人ともだまってしまった。静かな池の中へポチャンと小石を放り込んだような会話だ。あまりにもうそ淋しい冒険の終焉《しゅうえん》である。

実にそのときであった。ドンヨリと低くたれこめた冬の空が、ポッカリ割れたかと思うと、鉛色の叢雲《むらくも》のあいだから、淡い橙の光の帯が、天孫降臨《てんそんこうりん》のように、スーッと現われいでて、伸びて、それが、荒れ狂う海原に突き刺さった。青黒かった海面が赤々と照り映えた。

私は、からだじゅうの血が頭に集まった感じであった。私の脳髄は機関車の缶《かま》のごとく活発に燃えさかり、やがて、歯の根が合わぬほどの恐怖におそわれた。あまりの恐ろしさに、ブルブルとうち震えるばかりで、口もきけぬ。

「アリャ、こいつはまずいや。からだが冷えすぎたもんで、痔が出てきちゃったよ。イタタタ」

萩原氏の呑気《のんき》そうな言葉に、私はハッとわれを取り戻した。

「塚本直は生きています！」

叫んだ、叫んだ。肺臓が飛び出さんばかりの声で叫び上げた。萩原氏は度肝《どぎも》を抜かれて、

眼をキョトキョトさせるばかりだ。私は、氏に食いつかんばかりにつづけた。

「さいぜん、赤松警部はなんといいました。先ごろ上がった白骨死体には生前の外傷が一切認められなかった、そういったのですよ。これは非常におかしいじゃありませんか。塚本直は昨年の六月末、岡田道彦のモーターサイクルと衝突して、左指を三本折っているのです。ところが先ごろ上がった骨には、その痕跡すら見あたらないという。実に変です。私は何かの書物で読んだことがありますが、骨折痕というのは、おいそれと消えやしないのです」

「だが、骨を検査して、復顔までほどこした結果、直青年にちがいないとなったんだぜ」

「まだわからないのですか。血液型も、性別も、年齢も、身の丈も、そうして顔までも一緒でありながら、なぜか骨折の痕跡が見あたらないのですよ」

私はそこで言葉を切って、萩原氏をジッと見つめた。四つの眼が、炎を吐いて睨《にら》み合った。やがて、氏の顔からサッと血の気が失せたかと思うと、色のあせた唇が、ワナワナ震えだした。

ああ、萩原氏もとうとう、恐ろしき策謀を察したのだ。

「あ、あの骨の主は、お、弟の、ひ、均青年だというのかい」

やっとのことで、萩原氏はそれだけいうと、一本松の幹にヨロヨロもたれかかった。

「手品は行なわれたのです。さらに大がかりな、さらに恐ろしい」

私は、はやる気持を押えつつ、考えをまとめながら説明して行く。

「塚本直が先ず行なったことは、一時的自己抹殺です。そもそもは、身投げのまねごとをするつもりでいた。ところが、その工作の最中に、はからずも源造がやってきてしまったため、急遽《きゅうきょ》首吊り自殺のお芝居に切りかえた。ここまでは萩原さんの推察どおりです。

さて、かくて自己抹殺を見事にやりおおせた彼は、策謀の第二着手にうつりました。彼はひそかに東京に戻ると、ころあいを見計らって、ふたごの弟である均君を殺し、その死体を白浜まで運び、それに着物を着せて、この断崖より投棄したのです。

イヤ、待てよ。東京から死体を運んでくるというのは、可なり大へんなことですね。彼が車を運転できるのなら問題はありませんが、そうでないとしたら、行李《こうり》詰めにして汽車で運ばねばなりません。大そう重かろうし、人に見とがめられる危険もある。

とすると、彼は偽装自殺後のある日、均君を白浜まで呼び出し、そうしてここで殺したのかもしれぬ。ウン、こちらの方が、はるかに楽だ。きっとそうでしょう」

私はここで、萩原氏の意見を求めようとしたのだが、彼はあらぬ方をボンヤリながめていて、何もいってくれそうになかった。突然のことに、頭の整理がつかない様子だ。私は仕方なしに、先ずは自分の推理を、洗いざらい説明しておこうと思った。

「いいですか、ここからが非常に恐ろしいのです。塚本直は、そのように、ふたごの弟を殺害したのち、東京に戻って、塚本均として新らしい生活をはじめました。したがって、現在江戸川橋の下宿に住んでいるH大学予科生は、外見こそ塚本均ですが、中身は塚本直なのですよ。

ホラ、下宿屋の爺さんの言葉を思い出してください。兄を亡くしてからというもの、均君は身のまわりをキチンとして、熱心に学校に行くようになった、まるで人が変ったようだ、爺さんはそういっていたでしょう。まさに、ほんとうに人が変っていたのです。ふたごだったからこそ可能だった人間入れ替え術です。アア、ゾッとするような陰謀だ」

「そうだよ、そうだよ。一人二役だ。まるで悪魔の所業だ」

やっと口がきけるようになったらしく、萩原氏は昂奮した調子でまくしたてると、ピョコンと立ち上がって、一本松の枝をつかみざま、ユサユサと揺さぶった。

「ではなぜ、彼は、自己抹殺しただけでは満足せず、ふたごの弟を殺害し、しかるのちに入れ替わって生活しているのでしょう」

私は雄弁につづけて行く。

「おそらく、『塚本直の自殺』を決定的にしたかったのだと思います。自殺した様子こそあれ、いつになっても死体が上がらなかったら、自殺そのものが疑わしく思われるかもしれない。彼はそれを心配して、顔貌がまるっきりおんなじ弟を殺害し、その死体を自分の身代わりとしたのです。

現実には、ここで身投げした人間の死体はめったに上がらず、警察はそれに疑問を投げかけませんから、したがって、身代わり死体を捨てることは無意味な行為でしかないのですが、しかし、彼はその事実を知らなかったのではないでしょうか。だから万全を期して、身代わり死体を投棄することにした。探偵小説愛好家ならではの予防線です。

だが、犯罪者というものは、どこかにホンのつまらないしくじりを残しておくものです。塚本直にしてもまたしかりで、上手《じょうず》の手から水が漏れるように、自らの骨折を計算にいれるのをおこたってしまった」

「ばか野郎、ばか野郎」

突然、萩原氏が叫び声を上げた。私はビクッとして話を中断した。

「ばか野郎、ばか野郎」

彼はくり返し叫んで、自分の頭に拳を叩きつけていた。ああ、自分の不明をののしっているのだ。

私も実はそうしたい気分であった。塚本直は双生児の片割れで、なおかつ非常な探偵趣味を持っていたのだ。そのような人間が自殺したとなれば、先ず第一に、双生児の入れ替わりを疑ってかかるべきである。

しかし、私はどうも、現実世界の出来事を見くびっていたようである。双生児の入れ替わりなど絵空事にすぎない、現実世界で行なわれるはずがないと、はなから考えようとしなかった。

「畜生、俺はなんてばか野郎なんだ。大ばか野郎だ。畜生、コン畜生」

それにしても、萩原氏の様子はちょっと変だぞ。いつまでたっても、遊び人かごろつきみたいに、汚い言葉をならべたてて、ポカポカと頭を殴りつづけている。そして、殴りやんだかと思うと、実に妙ちきりんなことを私に尋ねてくるのだ。

「君、拳闘のグローブはどこで買えばいい？」

私はポカンとするばかりだ。素手で頭を叩いては、痛くてかなわないので、拳闘のグローブをはめて打擲《ちょうちゃく》しようというのか。

「イヤ、こんなことを君に尋ねても仕様がない。ともかく東京に戻ろう。温泉なんかにつかっている場合じゃない」

私たちは、そんなわけで、東京へとんぼ返りすることになったのだが、汽車待ちの時間を利用して、再度田辺署を訪れた。

そして、萩原氏が言葉巧みに赤松警部をかきくどいた結果、骨の鑑定にあたった警察医と面会できたのだが、医者がいうにはやはり、白骨死体に生前の外傷は一切認められないとのことであった。

鬼

それから一週間ばかり、何事もなく過ぎ去ったが、私はそれが不満でならなかった。

いうまでもなく、白骨死体の左指に骨折痕がなかったことによって、塚本直の犯罪がクッキリと浮かび上がったのであるから、私は、彼を一刻でも早く問いただすべきだと思った。だが萩原氏は、頭の中がめちゃめちゃになっているから、考えがまとまるまで待ってくれと懇願するのである。この期《ご》におよんで、一体何をまとめる必要があるというのか。

むろん、私の中にも、解きほぐれていないモヤモヤがあるにはあった。たとえば、一ばん大きいところでは、塚本直が自己抹殺をはかった真の理由である。

以前は、弟から北川雪枝を奪い取るための奸計《かんけい》であり、かつまた、家名や父親、そして弟を傷つけぬための心配りであるとして納得していたけれど、新らしい事実をふまえると、それはどうも変だ。

なぜというに、塚本直は自殺のお芝居を演じたのち、それを揺るぎないものとするために、双生児の弟を、身代わりとして殺しているのである。そこには弟をいたわる気持など微《み》塵《じん》もない。塚本直の柔和さは仮面ばかりで、実は非常な冷酷さを隠し持っていたのである。そんな人間が、弟から許嫁を略奪しようとするなら、めんどくさい自己抹殺は抜きにして、最初からズバリ、弟を殺害するのではなかろうか。断じて心配りなどせぬはずだ。

では、塚本直の真のねらいは、雪枝の略奪ではなしに、弟になりすましての生活にあるのかというと、これもまたおかしい。

確かに、双生児の入れ替わりを敢行するためには先《ま》ず、塚本直という存在を、この世から抹殺してしまわねばならないが、しかし、塚本直が塚本均を名乗ることに何一つの特典もない。学校はN高校からH大学予科へ、下宿は新築西洋館から貸舟屋の二階へと、何もかも格下げである。

それとも、塚本直は救いがたき猟奇の徒《と》であったのかしら。

大そうな資産家の長男で、パンのために勤労の必要もなく、小遣いと精力はありあまり、東京帝大をめざしている秀才で、つまり何一つ不足なき身であったがゆえに、退屈しきってしまったのだろうか。そして、退屈心を満たすために、探偵小説や犯罪実話を読みあさるようになったのだけど、それでも刺戟が足らず、ついに進んで殺人を犯してしまい、探偵小説まがいの双生児入れ替え術で「猟奇の果」を極めたのだろうか。

考えに考えを重ねるうちに、そんな非現実的なことさえ浮かんでくるのだ。

だが、そのようなモヤモヤは、塚本直をじかに問いつめればハッキリすることである。彼がなんといいのがれしようと、われわれは、彼の犯罪を証拠だてる事実を得たのだ。萩原氏は、なのに、しばし待て、である。彼はどうも、頭をポカポカ殴りすぎたおかげで、脳髄《のうずい》のどこかに変調をきたしたのかもしれぬ。私は少々心配になった。

そのように、白浜から飛んで帰ってきたものの、待つばかりの日々がつづいていて、私は可なりイライラがつのっていたのだが、一週間たった一月二十三日のことである。

夜明けが近づいて、さて寝ようかいなと思いはじめたところ、そこへ前ぶれなしに萩原氏が訪ねてきた（私はいまだ家に帰らず、麻布区のホテルに身を隠していた）。

萩原氏は久方振りにシャーロック・ホームズをまねた恰好をしていて、ステッキをクルクル廻しながら、

「サア、出かけるよ」

と快活な中音でいう。

「こんな刻《とき》に、どこへ？」

私は彼の元気に驚いて、眼をショボショボさせながら尋ねた。

「にせの塚本均を問いただしに行く」

「では、とうとう」

私の眠気など、どこぞに吹き飛んだ。

「ウン、冒険の大団円だ」

「寝こみを襲うとは妙案ですね。頭がぼけていては、いいのがれのわる智恵もはたらくまいて」

「イヤ、いま彼は蒲郡《がまごおり》にいる」

「蒲郡に？　どうして蒲郡にいるのです」

私はけげんに思って尋ねたが、萩原氏はそれに答えることなく、チラと懐中時計に目を落とすと、

「ヤ。汽車の時間がない。早く、早く」

インバネスをひるがえして、もう廊下に飛び出していた。私は着替える間もなく、アタフタと萩原氏のあとを追った。

蒲郡までの道中、私たちは大仏さんのようにだまり込んでいた。決戦を前にした武将の心境を思い浮かべていただければよい。余計な言葉は、高まった血のたぎりをさましてしまうというものだ。

ただ、塚本直がどうして蒲郡にいるのか、それがちょっと気がかりだったので、私はもう一度ただしてみた。

「遺体が蒲郡の実家に下げ渡されてきて、ようやく葬式がとり行なわれたのだよ。四日前のことだ。ずいぶん盛大な葬式だったらしい。そんなもんで、彼も実家に帰っているのさ」

萩原氏の答を聞いて、私はオヤッと思った。彼はどうして、四日前に蒲郡で葬式があった

ことを知っているのだ。私に隠れて何やら歩き廻った様子だぞ。しかし、私がそれを問いつめても、萩原氏はニヤニヤしながら、

「僕がどこで何をしたか、それは蒲郡に着けばわかることさ。君の眼で、君の耳で確かめるがいい」

その一と言で片づけてしまうのである。シャーロック・ホームズ心酔者とは、かくも結論を隠したがるものなのだ。

それにしても、おそるべし、塚本直である。「自分の葬式」に何食わぬ顔で出席するなど、常人の神経ではとうてい考えられぬ。彼は大悪魔サタンの血を引きし者なのか。

蒲郡に着くと、私たちは急ぎ足で、寒風の田舎道を進んで行った。東京市内とは別世界の、家屋敷のまばらな風景がどこまでもつづく。だが、勇みたった私の心は、ポカポカ春の陽気であった。

「ここだ、ここだ」

半時間ほどして、萩原氏は、高い常緑樹にとり囲まれた、立派な西洋館の前で立ち止まった。

外壁は煉瓦造りで、急傾斜なスレート屋根にも、四角な赤煉瓦の煙突がチョコンとのっかっている、鹿鳴館《ろくめいかん》時代風の西洋館だったが、建てたのはごく最近のことらしく、煉瓦の壁はピカピカと輝いていた。田舎町には不調和な、金持ち趣味丸出しの屋敷だ。

（田舎には田舎に似合った屋敷を建てればよいものを、県議の先生も存外泥臭いわい）

と私はキョロキョロ観察していたのだが、門柱にかかげられた看板を見て、変てこな気持になった。「野《の》崎《ざき》医院」という文字が読める。

「家ちがいですよ」

私がいうと、

「イヤ、先ずはここでいいのさ」

萩原氏はニッコリ微笑みを浮かべて、敷地の中へ歩を進めたものである。私は意味が呑み込めなかったけれど、ともかくも彼のあとにしたがった。

西洋館の玄関をはいると、すぐのところに、長椅子が向かい合わせに置かれていたが、待合患者は一人とて見えぬ。外見のりっぱさに較べて、いやにさびれた病院だ。

やがて、呼鈴の音に、不快な消毒剤の臭いの中から、ひっつめ髪の看護婦が現われた。顔の皮膚は泥人形のように土気色で、目がねの奥の両眼はトロンと力なく濁《にご》り、唇はカサカサにひからびていて、なんだか死人のような看護婦だ。

「あなたがたは？」

看護婦は目がねの奥から、私と萩原氏をジロジロ見較べて、警戒するような口振りで尋ねてきた。

「東京からまいった御納戸という者です。野崎先生はいらっしゃいますか」

萩原氏は名刺を差し出した。

「先生はお亡くなりになりました」

看護婦はか細い声で答えた。

「な、なんですって」

萩原氏はビクンと背筋を伸ばした。看護婦はだまってうなずいた。

（なるほど、先生がいなくなったので、患者がいないのだな、看護婦がやつれているのだな）

私は呑気《のんき》に納得したが、萩原氏はそれどころでないらしく、眼を血走らせて、

「いつです？　いつのことです？」

「四日前の夜ふけでございます」

「四日前！」

萩原氏はまたも叫んだ。一体何を驚いているのだ。

「何が原因で亡くなったのです」

「心臓麻痺でございます」

「どうしてまた。心臓に病をかかえていたのですか」

「イエ、先生は大そう心臓のお強い方でございました。でも、いかな先生とはいえ、凍てつくような川の水を浴びては、一とたまりもありませぬ」

「川で水遊び？　こんな時候に、なんだってそんな酔狂《すいきょう》なまねを」

「イエ、水遊びではありません。川堤から足を滑らせて、川の中へ落ち込んでしまわれたのです。お出かけ先でのお酒がすぎたようでして、帰りしな……」

看護婦はそこまでいうと、両手で顔をおおった。

萩原氏はまだ何事か尋ねたい様子で、口をモゴモゴさせていたが、看護婦がいっこう泣きやまぬものだから、

「君、行こう」

と私をうながしてそとへ出た。

「四日前というと確か、塚本直、イヤ、塚本直の身代わりとなった均君の葬式の日でしたよね」

西洋館をあとにしながら、私はおそるおそる切り出した。というのも、萩原氏は鬼のような顔つきをしていたのだ。

顔色は青いのを通り越してまるで紫色で、額の静脈が虫のように蠢《うごめ》いている。何かに恐怖を感じているようにも見えるし、非常に昂奮しているふうにも思われる。私は冒険をはじめてから、イヤ、萩原氏との交際をはじめてから、こんな恐ろしい彼の表情を見たことがなかった。

「アア、そうだ。君はさすがに勘がいい。野崎医師は塚本家で酒を飲んで、その帰りに川に

落ちたのだ」

萩原氏は断定する。

「どうして塚本家で酒を飲んだとわかるのです」

「それは、君、野崎医師は塚本家の主治医だからだよ。主治医といえば身内も同然、葬式が終れば塚本家の人間にまじって酒を飲むだろう」

「塚本家の主治医？」

「そうさ。大正八年から主治医を務めている」

「どうしてそんなことを知っているんです」

「そりゃ、君、調べたからさ。岩井探偵事務所に依頼して調べてもらったのさ」

ああ、やっぱり、彼は私に隠れて活動をしていたのだ。だが、塚本家の主治医について調べたところでどうなるというのだ。

「さいぜんから聞いていますと、塚本直、イヤ、塚本直にされた均君の葬式と、野崎医師の死亡事故とが、密接に結びついているような口振りですが」

私はいぶかって尋ねた。

「関係あるとも。大ありさ」

萩原氏は怒ったように答えた。

「さらに想像をたくましくしますと、塚本直は、野崎医師が足を滑らすことを期待して、酒をしこたま勧めた、と聞こえるのですが」

「イヤ、それはちがう」

萩原氏は即座に否定したが、そのあとすぐに、驚くべきことを口にした。

「プロバビリティーの犯罪なんてなまやさしいものじゃない。野崎医師は無理やり酒を飲まされたあげく、堤から突き落とされたのだよ。たぶんそうだ」

私はギョッとして言葉もなかった。

「冒険のはじまりに僕がいった言葉を覚えているかい。僕の想像があやまりでなけりゃ、これは君が考えているよりは、つまり表面に現われた感じよりは、ずっと恐ろしい事件かもしれないよ。確かそういったよね。あのときは、君の気をひくために、物々しい表現をしたにすぎなかったけれど、そんな何気ない一と言が、まさに正鵠《せいこく》を射ていたのだよ」

萩原氏は何をいい出すのだ。

「だが、僕らは大人すぎた。大人すぎたがために、表面を見ただけで、したり顔で結論を出してしまった。これではほんとうのことが見えなくて当然だ。すべての既成概念をうっちゃって、赤ん坊のような純粋な眼をもって観察しないことには、ほんとうの恐ろしさは出てきやしない。眼の角度を変えて、正面から、うしろから、横から、斜めから、近くから、遠くからと、いろいろな見方をすることによってはじめて、この事件の本質が見えてくるのだ。本質がわかればあとは造作ない。謎の数々は自然と氷解する。なぜならば、事件の本質が手品の種で、月恋病や屋根裏の散歩は、手品を楽しく見せるための演出にすぎぬのだから」

なんという衒気《げんき》のかたまりだ。シャーロック・ホームズをまねているだけなのか、それとも、ほんとうにホームズのように、深い洞察に根ざした言葉なのか。

「君はどこまで気づいているか知らないけれど、イヤ、きっと何もわかっちゃいないと思うが、僕らは非常にウッカリしていたのだよ。月恋病、『天上縊死』、骨折痕なき白骨死体と、僕らは僕らなりに研究して、一つの答を導き出した。だが、それは、ある部分では真相をかすめていたものの、全体としてははなはだ的はずれな推理でしかなかったのだ。

僕はそれに気づいたものだから、この一週間、いろいろと調べ廻って、最後の詰めとして野崎医師に話を聞こうと思った。だが、あいつは先手を打ちやがった。畜生、なんという邪悪の徒だ。僕は絶対に許さない」

萩原氏は、おのが言葉に昂奮しながら、だんだん声高になっていくのであった。

私は萩原氏の迂遠なもののいい方がサッパリ理解できなかったけれど、彼の鬼のような形《ぎょう》相《そう》を前にしては、もっとわかりやすく教えてくれとは、とてもいい出せなかった。

白髪鬼

私たちはそれからどうしたか。怒りにうち震える萩原氏を旗頭《はたがしら》に、唾棄《だき》すべき悪魔、塚本直の仮面をひっぺがすべく、彼の実家に乗り込んだのか。

いやいや、塚本直の仮面が破られるまでには、今しばらく時間をいただかねばならぬ。それは先でのお楽しみとして、ここでは事の順序として、わが萩原朔太郎のはなはだ異様なる行動について、文面をついやすこととする。

野崎医院をあとにしてから、私たちは適当な宿を見つけて、そこを大本営として活動することにした。宿に落ちついたのは、まだ夕刻前のことであった。

ところが、私は徹夜の疲れも手伝ってか、萩原氏がちょっと席をはずしたあいだにウトウトしてしまい、ハッと気づいたときには、夜もすっかりふけていた。

「ちょうどいいときに目を覚ましてくれたものだ。いま起こそうと思っていた」

萩原氏は火鉢に手をかざしながらいった。私は懐中時計を取り出して、

「ヤヤ、これはしくじった。もう十時ですか。食事はどうされました」

と頭を掻《か》き掻《か》き尋ねた。

「僕は済ませたけど、君のお膳《ぜん》は下げられてしまったよ」

「なんと。もちっと早くに起こしてくだされぱいいものを」

私は萩原氏の不親切に少々むくれた。

「わるく思わんでくれたまえ。食事も重要だが、寝不足ではからだが思うように動くまい。そう思って起こさないでいた。サテ、出かけるとするかい。君も一緒だよ」

萩原氏はヨッコラサと腰を上げると、裏庭に面した窓をあけて、そこで靴をはきはじめた。見ると、私の下駄もそちらに廻してあった。

「なんです、夜逃げでもするんですか」

私は冗談めかしていった。

「君はこれを持って。まだ火をいれちゃあならんぞ」

そういって私が手渡されたのは角燈と釘抜きであった。萩原氏は鍬《くわ》を二本かついでいる。

「一体何をおっぱじめようというのです」

グングン先を急ぐ萩原氏に追いついて、私はこわごわ尋ねた。

「墓地を掘り返す」

「墓地?」

私は度肝を抜かれた。

「シッ。声が大きい」

萩原氏の手がニュッと伸びてきて、私の口をふさいだ。そして、彼はキョロキョロとあたりを気づかいながら、

「かくなる上は、死体を掘り返すよりほかにないのだよ。ナニ、君が眠っているあいだに、お寺さんの許しはもらってきたから、心配は無用だ。住職は実に生ぐさな坊主でね、金子《きんす》を握らせたら合点承知の助だ」

ふてぶてしい笑いを浮かべていうのだ。だが、私は合点《がてん》がゆかぬ。

「今さら、均君の死体をあらためてどうしようというのです。警察が存分に調べたではありませんか」

「君、まだ寝ぼけているね。白骨死体なんかに用はない。僕が欲しいのは野崎さんの死体だよ」

「川に落ちた野崎医師ですか？」

「そうともさ。さきほど調べたところ、この地方にはいまだ土葬の風習が残っていて、野崎さんの死体も土葬でいとなまれたというじゃないか。これを利用しない手はない。君、これでわかっただろう」

萩原氏はますます変なことをいう。だが私は、探偵小説家の虚栄心から、わが無能さをさらけ出して根問い葉問いする愚は演じずに、ともかくもビクビクもので彼のあとにつき従っ

た。

田舎町のことゆえ、もうその時分には人通りもなく、私たちは誰何《すいか》されることなく、野崎家の菩提寺、真照寺《しんしょうじ》にたどりついた。

萩原氏が夕刻にきて見当をつけておいたので、野崎医師の墓を見つけ出すのは造作なかった。土饅頭《どまんじゅう》のまん中に白木の卒塔婆《そとば》が一本という、昔ながらのなまなましい墓だ。それを見たとたん、私の下の方がキューッと縮まった。

「サテ、いよいよだ」

萩原氏はそういって卒塔婆を抜き捨てると、鍬の一本を私に手渡してきた。

「だめです、だめです。罰があたります」

私はあとじさりした。

「君ともあろう者が、何を非科学的なことを。この世に罰も祟《たた》りもあるものか」

萩原氏はピシャリといった。

「罰がなくてもだめです。警察に知れたらしょっぴかれてしまいます」

「しょっぴかれるもんかい。僕らは正義の鉄槌《てっつい》を振るわんとしているのだ。ホレ、これが正義の鉄槌だ」

私は無理やり鍬を押しつけられてしまった。私はとうとうあきらめてしまって、

「なんだか『人見広介《ひとみひろすけ》』みたいですね」

ヤケクソな冗談を叩きながら、物凄い闇の墓地に、ザクッと鍬を振りおろした。

「ウン、『菰田源三郎《こもだげんざぶろう》』の墓あばきだ」

萩原氏も冗談に応じて、ザクッと鍬を振るった。

ザクッ、ザクッ、ザクッ、ザクッ、世にも恐るべき墓掘りの仕事だ。

鍬の一と振りごとに、土が掘りおこされて、存外あっけなく、真新らしい棺桶の蓋《ふた》が現われてきた。

「君、角燈に火をいれて」

萩原氏は鍬を釘抜きに持ち替えた。私は命じられるがままに角燈に火をつけると、ボーと人魂《ひとだま》のように揺れる薄明かりで、彼の手元を照らし出した。

キイ、キイと骨の髄までひびくような音をたてて、一本ずつ釘がゆるむにつれて、蓋の一方が持ち上がって行く。そして、隙間から、蔭になった棺桶の内部が、徐々に暴露されてくる。

(今にも！　今にも！)

私の心臓は早鐘《はやがね》のようであった。冷たい脂汗《あぶらあせ》が脇の下をツルツルと流れ落ちるのがわかった。ある恐ろしい想像が、毒々しい血の色で、心の中を染めて行く。

その棺桶の中に一体どんなものがはいっていたか。腐りただれ、グシャグシャに流れた恐ろしい死骸が待っていたのか。

いやいや、野崎医師が死んでから幾日とたっていないのである。しかもウジのわかぬこの季節だ。異臭はさほど感じられず、顔色も青白いけれど、ギャッと叫んで、いきなり逃げ出したいような有様ではなかった。私は一《ひ》と先《ま》ずホッと胸をなでおろした。

「仏様、僕の無礼をお許しください。ホンの一日ご辛抱ください」

経帷子《きょうかたびら》につつまれた野崎医師に向かって、萩原氏が手を合わせた。さいぜんは罰も祟りもキッパリ切って捨てたくせに、やっぱり何かしら気がかりと見える。

だが、萩原氏は合掌を終えると、墓あばきの上をゆく、実に罰あたりなことをはじめた。穴の縁に腹這いになって、底のほうへ両手を差し伸ばし、ズルッ、ズルッと一寸きざみで、死体を棺桶からひきずり出して行くのだ。

「何をボンヤリしている。手伝ってくれよ」

萩原氏は額の汗を拭き拭き、怒ったような声で私に命じた。

「いけません、いけません。もうよしましょう」

私はおよび腰だ。

「ばかをいうんじゃない。死体を運び出さないことには、なんの意味もないじゃないか。サア、早く」

萩原氏は死体から片手をはなすと、それをニュッと伸ばして、私の着物の裾をひっつかんだ。死体は、その拍子に、棺桶の中にズルズルとくずれ落ちて行った。

「ああ、落ちちゃった。君のせいだぞ。仏様を痛い目に遭わせたのは君だぞ」

そう責められては躊躇《ちゅうちょ》などしておれぬ。私は満身の勇を振るって、萩原氏に手を貸すことにした。

遠くから見たかぎりにおいては、さほどの恐怖はなかったけれど、さわるとなると話は別である。

野崎医師のからだは、すでに死後硬直がとけていて、なんだか浜に打ち上げられたくらげのようにブヨブヨしているのだ。そして、死体膨脹の現象もはじまっていて、まるで飴細工のタヌキみたいな太鼓腹をしている。なんとも名状しがたい気色わるさだ。あと十日もすれば、顔なども、しわが伸び、毛穴がひらいて、巨人国の赤ん坊のように、はちきれそうにふくれあがるのであろう。

一寸、二寸、一尺、二尺、死体はついに地上に横たわった。私は、それで、急にからだの力が抜けてしまい、その場にペタンと尻餅《しりもち》をついてしまった。

だが、萩原氏は精力家だ。恐れを知らぬ鬼神の化身だ。彼はふたたび鍬を手に取ると、今度は何を思ってか、棺桶の蓋にねらいを定めたのである。

一と振り、二た振り……、やがて、パキンと乾いた音が闇夜に谺《こだま》して、棺桶の蓋はまっぷたつに打ち割れた。

実にその刹那《せつな》、私の脳髄がピリリと刺戟された。

（あっ、もしかしたら、萩原さんはアレをたくらんでいるのではないかしら。そうだ、きっとそうだぞ）

「ポオの『プリーマチュア・ベリアル』ですね」

私はニタニタしながら尋ねた。萩原氏はニヤリと笑い返して、

「あるいは涙香《るいこう》の『白髪鬼』だ、ウフフフフフ」

「それを逆手に取るのですね」

「ウン、対手《あいて》は探偵小説愛好家だもの」

「ギョッとして餌に食らいついてくるという寸法ですか」

「まあ、それは明日のお楽しみで、さあて、早いとこ仏様を運んでしまおう。本堂で預かってくれる手筈になっている」

禅宗坊主のような会話をとりかわしたあと、萩原氏はポンと手を打って、死体の両脇に手を差し入れた。

（ああ、やっぱりアレだった。この詩人のたのもしさはどうだ。すばらしさはどうだ。悪魔の奸計に鬼神の叡智《えいち》で対抗しようとしているのだ）

私は、彼のもくろみがわかった嬉しさで、気色わるさもものかは、こころよく運搬作業を手伝ったのであった。

で、罰あたりな墓地発掘の翌日、萩原氏は悪魔退治の毒餌を撒くために、単身塚本家に乗

り込んで行った。私が行かなかったのは、塚本直とバッタリ出くわしたときの用心である。浜風荘で同宿だった男がなんでうろついているのだと、いぶかしく思われてはうまくない。

ということで、これからしばらくは、ちょっと変った書き方をして、私が直接見聞したことではないけれど、萩原氏から伝え聞いたところを、物語風にまとめてはさんでおくことにする。

萩原氏は、はでな柄の背広服、少し汚れたソフト帽、気取ったロイド目がねという、どこか場末《ばすえ》の開業医を思わせる恰好で塚本家を訪れた（彼はそれらの衣装を蒲郡駅前の古着屋で見つけた。こういったことには金に糸目《いとめ》をつけないたちなのである）。

彼は勝手口からはいると、夕餉《ゆうげ》の支度にいそがしい女中をつかまえて、

「もうし、野崎というお医者さんの住まいをごぞんじありませぬか」

と、しらじらしく尋ねた。

「アア、野崎医院ですね。ここの前の通りをまっすぐ北に十五分ほどです。雑木林の中の西洋館ですから、すぐお眼にとまりますよ」

「そうかい。いそがしいところわるかったね」

萩原氏はそういって立ち去るふりを見せながら、

「野崎さんも人騒がせだね。一たん死んで、生き返ってくるんだもの」

と独り言のようにつぶやいた。

「な、なんですって？　あなた、なんとおっしゃいました？」

女中はギョッとして萩原氏を引き止めた。

「オヤ、君はまだ知らなかったのかい。野崎さんはゆうべ生き返ったのだよ」

「ご、ご冗談を」

「冗談なものかい。墓の中からゴソゴソ這い出てきたらしい」

「嘘です」

「嘘だと思うなら、真照寺の墓地に行ってごらん。野崎さんが棺桶を破って、土をかき分けかき分け這い出してきたあとが、今も生々しく残っている」

「嘘です、嘘です。死人が生き返るなんて、そんなばかな話、聞いたことございません」

女中は青ざめた顔をブルブル振る。萩原氏はここぞとばかり、目がねの蔓《つる》にチョイと手をかけると、厳粛な調子で語って行った。

「生と死とを分かつ境界は、どう見ても影のごとく漠然としたものだ。どこで生が終り、どこで死がはじまるのかを、誰がいうことができよう。それは、医者の僕にもいえぬことだ。生命の外見的な機能がまったく停止していても、それは一時的休止状態にすぎず、ある期間がたてば、眼に見えぬ不思議な力が魔術の歯車を動かして、生命はふたたび活動をはじめる。人体とはかくも神秘的なもので、それは現代の医学でも解明できていない。

だからまちがいがしばしば、実にしばしば起きる。霊魂はいまだからだの中に宿っているというのに、医者は外見的な所見のみで死と判断して、その患者は残酷にも、生きながら葬られる羽目になる。

　いくつか例をあげようか。イヤ、一々話していたのではきりがないから、一つだけにしておこう。飛びきり恐ろしい事実談だ。姙《はら》み女が埋葬されたのち、棺桶の中で蘇生《そせい》して、おなかの子供を生み落としたというのだよ。君、想像しただけでゾッと総毛立つじゃないか。彼女は暗闇の中で何をしたのだろう。

　ふたたび世に出ることあたわずと知りながら、悲しい母親の本能で、出もせぬ乳房を、生まれたての、体液でネバネバした赤ん坊にふくませたのかしら。そうして二人して、水をはなれた鮒《ふな》のように、口をパクパクやりながら、窒息して行ったのかしら。

　イヤ、赤ん坊は苦しさのあまり、もう母親の見境がつかず、まるで恨みかさなる仇敵《きゅうてき》にでも出会ったかのように、彼女の胸にむしゃぶりつき、柔らかい肌に、けもののような爪をたてて、かきむしり、かきむしったのかもしれぬ。そして、わが子の苦悶を見るにたえかねた母親は、オイオイ泣きながら、赤ん坊の頸《くび》に両手をかけ、ギュウギュウ絞めて殺してしまったのかしら。ああ、恐ろしや、恐ろしや。

　君ね、機会があったら、『早すぎる埋葬』という小説を読んでごらん。エドガア・ポオというアメリカ人が書いたものだ。黒岩《くろいわ》涙香の『白髪鬼』でもいい。どちらを読んでも、仮死の埋葬の恐ろしさがよおくわかる。幽霊話なんか目じゃないよ。もっと異様な、現実的な恐怖だ。ホラ、なんてったって、自分も生き埋めにされちゃうかもしれないのだからね、ウフフフフ」

萩原氏はここで雄弁を中断すると、無気味な笑いを浮かべて、素通しの目がねの奥から、女中を観察した。

彼女はほとんど卒倒しかかっていた。青ざめた額には無数の玉の汗が浮かび、つり上がった眼はまっ赤に血走っていた。萩原氏が「ワッ」とおどかしたなら、彼女は声もたてず、その場にシナシナと、まるで百合がしぼむように、くずれ落ちて行きそうであった。萩原氏はその様子に満足して、

「野崎さんも、棺桶のまっ暗闇の中で目を覚ましたんだ。身動きも、息も、ほとんどかなわぬ、せまっくるしい棺桶の中でね。そうして、あらんかぎりの力を振りしぼって、猛獣のようにあばれ狂った。板を破るか、さもなくば窒息して死んで行くかだ。四日も飯を食べていなくとも、必死の怪力が出るわ出るわ。で、彼はとうとう蓋を破った。土をかき分けて地上に這い出した」

講談師のように調子よくしゃべって行った。彼女は夢中でうなずいている。

「ところが、地上に出た刹那、彼はその場で意識を失ってしまった。棺桶を打ち破ることで力を使いきってしまったのだろう。今は、だから、自分とこの病室で寝ている。ずいぶん衰弱がひどくって、どうやら今夜が峠だそうだ」

萩原氏の与太話はそれで一と通り終ったわけだが、彼は立ち去る前にもう一度、「野崎さんは棺桶の中で息を吹き返した。現在は野崎医院の病室にいる。昏睡《こんすい》状態だ。でも、今夜一ぱい持てば、もうだいじょうぶ。明日にでも意識を回復する。わかったね」ちょうど催眠術師が暗示を与えるときのように、一語一語力をいれながら、女中にいい聞かせたのであった。

さて、萩原氏を中心とした物語はこれにて打ち切りであり、そしていよいよ、その日、つまり一月二十四日深更《しんこう》の、あの戦慄すべき出来事を書きしるす順序となった。

大暗室

萩原氏は、塚本家の女中に与太を飛ばしたあと、一たん大本営に戻ってきたが、一服つける間もなくシャーロック・ホームズの衣装に着替えて、そして私たちは野崎医院の西洋館へ急いだ。

「検事総局の御納戸です。御主人の死に他殺の疑いがあります。犯人をあげるため、奥さんに協力いただきたい」

萩原氏はそんな出鱈目《でたらめ》をいって野崎未亡人と面会し、狼狽する未亡人に一つの命令をした。

やがて正体不明の人物から、野崎医師の容体を尋ねる電話がかかってくるが、それには愛想よく、「お蔭さまで、明日には意識を回復しそうです」と答えるべし。詳しい説明は抜きにして、そんなことを命じたのだ。

そして野崎未亡人は、塚本家の女中と同じく、催眠術にでもかかったかのように、萩原氏の言葉をスンナリ受けいれて、かくて悪魔捕縛の準備が万端ととのったわけである。

果たして萩原氏の予想どおり、八時を廻ったころ、野崎医院の電話が鳴りひびいた。それは、植村喜八《うえむらきはち》と名乗る人物からのもので、野崎医師の容体を尋ねてきたのだが、野崎未亡人が打ち合わせどおりの答を返すと、礼もいわずにプツンと切れた。

私と萩原氏は、未亡人からそれを聞くと、応接室から病室へと移動した。

病室というのは、一階裏口近くの十畳ほどの洋間で、私たちがはいったときにはすでに、スチームでポカポカと暖まっていて、枕もとの小卓にも、薬瓶や、水差しや、金盥《かなだらい》が並べられ、足りないものはベッドの上の患者ばかりであった。

萩原氏は、ドアをしめると、水差しの水をコップに入れたり、カーテンの隙間をきっちり合わせたりして、チョコマカと動き廻ったが、一と通りの点検を終えると、私に向かって、

「君、小用を足すなら今のうちだよ。長丁場になるかもしれないからね」

と親切にも注意してくれた。

「イヤ、もう出るものは出しつくしました」

私は一時間ほど前から極度の緊張状態にあって、三度も四度も便所に立っていたのである。

「そうかい。では、少々うっとうしいけれどがまんしておくれ」

萩原氏はポケットから一と巻きの繃帯《ほうたい》を取り出した。

「眼のところは少しだけあけておいてくださいよ」

「わかってるよ」

と萩原氏は、私の頭のてっぺんから绷帯を巻きつけて行く。

「鼻のところもあけておいてくださいよ。窒息死はごめんです」

「君も心配性だね。僕がそんなへまをするもんかい。自分でいうのもなんだけどね、手先は実に器用なんだぜ」

萩原氏はあきれたようにいって、確かに器用な手つきで、私の顔じゅうに、グルグルと繃帯を巻きつけてしまった。そして、私のからだをベッドのまん中に寝かせつけると、

「ハハハ、なんだかエジプトのミイラ男みたいだ。ミイラ男、ミイラ男、ハハハハハ」

さも楽しそうに笑うのであった。

(冗談をいっている場合じゃないでしょう)

私はムッとして、そういい返そうとしたのだが、ところが、ウーン、ウーンと喉がうなるばかりで、声が出てこない。

(ああ、繃帯で口をふさがれているのだ)

私はなんともみじめであった。

「では、おしゃべりはこれにておしまいだ。僕はベッドの下に隠れているからね。決行のときには合図を送る」

萩原氏がそういったかと思うと、天井の電燈がフッと消えた。

カツン、カツンという堅い音が私のほうに近づいてくる。萩原氏が、ステッキをたよりに、闇の中を探り歩いているのだ。

ステッキの音が消えると、今度は、ベッドの下でゴソゴソ動き廻る音がしばらくつづいたが、ついにはそれもやんで、闇と無言の世界が訪れた。

ベッド上の私は、墓場より生き返った野崎医師の身代わりであった。やがてやってくるであろう殺人鬼を待つ身であった。

萩原氏は、塚本直が野崎医師を殺したと確信しているようであった。萩原氏はそこで、野崎医師が生き返ったと塚本直に伝われば、彼は大いにあわてふためいて、もう一度医師を殺害せんとやってくるだろうから、そこを取り押えてしまおうと考えたのである。

なんとも大たんきわまりない計略ではないか。塚本直が犯人なれば、野崎医師が生き返るのはうまくない。医師の証言によって自分の罪があばかれてしまうのだ。したがって、意識が回復せぬ今夜のうちに、野崎医師の息の根を止めにやってくるはずである。

ただ、私にはどうしてもわからぬことがあった。萩原氏はなぜ、あれほど自信満々な口調で、塚本直が野崎医師を殺したといい切るのであろうか。そして、塚本直はなぜ、野崎医師を殺さねばならなかったのか。

（イヤ、それはもう間もなくわかることだ。さいぜん、植村喜八なる不審人物から電話があったではないか。あれは塚本直だ。野崎医師生存の確認を取ったのだ）

私はもう何も考えないことにした。

それにしても、文目《あやめ》も分かぬ暗闇の、なんと恐ろしいことか。室内の空気は微動だにせず、だんだんと重苦しく、まるで寝汗をタップリ吸い込んだ蒲団のようにのしかかってきて、それは私に呼吸困難を起こさせしめるほどであった。

呼吸といえば、自分の呼吸の音も実に気味がわるい。いつものように、息を吸って、吐いているだけなのに、それが異常に拡大されて、まるで肉食獣のうなり声の感じに聞こえるのだ。

だが、無気味のきわみは、もっと別のところにあった。それは、耳が馴れてくるにしたがって聞こえてきた、非常に微弱な、にぶい、単調なひびきである。

（なんだか振子がゆれるような音だぞ。だが、おかしいぞ。この病室には振子時計なぞ立ててなかったぞ。その廊下にも見当たらなかったぞ。応接室の壁に、黒檀の巨大な振子時計がかけてあったけれど、もしやして、あの時計の音かい。いやいや、十数間もはなれた応接室の音がどうして聞こえようか）

そこまで考えたとき、私はギョクンと飛び起きそうになった。

実におどろおどろしい、遠くの雷鳴のような、しかもきわめて音楽的なひびきが聞こえてきたのだ。その不思議な調子の音色は、一回、二回、三回……、九回鳴って、パタッとやんだ。

（アア、やっぱり応接室の振子時計の音が、はるかここまでとどいてくるのだ。今の不思議な音色は、あの時計の真鍮の肺臓が、九時ちょうどを告げたのだ。恐ろしいまでの闇と無言の世界の中で、私の耳は、野生のけだもののごとくさえ渡っているのだ）

私はそれを思うと、何かしら、身内に熱い血のたぎりを感じるのであった。

ところが、それから一時間がたって、振子時計が十点鐘を打つと、私のからだを耐えがたい寒さが襲ってきた。

（塚本直が飛び道具を持っていたらどうしよう。二人がかりでもかなうべくもないぞ）

十一点鐘を聞いたとき、私の恐怖はさらに進んだ。

（萩原さんは、ほんとうにベッドの下にいるのかしら。ウツラウツラしているのではないかしら）

そんな妄想が湧き起こり、心乱され、脳貧血で気を失いかけそうだった。

そして、ついに真夜中がきた。

十二点鐘が、ゆっくり、ゆっくり、鳴り渡った。まるであの世から聞こえてくる餓鬼のうめき声のようだ。

実にそのとき、長い長い鐘の音の、その陰鬱な余韻をかき消すように、ギイ、ギイ、ギイと歯がきしるような音がして、廊下の薄明かりが漏れ込んできた。

（ああ、とうとう来た！）

私はシーツの端をギュッと握りしめて、眼を薄眼に切り替えた。

闇の中にパッと光りものがした。天井の電燈ではない。悪魔の用意した懐中電燈だ。それで私の顔を照らしているのだ。

(フフフフ、ほんとうに野崎医師であるかを確かめているのだな。だが、こうやって繃帯をしていたのでは、にせの野崎医師とはわかるまい。萩原氏のやり口は万遺漏《ばんいろう》ないのだよ、ウフフフフフ)

私は、怖くて怖くて仕様がないはずなのに、無気味な振子の音色を聞きすぎたせいか、恐怖心が鈍感になっていて、なんだか大声で笑い出したい心境であった。

悪魔はにせ患者を怪しんだふうはなく、懐中電燈を床に置くと、しゃがみこんだまま、何やらゴソゴソとはじめた。その様子が影となって、壁から天井にかけて大入道みたいに蠢《うごめ》いている。

(まさか、ベッドの下の萩原さんに気づいたのではあるまいな)

そう思うと、私の心臓はドキついた。だが人の心配をしている場合ではなかった。

悪魔はゆっくり立ち上がると、私の上から蒲団をはぎ取って、私の手首をソッとつかんだ。悪魔のもう一方の手先で、何かがキラリと光った。

(あっ、注射器だ。毒の注射で息の根を止めようとしているのだ)

私はもう萩原氏の合図なんか待っていられなかった。ここで飛び起きないことには、ほんとうに身代わりになってしまう。

ところがどうしたことか、わが筋肉という筋肉が、硬直したように動かないではないか。頭の中はハッキリしているのに、からだが動かないのだ。もがけもしないのだ。

(萩原さん！　早く！　早く！)

私は死にもの狂いで叫んだけれど、繃帯にとざされた口からは、ウーン、ウーンという、うめき声が漏れるばかりだ。そして、萩原氏が助けに出てくる気配もない。

(アア、やっぱり眠りこけているのだ)

そうこうするうちに、悪魔の手に力が加わって、注射針があと一寸のところまで迫ってきた。見ると、注射器の中はからっぽだった。卒中死をまねく空気注射だ。

(朔太郎のばか野郎！)

心の中で叫んだその刹那、ベッドの下から、コツ、コツと合図があった。それを感じると、不思議なことに、からだの呪縛が一瞬間で解き放たれた。

「ウー、ウー」

まぬけなうなり声を上げながら、私は猛然と飛び起きた。

「ギャッ」

悪魔は異様な叫び声を上げてのけぞった。同時に、ベッドの下から黒い風のようなものが現われいでて、悪魔目がけて飛びかかって行った。

「ギャッ」

悪魔はまたも怪鳥《けちょう》のような叫び声を上げると、今度はドスンと尻餅をついた。痛手に、思わず取り落とす注射器。萩原氏が、ステッキで足ばらいをかけたとみえる。

ドシン、ガシャン。

物凄い格闘のはじまりだ。部屋が地震のように揺れた。

だが、存外あっけなくかたがついた。もちろん、奇襲をかけたわが軍の勝利である。

悪魔はグッタリとあおむけだ。萩原氏はその上に馬乗りになっていて、その頸筋に、ステッキをグイグイ押しつけている。

「電燈を！」

萩原氏が烈しい息づかいで指図した。私はようやく顔の繃帯をふりほどくと、近場に転がっていた懐中電燈を拾い上げて、その光の輪を悪魔の顔に突きつけた。

「あれ、あなたは」

私は意外なその人物に目を白黒させた。

萩原氏の下敷きになっていたのは、塚本直ではなしに、鼈甲縁《べっこうぶち》目がねをかけた、彼の父親、金満紳士塚本大造であったのだ。

「この方が野崎医師を殺したのですか」

私はなんとも解せぬ顔つきで、塚本大造と萩原氏を交互に見やった。

「無礼なことをいうな。私が何をしたというのだ」

塚本大造はゼイゼイと荒い息でどなり散らした。萩原氏はニコニコ笑って、

「ホホウ、すると、こんな夜中にお見舞いですかい」

「ア、アア、そうだ、そうだ」

「フフフフ、医者でもないあなたが、注射器を持ってお見舞いですか。オヤ、これはなんですか」

萩原氏は、塚本大造の懐中に手を突っ込むと、何やら黒いかたまりを取り出した。

「アッ」

私は思わず叫んだ。それが使われたことを思うと、ゾッと総毛立った。

「ずいぶん物騒なお土産ですね」

と萩原氏は、奪い取ったピストルをクルクルともてあそんだ。

「そ、それは、護身用のピストルじゃ。出かけるときにはいつも身につけておる」

塚本大造は、あくまで、いいのがれしようとする。

「僕ね、一度でいいから、ピストルを撃ってみたかったんだ」

萩原氏は引金に指をかけると、うわべは呑気らしくいいながら、筒口を塚本大造に向けた。すると、塚本大造は、口からブクブク泡を吐いて、

「ワア、お願いだ。殺さんでくれ、命ばかりはお助けを。なあ、あんたたち、金をやろう。

何もかも忘れてくれ」

と世迷言《よまいごと》をわめきたてた。

ちょうどそのとき、室内が真昼のように明るくなった。誰かが電燈のスイッチをいれたのだ。闇の住人をつづけていた私には、あまりに烈しすぎる白光で、思わずクラクラとよろめいた。

「父さん、もうおしまいです。見苦しいまねはよしましょう」

どこか遠くの方で声がした。私はハッとして、その声の方を見やった。

ああ、とうとう、塚本直が現われたのであった。

悪人志願

金ボタンの制服を着た美青年が、病室のドアを背にして立っていた。

私が彼と会ったのは、もう四月も前のことで、しかもホンの立ち話をしたにすぎぬのだが、その瓜実顔も、二重瞼の大きな瞳も、瞳に宿る冷たく美しい輝きも、忘れもしない塚本直その人のものだ。今は、双生児の弟、塚本均を名乗っているけれど。

「お前、どうしてここに」

塚本大造がうめくようにつぶやいた。眼を血走らせて、小鼻をいからし、口をひんまげ、断末魔《だんまつま》の苦悶の表情だ。

「虫の知らせというのでしょうか。父さんが出かけたあと、妙な胸騒ぎがしまして、急いであとを追いかけたのです。でも、一歩およびませんでしたね」

塚本均《いつ》の塚本直がいった。

「なあ、お前の力でこの場をどうにかしてくれ」

父親は相も変らぬ世迷言《よまいごと》だ。

「イヤ、もういけません。現場を取り押えられてしまったのです。かくなる上はいさぎよくありましょう」

息子は実に毅然《きぜん》とした態度だ。

「おお、直よ、そんな殺生《せっしょう》なことをいわんでくれ。お前の智恵でどうにかしてくれ」

仰向けの塚本大造は、手足を亀の子のようにバタつかせた。

(ヤヤ。この親父、塚本均の塚本直なることを知っているぞ。一体どういうことだ)

私は大いにいぶかったが、それをただす前に、塚本直がツカツカと歩み寄ってきて、

「見事なお手並みです。あなた、浜風荘で一緒だった方ですね」

と私の顔をシゲシゲとながめた。

「エエ、廣宇雷太です」

「しかしてその正体は、探偵作家の江戸川乱歩氏」

彼はズバリいった。

「浜風荘でお会いしたときには迂闊《うかつ》にも気づきませんで、雪枝から聞かされてビックリです。僕は大へんな方のお命を救ったのですね」

「その節はどうもありがとう。お蔭で、もう一度やり直す決心がつきましたよ」

兇賊《きょうぞく》に頭を下げるなんて、なんとも変てこな気持だ。

「でも、今となってみると、助けるんじゃなかったと後悔しています」

塚本直は冷たい輝きを宿した眼で私を見すえた。

「あなたは雪枝を問いつめて、僕ら兄弟の身の上をつぶさに聞き出したそうじゃないですか。貸舟屋の爺さんのところにもやってきたそうじゃないですか。それを聞くと、僕はもう生きた心地がしませんでしたよ。

僕は自分のたくらみに非常な自信を持っていた。田舎警察の人間なんか目じゃないと思っていた。事実、警察は、僕のたくらみにまんまとひっかかってくれた。でも、江戸川乱歩の名を聞いたその日から、毎日がビクビクものです。あなたの名前が、顔が、小説が、亡霊のようにチラついて、夜な夜なうなされるのです。何しろあなたは非常な理智の持ち主だ。警察とはちがった見方で事件を考え、真相を究明するかもしれない。

そしてとうとう、僕の不安が的中してしまった。あなたは実に恐ろしい人だ。御自身の作品を地で行くような罠を仕掛けて、僕らをまんまとはめてしまった。現場を押えられたのでは、もはやいいのがれもききません。アア、あなたなんか助けるのではなかった。そうそう、勝手に身投げさせておけばよかったのだ。フフフフフ」

冥府《めいふ》から聞こえてくるような、ゾッとするほど冷淡な笑いだ。

「ホラ、僕がいつかいったとおりだろう。君の名前は、かくも神通力を持っているのだよ」

萩原氏が、私の袖を引いて、ソッとささやいた。

「何をきっかけに、僕のたくらみに気づいたのですか」

やがて、塚本直は陰気な無表情で尋ねてきた。

「イヤ、それは、なんだね」

私は返答に窮して、萩原氏をチラとうかがった。

「先生、何もおっしゃいますな。そのような邪悪の徒としゃべっては口が腐ります」

萩原氏は無邪気そうにいいながら、ヤッコラサと立ち上がると、こんなときだというのに、例の名刺を取り出して、

「僕のことは雪枝嬢から聞きおよんでいるでしょう」

と塚本直に手渡すのだ。

「ハハハ、あなたが御納戸色さんでしたか。さすが、探偵小説家の書生さんだ。あじを知っていらっしゃる。オナンドイロ、オナンドイロ、ハハハハハハ」

ほがらかな笑い声がほとばしった。だが、突如として、彼はギョッと笑いを呑み込むと、

「ヤ。あなた、その異国風の秀麗なお顔は、もしや、詩人の……。イヤ、でもそんなことがあるだろうか」

独り言のようにいって、眼をキョトキョトさせた。

「ハハハハハ、僕、萩原朔太郎にソックリだろう。よくまちがわれるんだ。でも、残念ながら、こちらの先生の一書生にすぎない。それよりも君、さいぜんの質問に僕が答えよう」

萩原氏は巧みに話をはぐらかして、

「このあいだ上がった白骨死体ね、あれに骨折の痕跡がなかったことを、先生は大そういぶかったのさ」

それを聞くと、塚本直の顔が、サッと血の気を失った。

「畜生め。とんだしくじりをしたものだ。なんて間抜けな完全犯罪だ。コン畜生っ」

塚本直は、左手をギュウギュウ握りしめながら、口汚い言葉をまき散らして、おのが失敗をののしった。

「先生は、それで、次のように考えた」

と萩原氏は、偽装自殺の手品から、双生児の入れ替わり術までの推理を、かいつまんで説明した。

「フフン、なるほど。この僕が塚本直だというのですね。均を殺して入れ替わったと。僕が恐れに恐れた理智とは、その程度だったのですか。とんだ取り越し苦労をしたものだ」

塚本均の塚本直はいやに落ちつきはらって、一種奇妙な微笑みをうかべた。

「君、往生際《おうじようぎわ》がわるいよ」

私は烈しい憎悪を感じて、その顔をにらみつけた。

「イヤ、おっしゃるように、僕は塚本直です。今は均のふりをして、貸舟屋の二階で生活しています」

「ホラみたまえ」

「ですが、あなたの推理は的はずれです。そんな推理で、よくここまでたどりつけましたね。野崎先生の死の秘密までわかりましたね。よほど幸運な星の下に生まれたとしか思えませんよ。フン、それとも、僕がよっぽどツイてないのか」

私は狼狽に唇を嚙みしめた。塚本直のふてぶてしい態度は癪《しゃく》にさわって仕方ないのだが、彼がいうように、私の推理では、野崎医師の死になんの説明もつかない。私はただ萩原氏にひっぱられてやってきただけなのだ。萩原氏の指図どおりに墓をあばいて、野崎医師の身代わりをつとめたにすぎぬのだ。

「侮辱するにもほどがあるっ。先生がそんな浅はかであるものかい」

萩原氏が雷鳴のごとくどなりつけた。

「今のが先生の推理だって？　とんでもない。推理の端緒となった、ホンの閃きにすぎぬのだ。先生は、その閃きを見直すうちに、今まで気にもかけなかった不思議をおぼえ、そして不思議の一つ一つを解きほぐして行った上で、真の推理を完成させたのだ」

「では、その真の推理とやらを、ひとつお聞かせ願いましょうか」

塚本直の不敵な笑みはやまない。

「たとえばね、幾何《きか》の問題を解くときに、一と晩かかっても書きつぶしの紙がふえるばかりだと、これはもう不可能な問題にちがいないと思うよね。ところが、もうスッカリあきらめて、帳面のはしっこにいたずら書きをするうちに、アインシュタイン物理学をもってしても解けぬと思っていた問題が、ばかばかしいほど造作《ぞうさ》なく解けることがある。それまでの考えを一たん捨てて、まっ白な頭になったことで、新らしいものの見方に気づいたのだ。

例の白骨死体についても、この見方を変えるということが必要だった。あの場合、死体に骨折痕がないということで、それは均青年であり、生き残っているのが塚本直としたのだが、では均青年はいつ殺されたのかというと、さしたる根拠もなしに、『十五夜の晩よりもあと』と考えた。そう解釈するのが、状況的に見て、ごく自然だったからだ。

だが、『十五夜の晩よりも前』としたらどうだろう。可《か》なり不自然な前提条件ではあるが、それを念頭に置いて均青年の生前の行動を思い返してみると、今まで納得していたすべての事柄が不思議に疑わしくなってくる」

萩原氏は、例によってホームズ的思わせぶりをもってしゃべるのだ。私は彼の意味がいくらかわかったようでもあり、また、てんで見当がつかぬようでもあり、あっけにとられた形で、しかし非常な興味をもって聞き入っていた。

「均青年はなぜ学業をおろそかにしたのか。なぜ乞食のようになり果てて、深夜の浅草徘徊を趣味としていたのか。なぜ屋根裏を散歩しなければならなかったのか。なぜ突然、拳闘をはじめたのか」

「次男ゆえのヤケクソですかね。あるいはほんとうに気がふれてしまったのか」

塚本直は冷ややかにいいはなった。

「ウン、先生も最初はそういうことで納得していた。だが、ふと解せぬものを感じた」

「ホウ、なぜに解せませんか」

「均青年にとって、東京の学校へ進学することは非常な願望であったのだよ。見事H大学の予科に合格したあかつきには、それはそれは物凄いうかれようで、まあだ中学校の卒業前だというのに、東京の下宿で暮らしはじめるありさまだったのだよ。そんな人間が、あこがれの学生生活をうっちゃって、乞食とたわむれていた方が人生勉強になるとのたまうかね」

「均にはあの学校の水が合わなかったのかしら」

「ウフフフフ。一見、そう思えるよね」

「それとも、東京という街が持った猛毒におかされて、別人の心を植えつけられてしまったのかしら」

「フフフフフフ。君、ところがね、僕の、いやさ、先生の調べによると、均青年は、上京した当初から、癈人《はいじん》然とした暮らしをしていたそうなのだよ。下宿屋の爺さんも、学校の人間も、口を揃えてそういっていた。東京の毒が充分廻らぬうちから癈人とは、実に妙だねえ」

「ホホウ、東京の空気を吸っただけで別人の心となったのですね」

「君は兄として、そんな弟の様子を心配に思わなかったのかい。厳しくいましめなかったのかい」

「ハハハハハ、もうスッカリ降参です。そらぞらしいお芝居はやめましょう。おみそれいたしました。やっぱりあなたは理智の人だ」

塚本直は、捨てばちな笑いとともに、尊敬のまなざしを私に向けた。

だが、私がなんと応えられよう。萩原氏は私をかばわんとして、私に伝え聞いたふうに話しているが、すべては萩原氏がいだいた疑念なのだ。私は恥かしくも、正義の巨人と邪悪の怪人のさも楽しそうな長話を聞きながら、今になってはじめて、「そうか、確かに変だぞ」と愚かにうなずいているのである。

「では、君は認めるのだね。東京で暮らしていた均青年が幽霊であることを」

萩原氏の何気ない一と言に、私はハッとした。

「幽霊、ね。なるほど、おもしろいことをいいますね。実体がないから幽霊ですか」

これまた私をドキドキさせる言葉だった。

「東京で暮らしていた均青年が幽霊なら、幽霊になったのは蒲郡時代である。蒲郡時代に幽霊となったのなら、そのいきさつについては主治医の野崎さんが知っているはずだ。先生はそう考えて、野崎さんを問いつめにきた。残念ながらそれはかなわなかったけれど、しかしまあ、野崎さんの死をもって、先生の推理が裏打ちされたともいえる。

さて、先生もジリジリしていらっしゃることだし、あとは、君が順を追って話したまえ。いかな先生とて、すべてを推理のみで解き明かすのは無理だったもの。こと心理的な部分に関してはね」

「いいでしょう。最初から洗いざらい打ち明けるつもりでしたから。ただ、ちょっとばかり、探偵小説家の頭脳をためしてみたかっただけです」

塚本直はふてぶてしくうそぶくと、床の上にドッカとあぐらをかいた。

「直、私が話すよ」

きわめて唐突《とうとつ》に、それまでうずくまっていた塚本大造がムックリ起き上がった。萩原氏に組み伏せられていたときとはうって変って、その表情には、怒りも、絶望もなく、ボンヤリと、なんだか魂の抜殻《ぬけがら》のようであった。

「私が均を殺してしまったのは、ちょうど二年前のことだ」

ポツリとつぶやいた言葉は、私の心臓を喉もとまで飛び上がらせた。

「先生は決して驚いちゃいかん」

萩原氏が冷静な小声で耳打ちしてきた。私は、ゴクリゴクリと生唾を呑み込みながら、塚本大造の異様な告白に耳をかたむけた。

「私はその晩、前ぶれなしに、名古屋の別宅から蒲郡の自宅に戻ってきた。もう夜もふけたころで、別棟の女中を起こすのも野暮だわいと思って、私はコッソリと母屋にはいって行ったのだが、何やら台所のほうが騒がしい。妙に思ってのぞいてみると、なんということじゃ、均が、札つきの不良どもの二、三人と、車座になって、酒をかっくらって、煙草をプカプカふかしとるじゃないか。

私も均の不良ぶりは耳にしとった。とはいえ、それは、ホンの噂に聞いただけで、心の底では、まさかそんなことはあるまいと高をくっとった。それに、均をただしたところで頑として否定するし、直にしても、『噂ですよ、噂』と笑って相手にせぬものだから。そんなものだから、均の不良ぶりを、この眼《まなこ》でシカと目撃したときには、頭の中がグラグラと、地震のように崩れて行くような感じだった。父親の前ではしゃちほこばっているくせに、その留守をいいことに乱痴気騒ぎとは、ふとどき千万、まるでコウモリみたいな息子ではないか。

あとは、あとは、よく覚えておらん。ほんとうだ。不良どもを追い出して、均の頸根《くびね》っこをつかんで、説教をして、均がムスッとおしだまっているばかりなのがまた癪《しゃく》にさわって……。

で、気がついたら、私の手が均の頸に廻っていて、均はゴボゴボと咳きいったかと思うと、それっきりピクリとも動かん。白眼を恐ろしいほどギョロッとむいて、口からブクブク血の泡を吹いて、私がいくら『均、均』と呼びかけても、頬をピシャピシャ叩いても、ウンともスンとも答えんのだよ。なあんも答えてくれんのだよ。どうして答えてくれんのだ」

塚本大造は異様に顔をひん曲げると、両手で顔をおおって、さめざめと泣いた。

「大あわてで直に助けを求めた。野崎を呼んでもらった。だが、野崎は一と眼見るなり、手遅れだとかぶりを振った。私が、私が均を殺したのだ。ナア、あんた、わかるかい。父親が、この手で、息子を、絞め殺したのだよ。ナア、わかるかい」

彼は半狂乱となった。両手で空をかきむしった。

「フフフ、だがね、おかしなことに、そのときの私は父親ではなかった。愛知県県議会議員塚本大造でしかなかったのだ。殺人の罪でひっとらえられては、県議生命はおしまいだ。あと一歩まで近づいた議長の椅子も、最後の目標である代議士への道も消し飛んでしまう。自分で殺した息子の死体を前にして、私はそんなことを考えてしまったのだよ。とんでもない人間だろう。フフッ、まるで悪魔じゃないか。そうだ、悪魔だ、あのときの私は悪魔つきだったのだよ、ワハハハハハハ」

塚本大造は、頸を前後に、カクンカクン振って、ほんとうに気がおかしくなってしまったかのように哄笑《こうしょう》した。眼は血走り、額には脂汗《あぶらあせ》が浮かんでいた。

「私は自分を守るために、警察へ知らせなかった。野崎には金を握らせて、その晩はともかくも帰らせた。そして私は、世にも恐ろしい計画を練りはじめた。均は死んだのではなく、行方をくらましたとして、警察に届けてはどうだろうかと考えたのだ。

もちろん、前ぶれなしに姿を消したとなっては、警察も怪しむだろうから、しばらくのあいだ、直に均を演じさせ、その中で失踪の口実を作らせて、しかるのち、均を行方知れずにするのがよかろうと思い、それを直に打ち明けた」

「でも、僕は反対しました。行方知れずという形を取ってしまうと、いつまでたっても、均をとむらってやれません。それでは均がかわいそうです。浮かばれません」

塚本直は眉をしかめてつぶやいた。

「そうなんじゃ。直は私の妙案を受けつけてくれんかった。私はこまり果てた。子供のようにオイオイ泣き出してしまった。のがれる術《すべ》は何もないのか、冷たい牢獄で一生を終えなければならぬのか。いやじゃ、いやじゃ、私にはまだやり残したことがいっぱいある」

叫びながら、塚本大造は手足をばたつかせた。

「父さん、では、こうしましょう。均は自殺したことにするのです」

塚本直がやさしい声音で語りかける。

「イヤ、直よ、それはいかん。警察が死体を調べたなら、自殺でないことは一目瞭然じゃ。均の頸には私の指跡が残っているのだ。私も探偵小説愛好家のはしくれ、そんなごまかしがきかんことぐらい知っておる」

塚本大造は真剣に答えた。なんと異様な親子だ。当時の会話を、ありのままの気持になって再現しているのだ。

「ですから、警察が死体を調べぬよう仕向ければよいのです」

「そんなことができるのか」

「エエ。紀州の白浜に、三段壁という自殺の名所があるのですが、そこから身を投げると、汐《しお》のせいなのでしょうか、それとも波のいたずらなのでしょうか、めったなことでは死体が上がらないのです。そして警察は、死体が上がらずとも、なんの疑いもなく、自殺したのだと断をくだしてしまうそうなのです」

「オオ、そいつは好都合だわい」

「ただし、今すぐの実行はいけません。自殺するには動機が必要です。動機を作るには時間が必要です」

「ウム。では、直よ、自殺の動機を作るために、しばし均を演じてくれるのだな」

「すべては僕にまかせてください。ただし、一つだけお願いがあります。僕を均として東京の学校に行かせてください。均は心から、東京の学校に行きたいと思っていました。あんな不良になってしまった原因の一つには、父さんが、『次男に学問はいらん』と押えつけて、進学を許さなかったことがあります。均はそれで、捨てばちになったのです。だから、僕が均として進学することによって、均の望みをかなえてやりたいのです」

「直、そんなことはいわんでも」

塚本大造は急に現実の自分を取り戻して、息子の批判をさえぎった。それをきっかけにして、思い出話に花を咲かせるような、一種奇妙な会話に一段落がついた。

「僕は、そこで、塚本直としてN高校を、塚本均としてH大学の予科を受けることにしました」

塚本直は私たちの方に向き直った。

「昼は均として中学校で勉強し——そうなると当然、直は欠席となりますが、受験間際であったため、自宅で勉強すると申し立てれば、欠席がゆるされたのです——、夜は直に戻ってN高校を目指しました。それは大へんな苦労でしたが、かわいそうな均のためです、僕はいっしょうけんめい勉強して、両校ともに合格しました。もちろん、二人の顔は一緒ですから、受験の不正があばかれることもありませんでした」

その兄弟愛を聞くと、私は少々こまってしまった。塚本直を、兇賊の一と言で片づけてよいものだろうかと思われてきたのである。

百面相役者

　塚本直の異様な告白はさらにつづいた。

「H大学予科の合格通知を受取ると、僕は均として上京しました。そして、中学の卒業式のために、一たん蒲郡に戻ってくると——これには直として出席しました。均は、東京で浮かれはしゃいでいるという理由で欠席です——、今度は直として上京しました。いよいよ二重生活のはじまりです。

　けれども、ふたごとはいえ身は一つきりです。二つの下宿は近い距離にありましたが、やはり完璧に均等な二重生活はできません。直としてN高校に通えば、自然と、均のH大学予科はおろそかになります。等分に学校に出ようとすると、どちらも中途半端になってしまいます。しかし、これが僕に妙案を与えてくれました。

　均を世捨て人にしてしまうのです。学問をうっちゃって、雨戸をしめきった部屋の中でゴロゴロして、出かけるのは夜ばかりという極端な厭人《えんじん》病者です。そうすれば、均を演ずる必要はほとんどなくなります。ほとんどの時間を直としてすごして、ちょっと気分転換でもするつもりで、均になればいいのです。均のまわりの人間に、『あいつは変物だわい』という印象を、うまいこと植えつけられれば、均が学校に行かずとも、毎夜部屋の明かりがついていなくても、怪しまれることはありません。

均を癈人にすることには、もう一つの大きな利点がありました。均はいずれ自殺させなければならないのですが、そのときの動機として使えるではありませんか。浮世にげんめつを感じての自殺です。

架空の均を癈人らしく思わせることは、存外簡単にできました。それは今もいいましたように、学校に行かなければよいのです。たまに顔見せするときには、垢じみたボロ服を着て、頭をモジャモジャにかき乱して、汚らしいつけひげをすればよいのです。部屋を取り散らかして、変な臭いをそとまでただよわせておけばよいのです。

そんなわけで、塚本均という幽霊人間は、上京後一年もすると、乞食同然の姿を、皆に印象づけることになりました。

でも僕は、塚本均を自殺させる決断が、なかなかつきませんでした。偽装自殺はりっぱな犯罪です。発覚したことを考えると、二の足を踏んでしまうのです。

それともう一つ、塚本均はすでにこの世の人でなく、架空の均が存在しているにすぎぬのですが、それを消してしまうと、僕の心の中に残っている均の面影までが、フッツリとかき消えてしまうような気がして、どうにもためらわれてしまいました」

塚本直はそういって、あどけない子供がはにかむような表情で、ジッと私を見つめたものである。私はますます困惑してしまった。

「二重生活に終りを告げる決断は、雪枝嬢がつけてくれたのだね」

しかし萩原氏は冷たい調子で先をうながした。

「エエ。二重生活を、他人に見やぶられることなく、一年以上つづけられた理由は一つです。東京には、僕たち兄弟の共通の知合いが、一人もいなかったからです。ところが北川雪枝が郷里から出てきてしまった」

「彼女は均青年を心配して、江戸川橋の下宿に、勝手に出入りするようになったものね。そこに置いてある、塚本直としての持物を見られたのではうまくない」

「けれども、それは些細《ささい》な問題でした。雪枝が出入りするようになってからは、直に戻るときに使う着物や小物はすべて、絶対に安全な場所へ隠すよう心がけましたので」

「ウン、君のわる智恵は相当なものだ。天井裏に目をつけるとはね」

私は、「アッ」と叫びたいのを必死でこらえた。彼は天井裏を散歩していたのではなく、物置として使っていたのである。道理で、歩き廻ったあとは、彼の部屋の真上にしか残っていなかったわけだ。天井裏の散歩とは、北川雪枝に対する苦しまぎれの弁解だったのだ。

「僕が心底危険を感じるようになったのは、直であるときに雪枝と出くわしてしまってからです」

「先ずこまったのが、指のけがだ」

萩原氏はもう、自分からしゃべりたくてウズウズしている様子だ。

「エエ。すでにご承知のようですが、僕はちょうどその日、岡田のモーターサイクルと衝突して、指を折り、左手にグルグルと繃帯を巻いていました。直のときのけがです。それを見た雪枝が、そのあと均に会ったらどうなりましょう。あたりまえのことですが、僕は直であり均でもありますから、直が骨折すれば、いやおうなく、均も骨折する羽目になります。それを雪枝に見られたらどうなります。同一人物であることを一と眼で見やぶられてしまいます」

塚本直は、恨めしそうな眼つきで、わが左手をにらみつけた。

「そこで、君は大あわてで拳闘のグローブを買った。僕の、オット、先生の依頼を受けた僕の調べによると、上野のS運動具店で買っている」

「そのとおりです」

「店員によると、その客は、左手に繃帯を巻いていたということだった。先生は、この事実をもって、塚本直と均が同一人物であると断をくだしたのだよ。フフフフフ、実にすばらしい頭脳の持ち主だと思わないかい」

萩原氏が笑いながら私に眼を向けると、

「まったくおそれいります」

塚本直もニタッと笑って、私に頭を下げたが、おそれいったのは私の方である。

おのれのけがを隠すために、塚本均の塚本直は、拳闘のグローブを振り廻していたというのか。なんというズバ抜けた詭計《きけい》。それを見やぶった萩原氏も萩原氏である。ものの見方を変えろとは、つまりこういうことであったのか。

「ですが、いけませんや。拳闘のグローブのお蔭で、そのときはなんとかごまかせたものの、いつまた、けがや病気をするかわからない。それが、ごまかす手立てがないほど大きい種のものだったら、どうなりましょう。

そしてまた、雪枝が何やかやと理由をつけて、直である僕に異常接近してきたことも、非常にまずかった。均と直の両方と親しくつきあわれたのでは、僕の神経がもちません。そのうちきっと、ウッカリとした演じまちがいをしでかして、一人二役に気づかれてしまうことでしょう。で、僕は、二重生活をそれ以上つづけることは無理だと判断して、紀州の白浜に向かいました」

「君、おかしいではないか。自殺させるべき人間は均君だよ。なのに君は、浜風荘に塚本直として投宿し、塚本直として死んで行った。実に矛盾しているじゃないか。なぜ『自分』を抹殺して、その後塚本均として生きているのだね」

私はそれまで、先生としてのボロが出ぬよう、だまって耳をかたむけていたのだが、ここにいたって、ついにこらえきれず、それをただしてみた。

　すると、私の言葉に触発されたかのように、やっぱりだまりこくっていた塚本大造が顔を上げて、

「ばかじゃ、お前はまったくのお人よしじゃ。私にも知らせず、勝手なことをしおって」

　と眼を血走らせて吐き捨てた。

　一瞬間、父子のあいだに、名状しがたい殺気がみなぎった。互いの唇が、色を失って、昂奮のためにワナワナ震えた。

　にらみ負けしたのは息子であった。彼はきまりわるそうにうつむくと、ほとんど聞き取れぬほどの小声で、

「均が哀れでならなかったのです。これでもう、均はほんとうにこの世からいなくなってしまうのだなと思うと、なんともせつなくて、かわいそうで」

　とつぶやいた。

「だからといって、なにも自分を亡き者とするこたぁない」

　父親はギリギリと歯がみした。

「僕はいいのです。自分を殺すといっても、それはただ、塚本直という名前を国家の戸籍簿から消し去るだけであって、ほんとうの僕が死んでしまうわけではない。塚本均を名乗って生きて行くことができる。ところが、均をおおやけに自殺させてしまうと、均は幽霊人間としても存在しえなくなってしまう。だめです。それはなりません。均があまりにも不憫《ふびん》で

す」

「それがお人よしだというんじゃ。この、ばかが」

「父さん、その話はもういいでしょう」

「よくないわい。どうして私に相談せんかった」

「相談したら許しをいただけましたか」

塚本直はそういうと、ズイと一と膝乗り出して、父の顔をにらみつけた。ふたたび、父と子のあいだに、異様な殺気がはりつめた。

「さて、月恋病の謎解きでもしようかい」

萩原氏は、険悪な父子をとりなすように、別の話題を持ち出した。

「君が白粉をはたき、女ものの着物をまとい、それに顔をうずめ、女声を使い、月をながめていたのはなぜか。

大多数の人間は、それは警察人もふくめて、自殺を前にした人間の異常心理と片づけてしまった。実に浅はかだね。まさに君の思う壺だ。

北川雪枝嬢ならびに、彼女から話を聞いた当初の僕たちは、君が雪枝嬢とのかなわぬ恋を歎いていたと解釈した。警察よりはいくらかましとはいえ、しかし、これも真相からかけはなれている。

もっと見る角度を変えなくては、月恋病の真の意味はわからぬのだ。すべての既成概念をうっちゃって、子供のように純粋な頭をもって考えなくっちゃ。『裸の王様』の滑稽さを素直に笑った子供のようにね。ネエ、先生、そうおっしゃいましたよね」

そこでちょっと言葉を切った萩原氏は、私の顔を見て、ニッコリと笑った。

「そして先生はズバリおっしゃった。振袖を着たのは女になるためではない。体型を隠すためである。お下げ髪のかつらをかぶったのは髪形を隠すためである。女声を使ったのは真の声を聞かせたくないからである。これでもかというほど白粉をはたいたのは人相を隠すためである。着物に顔をうずめたのもまたしかり。月をながめていたのもまたしかり。

そう、塚本直は月をながめていたのではない。ただたんにそとを向いていただけなのだ。その事実を気取られたくないがために、『月に吠える』を手にして、さも月を恋しがっているふりをしていたのだ。

つまり、すべては、後日行なう二人一役のトリックに向けての下準備であったということだ」

そこまで聞くと、私は何かしらハッとするものを感じた。萩原氏はアメリカ人のような快活さをもって、彼の推理をつづけて行く。

「塚本直をこの世から抹殺するにさいして、君は一つのことを懸念した。万が一、塚本直の死に他殺の疑いがかかったらどうしよう。しかもその殺害容疑が『自分』――塚本均として生き延びることになる自分――に向けられたなら。

何しろ、架空の塚本均には塚本直を殺す動機がある。一つは、長男に対するやっかみであり、もう一つは、雪枝嬢の心を奪ったことへの憎しみだ。

そこで君は、二人一役のトリックによって、塚本均のアリバイを完璧に作っておくことにした。

君は塚本直として浜風荘に投宿すると、しばらくのあいだ、夜な夜な女装をして、月をながめてすごしたが、九月十五日の午前中、雪枝嬢に電報を打つと、飛行機で東京に引き返し、塚本均として雪枝嬢の前に現われた。

したがって、十五夜の晩、浜風荘の離れにいた人物、つまり三段壁で偽装自殺をはかったのは君ではない。まったくの別人だ。

ところが、はなはだ気色わるい変装と、顔をそとに向けていたことで、宿の者は、アアいつもの月恋病かと思うだけで、入れ替わりの事実に気づかなかった。先生にしても、ジックリ見たのはうしろ姿だけで、顔を向けられたとたん、あまりのおぞましさに、部屋を飛び出してしまった。二人一役が見事に成功したのだ。

さて、一方の君はというと、十六日の朝、江戸川橋の下宿で『塚本直自殺す』の電報を受取ったのち、今度は塚本均として、何食わぬ顔で白浜にすっ飛んで行った。

これで塚本均のアリバイは万全だ。たとえ塚本直殺害の疑いをかけられたとしても、十五日の晩も十六日の早朝も東京にいたという事実によって、嫌疑の対象からはずされる。実に周到な予防線だね。探偵小説愛好家ならではの用心深さといっていい。

では、君の身代わりをつとめたのは誰なのか。それはおそらく……」

「そうともさ。あんたのいうとおりだ。十五夜の晩、浜風荘にいたのはこの私だ」

捨てばちなぶっきらぼうさで、塚本大造が萩原氏の能弁をさえぎった。

「白浜には名古屋の別宅から自動車を運転して行った。着いたのは十五日の夕方だ。人目につかぬところに自動車を隠し置くと、コッソリと浜風荘の離れにはいり込んで、直にいわれたとおりの気色わるい恰好をして、夜がふけるのを待った」

そして、彼が語った偽装自殺の顚末《てんまつ》は、以前萩原氏が推理したとおりであった。

そもそも、身投げの痕跡を残すだけのつもりでいたのだが、間がわるいことに、人がやってきてしまったので、咄嗟の機転で、命綱のためにと盗んでおいた縄で首吊りをよそおったのである。脈を止める手品については、近ごろ読んだ外国の探偵小説に出ていたとのことであった。

「で、肝の冷えるような作業を終えて、自動車を名古屋に飛ばした。別宅についたのは夜明け前だ。そして私は、蒲郡の本宅からはいるであろう連絡を待った。均が自殺したという連絡をな。

そう、私はあくまでも、均を演じて、均を自殺させたつもりでいた。何しろ直は私にこういったのだ。『均が死んだとなると、僕にあらぬ疑いがかかるかもしれません。許嫁を奪わきます』とな。ぼっちゃんがためにぼくを殺したのではないかと。だから、僕は東京に戻って塚本直のアリバイを作っておきます』とな。

ところがどうしたことか、蒲郡の本宅からなんといってきた。『直ぼっちゃんが自殺されたそうです』だ。なんちゅうこった、直はこの私をだましたのだ。私をだまして直を演じさせ、直を自殺させたのだ。とんでもない勝手をしくさって。何が均がかわいそうになっただ、何がこれからは均として生きるだ」

なるほど、塚本大造はそれで、十六日の晩、浜風荘の離れにおいて、息子——直演ずる均——をしかりつけていたのである。

「ともかく、塚本直はこの世からいなくなり、警察はそれを自殺であると断定してくれましたから、その時点ですべてが終るはずでした。ところが、予期せぬ人物が僕のまわりをうろつきはじめた。警察より恐ろしい理智の人が」

塚本直は、ブツブツくりごとをいう父親を無視して、上気した顔を私に向けた。

「あなたはきっと、死体が上がっていないことに不審をおぼえているのだと思った。何しろ探偵小説の世界では、『死体なき死』ほど怪しいものはない。ほとんどの場合、死んだと思っていた人物は生きているものだ。

そこで僕は、にせの自殺死体を見せることによって、あなたの疑念をふりはらうことにした。顔やからだつきが僕と同じだった均の死体を、僕の自殺死体に仕立て上げようと考えたのです。

ものの本によると、死体現象が進めば進むほど、死亡時期の限定はむつかしくなり、白骨死体ともなると、非常に大ざっぱな、年単位での推定しかできないそうなのです。また、水中死体の白骨化は、地上や土中のそれにくらべて異常に速く進行し、わずか一昼夜で白骨化することもあると書いてありました。となると、一年半前に死んだ均の死体を、僕の自殺死体と思わせることは充分可能ではありませんか。

で、実家の裏庭から均の死体を掘り返すと、それはほとんど白骨化していましたけれど、若干残っていたブヨブヨの腐肉を入念に洗い落としました。さらに、女装するときに使った着物を海水につけておいて、それが充分汚くなったころ、父が運転する自動車で白浜の海に捨てに行きました。一月四日、夜中のことです。

どのように捨てたかは、すでにお察しのことでしょう。しゃれこうべをはじめとする骨の半分は、着物にくるんで桟橋のところに、残りの半分は三段壁から投げ捨てました。さも観光汽船が死体を引っ張ってきたかのように見せかけるため、氷のような海にもぐって、ほんとうに死ぬ思いで、船のスクリュウに、着物の切れ端をからませもしました。

しかし、そのような工作をしたことが、かえって墓穴を掘る結果になろうとは……。骨折したことをコロッと忘れてしまうなんて……」

塚本直はそういって、ギリギリと歯をかみしめた。

「そうだね。正直いって、これはもう自殺と考えるよりほかにないと思っていた。だが、死体が上がったおかげで、あらためて事件に首を突っ込むことになり、新らしい推理がひらめいた」

萩原氏はしみじみとつぶやいたが、ややあって、

「野崎医師を殺したのは口封じのためだね」

といったときには、厳粛な調子を取り戻していた。

「野崎はおじけづきおったんじゃ」

塚本大造が苦々しく答えた。

「せんだっての葬式が終ったあと、突如として、ふざけたことを口走りおる。何が良心の呵《か》責《しゃく》じゃ、何がお金を返しますじゃ、何が自首してくださいじゃ。この二年間、私からさんざっぱら金をむしり取って、それで病院まで建て替えた人間が、牧師のようなことをいい出したのだ。

私は泡を食って野崎を説得した。さらに金をやろうともいった。だが、野崎は頑として聞かん。私が自首しないのなら、自分から警察に駈け込むといって、そとに飛び出して行きおった。

それは酒の勢いでいったことかもしれぬ。しかし、酒をしこたま飲んだ勢いで、ほんとうに警察に駈け込まぬともかぎらぬ。私は、だから、やつの、あとを、追って、川堤から、突

き落とした」

シュウシュウと異様にしわがれた声でそこまでいうのがやっとであった。

塚本大造は、骨がなくなりでもしたように、クナクナと床にくずれて行った。自己保身にすべてをついやした悪魔の、なんとみじめなことか。

大団円

それから、長い長い、死のような沈黙が訪れた。

塚本大造は全身をうち震わせながらうつぶしているし、塚本直にしても、もはや加えるべき告白はないようであった。私と萩原氏もだまっている。四人が四人とも、生人形になってしまったかのようであった。

天井の電燈が、ジイジイと、虫の鳴くような音をたてながら明滅していて、陰気な雰囲気を、一そう陰気にさせるのであった。

私は昂奮のために、からだじゅう汗ビッショリであったが、そのくせ鳥肌も立っているという、なんとも異様な状態であった。

どれほどの時が流れたのかはさだかではないが、ふと気がつくと、塚本大造の右の手先が、ジリジリと、虫の這うように、少しずつ、萩原氏の膝に近づいて行くさまが、私の網膜に映じた。

だが、私がその意味をさとったときにはもう、鈍い光を放つピストルは、塚本大造の手に握られていた。

「フン、僕らの口を封じようというのか。よかろう。ひとつズドンとやってくれたまえ。ここかね、ここかね、それともこのへんをねらうかね、フフフフ」

　萩原氏は無謀にも、相手のピストルの前に立ちはだかって、おのが額を、喉を、胸を、順次に指して見せた。

「いけません、いけません」

　私は大あわてで萩原氏にむしゃぶりついた。だが、萩原氏は落ちつきはらったもので、

「だいじょうぶだよ。宿に手紙を残してきた。僕らが朝になっても戻らぬなら、すべてが警察に知れる手筈になっている」

　と私にいうと、ふたたび塚本大造に向かって、

「それでも僕らを殺したいのなら、どうぞおやりなさい」

　と胸を突き出した。

「心配しなくてもいい。私はあんたらの命をもらおうとは思わぬ。私は負けたのだ。あんたらのおかげで完全にやっつけられたのだ。もはや逃げる気などなくなった。この敗北の恥辱だけで充分だ」

　意外や意外、塚本大造は私たちにではなく、自分自身の頭にピストルを突きつけたのである。

「いけません！」

今度は塚本直が父親にむしゃぶりついた。

「直よ、この父が大そう憎かろう。お前には、私のわがままで、あさましさで、大へんな迷惑をかけてしまったものな。ほんとうにすまなかった。だが、お前はやり直しがきく。均も、野崎も、この私が殺したのだ。お前は、そのあとしまつを、ちょいと手伝ったにすぎぬ。お上のとがめもさほどではないはずだ。気を取り直して、勉強して、必らずやりっぱな政治家になるのだぞ。私は一と足先に、均に詫びに行く」

そういうや、塚本大造は息子を突き飛ばし、あらためて自分の頭に筒先を向けると、カチッと引金を引いた。

「ハハハハハハ」

萩原氏が哄笑した。

「オヤ、妙だね。故障かい。フフフフフ」

「貴様。畜生っ」

と叫びざま、カチッ、カチッと引金を引くが、やっぱりだめだ。煙もたまも出ぬ。

「ピストルのたまは僕が抜き取っておいたのだよ。血は見たくない」

萩原氏はニコニコ笑って打ち明けた。

「お願いだ。死なせてくれ。殺してくれ。この上生き恥をさらすのは耐えられぬ」

塚本大造は、絶望のあまり、半狂乱のていで、わが髪の毛をかきむしった。

「父さん、父さん」

塚本直も、父のあまりのみじめさに、声を震わせた。

「自首なさい。悪人は悪人らしく、正しい裁きを受けるがよろしかろう」

萩原氏は、塚本大造の背中を叩きながら、厳しくいった。そして、立ち上がりさま、今度は塚本直に向かった。

「君の罪状は軽いだろう。しかし無形の責任ははなはだ重い。均青年が殺されたとき、なぜに父を説き伏せなかった。罪を糊塗《こと》するのが真に父のためか？　身代わりをつとめれば均青年が浮かばれるのか？　僕は君を許さないよ」

萩原氏は憎悪に燃える眼で塚本直をねめつけたが、やがて、プイと顔をそむけると、そのままスタスタと病室を出て行ってしまった。私は、肩寄せあってすすり泣いている父と子を、顧み顧み、萩原氏のあとを追った。

バタン、カチカチ。

突如として、ドアがしまり、鍵のかかる音がした。

「まさか……」

萩原氏はハッとして、ドアのノッブをガチャガチャ廻してみたが、やっぱり鍵をかけられたようで、ドアはびくともしなかった。

「あけろ、あけろ。そこで何をしている」

叫びながらドアを叩くが、返答はない。

「ウオーッ」

野獣の咆哮《ほうこう》にも似た、一種名状しがたい叫び声が上がった。それに続いて、

「父さん、父さん」

とオロオロ呼びかける声。

「畜生っ。何をした」

萩原氏は激怒の表情で、威勢よくドアにぶつかって行った。

ドシン、ドシン。

痩せぎすのからだのどこに、そんな力が隠されていたのであろう。何度かの体当たりで、ドアは風をはらんだ帆のようにふくらんで、メリメリと物凄い音を立てて、鏡板が破れた。

「アッ」

私は破れ目から一歩足を踏み入れて、そのまま石像のように動けなくなってしまった。

床の上は、一面血の海だった。

絵具のように、美しく、毒々しい血潮の中に、瀕死の塚本大造が、ながながと横たわっていた。いや、すでにこと切れているのかも知れぬ。彼の頸筋からは、泉のように、あとからあとから、ドクドクと血が湧き出していて、血の海は刻一刻とそのかさをまして行くのだ。

よく見ると、血の海に沈んだ彼の手先には、キラリ光るものが握られていた。

塚本大造は、注射器のガラス片をもって、おのが喉笛をば、かっ切ったのであった。

で、この一篇の物語は、なんの証拠もない、荒唐無稽の妄想を語るものといわれても、一言もないのだ。

江戸川乱歩の自殺未遂。

萩原朔太郎の探偵遊戯。

そんなものが現実に行なわれていたとしたならば、近代文芸の歴史にどんな恐ろしい混乱がまき起こることか。思うだに戦慄を禁じえないではないか。

夢物語でよいのだ。

夢物語でよいのだ。

〈了〉

第四章

細見辰時が三鷹《みたか》のK病院に入院したのは八月二十二日のことである。喉の痛みは熱をともない、ともすれば呼吸にさえ困難を感じるほど、彼の病状は進行していた。今度病院を出る時にはおそらく、痛みも熱も感じない体になっていることだろう。

昨秋入院した際、細見は自分の病《やまい》を知り、自暴自棄になった。が、今回の入院では、かぎられた時間の中で完璧な終焉《しゅうえん》を迎えようと、毎日ペンを握ることにした。創作力は涸《か》れていても、身辺の出来事を随筆風にまとめることならできると思った。入院した翌々日、思わぬ見舞客がやってきた。いや、見舞客ではない。闖入者《ちんにゅうしゃ》だ。

「こんなところに雲隠れですか。探すのに骨を折らせやがって、まったく」

細見と目を合わせるなり、西崎和哉は口汚なく吐き捨てた。細見はそれを、

「静かにしないか。ここは病室だぞ。ほかの患者さんの迷惑になるだろうが」

とたしなめたのだが、

「ふん。自分の悪行を棚にあげて、よくもまあそんなご立派な台詞《せりふ》が口にできますね」

西崎はふてぶてしく言って、

「僕は完全に切れましたよ。ここが病院じゃなかったら怒鳴り散らしてやるところだ。ぶん殴ってやるところだ。ありがたく思うんだな」

細見の耳元に口を寄せ、どすの利いた低音でささやいた。細見はそれで西崎の来意を悟った。

「これは何です、これは」

と西崎が放り投げてきたのは、やはり「月刊新小説」十月号であった。

「先月、先々月は発売日以前に送ってきたのに、今月は発売日を過ぎても届かない。ちょっと変に感じながらも、まあいいやと本屋に買いにいった。するとどうしたことだ、『白骨鬼』が載ってないじゃないか。そしてここ、編集後記を見ろ」

「白骨鬼」は都合により休載させていただきます。

「何だ、このお詫びは。いったい何の都合だ。僕は期限を守ってゲラを返したんだ。で、泡を食って電話を入れると、印刷所の手違いで原稿を紛失したと言う。じゃあもう一度ゲラの直しをやって十一月号に掲載ですねと言うと、いや実は原稿の中に不適切な表現が認められてと前言を翻《ひるがえ》す。そして、どこが不適切なのかと問うと、しどろもどろ言葉を濁すばかりだ。編集長を出せと言えば来客中で、社長は外出中。何度かけてもね。

　ま、でも、そうこうするうちにピンときたよ。あんただ、あんたが青風社に手を回したんだ。『白骨鬼』を手に入れそこなった、その腹いせにね。

　まったく、なんて幼稚ないやがらせだ。あんた、頭がどうかしてるよ。それが大の大人のやることか？　権力を振りかざして、それでいい気になって」

　西崎は唾を飛ばしてまくしたてた。細見は沈黙を押し通した。いま何をどう言ったところで、この男は聞く耳持たないだろうと思った。

「悪かったの一言ぐらい言ったらどうなんだ」

　凄み、ベッドの脚を蹴りつけてくる。

「すまない。君にはたいへん迷惑をかけた。原稿を止めたのはこの私だ」

　細見はそれだけは打ち明けることにした。

「今さらあやまっても遅いんだよ」

　やはり冷静な話し合いができる状態ではない。

「ま、すんだことは仕方ないとして、さあ起きて」

と細見は肩を摑《つか》まれた。

「な、何をする？」

「電話をかけに行くんだよ」

「どこに？」

「どこにって、あんた、全然反省してないね。青風社に決まってるだろう。『白骨鬼』を十一月号に載せるよう、あんたの口から言うんだよ」

「いや、それだけはできん」

細見は西崎の手を振り払った。

「なんだって⁉」

西崎が目を剝《む》いた。

「『白骨鬼』は確かに君が書いたものだ。だが私の名義で出したいのだ。いや、絶対に私が出さなければならんのだ。なあ、頼むから考え直してくれ。『白骨鬼』の権利を私に譲ってくれ」

言いながら、細見は体を起こし、深々と頭を下げた。罵声《ばせい》を浴びせられ、殴られるかもしれないと思った。

しかし何ごとも起きなかった。見ると、西崎は目を閉じ、唇を固く結んで直立していた。やがて頰がわずかに緩み、閉ざされた唇の奥から、低い低い笑い声がにじみ出てきた。

「細見辰時を訴えます」

かっと目を見開き、厳とした声で西崎が言った。

「穏便にすませてやろうと思ったのに、これじゃあ話にならない。あんたの悪質な行為は公《おおやけ》の場で裁いてもらう」

細見はびっくりして、

「ま、待て。解った。隠しごとはいっさい抜きにして説明する――」

「一日だけ猶予をやる。電話と裁判、どちらが自分のためになるか、せいぜい考えることだな」

しかし西崎は背中を向け、そんな捨て台詞を吐きながら病室を出ていった。


翌日の午後、約束どおり西崎がやってきた。だが様子がおかしい。手には果物の籠を提げているし、

「先生、具合はいかがですか？」

と前日とはうって変わった穏やかさで細見の顔を覗き込んでくるのだ。

「病院の中なら出歩いてもかまわないんでしょう？」

「あ、ああ」

「どこか人のいないところ、そう、屋上にでも行きませんか？」

そう言って、西崎は不気味なほどのやさしさで、細見の痩せ細った体を抱き起こした。

処暑《しょしょ》を過ぎたというのに、屋上は熱帯だった。

空は白っぽく、太陽の姿ははっきり見えないのだが、コンクリートの照り返しは激しく、熱気が陽炎《かげろう》のように揺らいでいる。

七階のそのまた上だということで、風はある。だが、それも熱い。気持ちよさそうになびいているシーツを見ていると、人間であることが、生あることが、恨めしく思われもする。

「ああ、あそこがいい。先に行って待っててください」

西崎は給水塔の陰を指さすと、きょろきょろ首を動かしながら、どこかに走り去っていった。細見は言われたとおり、塔の短い影の中に入った。

近くで蝉の声がする。それは断末魔の叫びにも似て、聞くにしのびないほど悲痛で、弱々しかった。

金網越しに隣の高校が見える。この暑いさなか、グラウンドでは野球の練習をしていて、バットの金属音がここまで届いてくる。

「今年の夏はどうかしてますね」

やがて西崎はベンチを調達してきた。

「乱歩風に言うなら、『妙に白っぽい陽射しが、からだじゅうにネットリとからみついて、まるで大暑のころのように、むしむしと暑い日であった』ってとこでしょうけど、六月からずっとそんな陽気ですものね。

先生もご存知のように、僕の部屋にはエアコンがないもので、そりゃもうサウナのような暑さです。それに追い討ちをかけるように、団子坂をひっきりなしに車が通るものだから、布団に入ってもなかなか寝つけません」

「もう一度だけお願いする。『白骨鬼』を私に譲ってもらえまいか？」

いっこうに本題が出てこないことに業《ごう》を煮《に》やし、細見から切り出した。だが西崎はそれに答えず、のんびりと続ける。

「しかしそれは住みはじめたころの話で、今ではもう、暑さもうるささも気にならず、朝までぐっすりです。ぎらぎらした西日を浴びて昼寝することだってあります。

きのうもそうでした。ここから戻ったあと、何をするともなく畳に寝そべっているうちに、うつらうつら夢見心地です。

その時、なんとも変てこな夢を見ました。それはきっと、先生に原稿を押さえられた悔しさが見せたのだと思うのですが、『白骨鬼』の一場面が、夢の中に映像となって現われたのです。

塚本大造を組み伏した朔太郎が、クリント・イーストウッド顔負けの手つきで、くるくるとピストルを回している。その横では乱歩が懐中電灯をかざしている。『大暗室』の章のラストシーンです。

で、びっくりしたのはここからです。やはり原稿と同じく、突然部屋の電灯が点き、『父さん、もうおしまいです』と一人の男が現れたのですが、その男の顔がなんと、先生、あなたにそっくりではありませんか」

西崎は意味ありげに笑った。細見は息が詰まった。

「僕はそれではっと目が覚めました。照りつける西日のせいか、それともあまりに不思議な夢のせいか、僕の全身はびっしょりと汗にまみれていました。

なんだ、夢だったのか。僕はそう思って大きく伸びをしました。ところがその瞬間、頭の片隅に稲妻のようなものを感じました。今度は夢ではありません。うつし世で見た天の啓示です。それが、これです」

と西崎は、ズボンのポケットから皺くちゃな紙片を取り出した。

K[1]O[2]M[3]A[4]T[5]U[6]　T[7]O[8]S[9]I[10]H[11]I[12]T[13]O[14]

T[5]U[6]K[1]A[4]M[3]O[2]T[7]O[8]　H[11]I[12]T[13]O[14]S[9]I[10]

H[11]O[2]S[9]O[8]M[3]I[10]　T[5]A[4]T[7]U[6]T[13]O[14]K[1]I[12]

「摩訶不思議なことに、小松利人、塚本均、細見辰時、この三つの名を構成するアルファベットは、九種十四個、ぴたり一致するのです。外見的な姿こそ違え、それを形作っている遺伝子はまったく同じなのです。これは奇跡的な偶然でしょうか？　それとも必然？　必然だとしたら、なぜ、どうして？

塚本均は小説世界の住人だが、その名は、小松利人という実在人物の名を綴り替えたものである。そして新たに、同じ遺伝子を持った第三の名前が出てきた。細見辰時という実在人物の名が」

西崎は言葉を切った。沈黙が細見の全身を突き刺す。あとからあとから、生唾が湧き出てくる。

「つまり、現実においても、細見辰時と小松利人は同一人物だったのです。ただし、『細見辰時イコール小松利人』は名目上の同一であって、あえて正確な表現をさせていただければ、『細見辰時イコール小松利忠イコール塚本直』、これが真実です。それは、『白骨鬼』のベースとなったあの事件の真相と照らし合わせてみれば明白ですよね、塚本直さん？」

言葉柔らかく、西崎がとどめを刺した。

「混乱をきたさないよう、これからは『白骨鬼』の中の名前で話していきます。『白骨記』は実話をベースにした小説ですから、作中名を使って現実を説明したところで、何の問題はありません。それに本名を使われると、あなたもあまり快くないでしょう。

あなたの正体は塚本直であり、上京後しばらくの間は、父親の罪を隠蔽《いんぺい》する下準備として、父親に殺されたふたごの弟塚本均の影武者もつとめていた。だが、あなたという人は非常に情け深い性質で、いざ偽装自殺決行となった時、弟を不憫《ふびん》に思い、自分、つまり塚本直を戸籍上抹殺して、塚本均として生きる決心をした。ただしそのもくろみは、朔太郎と乱歩――実際には僕の祖父ですが――によってあばかれ、結局は塚本直に戻るはめになった。

それからどういういきさつがあって作家になったのかは知りませんが、それはあとで説明してもらうとして、デビューするにあたって、あなたは本名を公にすることを嫌った。自分の過去を知られたくなかったからです。殺人犯を父親に持つ推理作家、そんな肩書は嬉しいものではありません。

あなたはそこで細見辰時を名乗ることにした。本名の塚本直でなく、塚本均を綴り替えたのは、やはり亡くなった弟さんを思ってのことでしょう。

僕はずっと、細見辰時という名が本名であると信じて疑わなかった。というのも、あなたのどの著書にも、推理小説のガイドブックにも、『細見辰時、本名同じ』と記されていたからです。

　ところが、これはあなたの自己申告によるものにすぎなかった。あなたの本名は小松利忠であり、ついでに言うなら、出身は愛知県の蒲郡です」

「違う。君は誤解している」

　細見は短くつぶやいた。西崎がふふっと笑う。

「あなたのことです、きっとそう否定してくるだろうと思いましたよ。ですが、これを見たら何も言えませんよね。先ほど世田谷区役所に行ってきました」

　とズボンの尻から二つ折りの茶封筒を引き出し、それを細見に手渡してきた。住民票の写しが入っていた。

「世帯主、小松利忠、住所、世田谷区八幡山三の三八の×。細見辰時という元作家の家が建つところに、なぜか小松利忠なる人物が住んでいる。僕の閃きを裏づけする、これほど確かな証拠がありましょうか」

　西崎はベンチを立ち、頭上から細見を見据えた。

「先日、あなたは僕にこう言いましたよね。『白骨鬼』こそが自分の書きたかった小説だ、それを細見辰時名義で発表して最後のひと花を咲かせたい、と。だが、それは方便にすぎなかった。あなたが『白骨鬼』の権利を買い取ろうとしたのは、発表するためではなく、発表させないためだったのです。

僕の『白骨鬼』を一読し、あなたは仰天した。なにしろ、忌まわしい過去の思い出が、父親の犯罪が、それに荷担《かたん》した自分の奇態が、そっくりそのまま描かれているのですから。

そして非常な不安にかられた。四十年前のあの出来事を知る人間が『白骨鬼』を読んだらどうなる。三つの名前の同一性と事件の真相を照らし合わせて、『塚本直イコール小松利忠イコール細見辰時』を導き出したらどうなる。この四十年、世に名前が出たあとも隠しとおしてきたことが、ふいになってしまう。

遠い遠い昔の話、誰一人としてそれに気づかないだろうか。いや、このまま連載が続き、単行本にまとめられたなら、それだけ多くの人の目にとまることになる。気づかれる可能性が増す。

つまりあなたは、自分の顔に泥を塗りたくなかった。『推理界の聖筆』という肩書を汚したくなかった。だから僕から『白骨鬼』を取りあげ、早目に握り潰してしまおうと考えた」

「違う！」

顔をあげ、細見は叫んだ。

「まだそんなことを言うのかっ！」

西崎が怒鳴った。

「君は何も解っちゃいない。君に私の何が解る。解ってたまるか」

細見は唇を震わせた。そして感情のすべてを左手に集めると、小松利忠の住民票をくしゃくしゃに丸め、足下に叩きつけた。

「ああ、解りませんとも。どうしてそんなに見苦しくなれるのです。それが、あの潔かった塚本直のやることですか。歳を取ると頑固になるというけれど、まったくそのとおりだ」

西崎はあわれむように言って、

「僕が今日、こうしてやってきたのは、電話か裁判かの二者択一を迫るためでも、あなたの行為を糾弾するためでもなかった。

あなたの行為を誤解していたことを、たび重なる暴言を、深く詫びるためだ。それだけじゃない。あなたが心開き、すべてを認めたなら、望みどおり『白骨鬼』を譲ろう、真相は僕の胸にだけとどめておこう、神様とも仰いだ細見辰時に迷惑をかけちゃいけない、そう思ってここにやってきたんだ。でも、僕が尊敬していた細見辰時は、もうどこにもいなかった。

あくまでもしらを切り通すなら話は別だ。裁判だ、裁判。私西崎和哉は、細見辰時、本名小松利忠に損害賠償を請求する。それだけじゃない。僕が摑《つか》んだあなたの過去をすべてぶちまけます。腐っても細見辰時だ。どこかの週刊誌が買ってくれるでしよう」

足下の住民票を踏み潰し、階段に向かっていく。

「待ちたまえ」

細見はベンチを立った。

「待ちません。穏便に話し合おう、金ならいくらでも出す——あなたが言いそうなことは解ってます」

眼前の背中がみるみる遠ざかっていく。

「待ってくれ。君に見せたいものがある」

細見はもう一度呼び止めた。西崎の足が止まった。振り向かず、言った。

「何を？」

「つまらない小説だ。二十年ぶりに筆を執った」

「あなたが、小説を？」

二人の目が合った。西崎が足速に引き返してくる。細見もゆっくりと歩み寄っていく。

「すべて書き終えるまで黙っておくつもりだった。完成した原稿を見せ、それで私の気持ちを解ってもらおうと思っていた。だが、そんな綺麗ごとは言ってられないようだな。まだ未完成だが、君にだけは読んでもらうとするよ。

ただし、あと少しだけ時間をくれ。つい三、四日前に書きはじめたばかりで、区切りさえついていない。一週間、五日、いや、三日でいい。三日だけ待ってくれ。しあさってまでには、一番重要な部分だけでも完成させておく」

細見は激痛をこらえ、喉を嗄《か》らした。

絶望の淵に立った訴えが、蟬の声にかき消されていく。

白骨鬼
（楽屋噺《がくやばなし》）

た。

恐ろしき錯誤

それから中二日おいて三日目に、私と萩原氏とは、ようやく蒲郡をあとにすることができた。

眼の前で自殺者が出てしまっては、さすがに疾風のごとく退場するわけにいかず、私たちは警察のしつこい取調べを受ける羽目となり、墓あばきの一件まで露顕《ろけん》してしまって、朝から晩まで、ヤイノヤイノと烈《はげ》しくとがめられるしまつであったのだ（だが、田辺署の赤松警部のはからいあって、私たちの名前は、一行とて、新聞の社会面に出なかった）。

東京駅に着くと、萩原氏とはそこで別れた。萩原氏は、銀座のカフェにでも行って、祝杯を上げようと、さかんに誘いをかけてきたけれど、私は妙なモヤモヤが残っていて、とてもそんな気にはなれなかった。

「あばよ、しばよ」

萩原氏は何も感じていないのだろうか、子供のように屈託《くったく》なく別れを告げると、インバネスの袖をひらひらと、夕闇のコウモリみたいに、無気味にひらめかせながら、駅の雑踏の中へ消えていった。

私はフラフラと、歩きに歩いて、ふと気がつくと、浅草公園の群衆にまじって、六区の活動街を行ったりきたりしていた。

浅草は十二階を失い、江川《えがわ》玉乗り一座を失って、いやにだだっ広くなってしまったけれど、しかし浅草には、頽廃安来節《たいはいやすぎぶし》と、木馬館と、女角力と、淫売屋のポン引き婆さんと、そして公園の浮浪者群がある。常態でないすべてのものが、ウジャウジャたかっている。そういうイカモノのかもし出す奇怪なる魅力が、実にしばしば、私の足を浅草へ向けさせた。何かあると浅草だ。

銀座が紳士淑女の街ならば、浅草は浮世を捨てた根なし草の盛り場だ。浅草は東京という都会の皮膚にひらいた毒々しい腫物の花なのだ。

やがて私は歩き疲れて、浅草公園の池に面した藤棚の下のベンチに腰かけた。隣のベンチにも、その隣にも、影のような浮浪者たちが肩を寄せあって坐っていた。

「ここはお国を何百里、離れて遠き満州の、赤い夕日に照らされて、友は野末《のずえ》の石の下……」

池の向こうの森蔭からは、絶間なく、十九世紀の音楽がひびいてくる。木馬館の楽隊だ。ラッパと、クラリネットと、太鼓とが、風の都合で、ばかに大きな音になったり、あるときはかすかになって、ジンタジンタと景気よく鳴り渡っている。

うしろの空地では、五十がらみの乞食親爺が、三つぐらいの男の子をおぶって、五つぐらいの女の子をそばに立たせて、左手には垢づいた古ステッキをつき、その中ほどを、右手の破れ扇で叩きながら、白眼をむき出し、しわがれ声をふりしぼって、悲しげな浪花節をうなっている。

その浪花節に、木馬館の楽隊音楽が重なって、公園全体が一種異様のオーケストラ会場のようだ。

「チョイと、あんた」

突然耳元で、クネクネとした節廻しの、男娼めいたささやき声がした。私はビクンとからだをこわばらせて、おそるおそる振り向いた。

「ハハハハハハ、驚いた、驚いた」

なんのことはない、無邪気に笑う萩原氏であった。

「どうして、ここに？」

相手がストリート・ボーイでないとわかって、安心したけれど、銀座のカフェに行ったはずの彼が、どうして浅草にいるのだ。

「君の様子が変だものだから、なんだか気になって、あとをつけてきたのだよ」

いいながら、萩原氏は私の横に腰をおろした。

「私が変だった？　そうですか。別段どうもありませんよ」

私は元気よく立ち上がって、手足を動かして見せた。

「ハハハハハ、嘘、嘘。僕にはすべてお見通しさ。君は根が正直者だから、心の中身が、全部ここに出る」

萩原氏に顔を指さされて、私はハッと頬に手を当てた。

「女房、子供が恋しくなったのかい」

萩原氏はつぶやくようにいって、足元の小石を池の中に蹴り込んだ。

「ハハハ、まさか」

私は自ら嘲るように笑った。

「休載のいいわけで頭が痛いのかい」

「原稿が落ちようと、もうどうにでもなれです」

「だとすると、残るは一つきゃない。白骨殺人事件だね。あの事件にわだかまりを覚えているのだね」

萩原氏は無造作に図星をついた。それにしても、「白骨殺人事件」とはよくいったものである。

「君、心苦しいのだろう。塚本大造を死なせてしまったのが悔やまれてならないのだろう。それについては、僕、反省しているよ。実に迂闊《うかつ》をしたものだ。僕の大失策だ」

萩原氏は重々しい溜息をついた。

「何をおっしゃいます。彼の自殺は仕方ありません。萩原さんにはなんの責任もありませんって」

私は力強くなぐさめた。

「そうかね」

「そうですとも。あれが彼の運命なのです」

「運命、か。そうだね、そう考えないと気がめいっちゃうよね。では、君は一体何にこだわっているのだね」

萩原氏は、さして納得した様子でなかったけれど、ふたたび私に水を向けた。

「今さら考えて、悩んで、どうなることでもないんです」

私は浮かぬ調子でいった。

「いやに思わせぶりだね」

「イヤ、もったいをつけているのではありません。恥かしいのです。すべてが終ったあとで、こんなことに気づくなんてね。私は探偵小説家として失格ですよ」

私は渋面を作って煙草をくわえると、

「彼は一体何者なんでしょうね」

池に映えた萩原氏に向かってポツリといった。

「彼？」

「塚本大造の臨終に立ち会った塚本大造の息子ですよ」

「ハハハハハ、君、その妙ちきりんないい廻しはなんだい、ハハハハハハ」

萩原氏は笑いを爆発させた。

「質問に答えてください」

私は萩原氏の笑いをおさえていった。

「ハハハ、君は彼らの犯罪告白を聞いていなかったのかい。あまりの意外さに頭が混乱していたのかい。塚本大造の臨終に立ち会った塚本大造の息子は、塚本直に決まっているじゃないか」

「塚本均ということはありませんか」

「ハハハハハハハハ、何をいい出すかと思えば。君、やっぱり上の空で話を聞いていたね。彼は塚本直だよ。均青年を装っていた塚本直。均青年はとうの昔に殺されているの、ワハハハハハ」

萩原氏は、手をふり、足をふみならして、踊り狂うように哄笑したが、私はあくまでも真剣であった。

「塚本大造がふたごの息子の一人を殺してしまったのは一昨年のことです。とすると、その死体に骨折痕がなかったからといって、殺されたのが塚本均だとはいい切れませんよね。塚本直である可能性も五割あるわけです。父親に殺されたのがどちらであろうと、モーターサイクルと衝突したのは生き残りのほうですから、死体に骨折痕は残りません」

「君、何がいいたいの？　本人が塚本直であると名乗った以上、生き残ったのは塚本直であり、殺されたのが均青年だ」

萩原氏はあきれ顔だ。

「嘘をついているのです」

「何をたわけたことを。父親も彼のことを『直』と呼んでいたじゃないか。それとも何かい、父親も一緒になってわれわれに嘘をついていたというのかい」

「イエ、父親は均のことを直だと思い込んでいるのです。つまり、均は父親をもだましつづけていたのです」

「ばかばかしい。なんだって父親をだまさなければならないのだ」

萩原氏はとうとう怒りだしてしまった。

「まったくそのとおりです。非常にばかばかしい妄想かもしれません。ですが、どうにも気になってならないのです。マア、おとぎ話でも聞くつもりで、ひとつ私の妄想につきあっていただけませんか」

私はてれ隠しみたいな前置きをして、ともかくも話をはじめた。

「塚本直と均は世にも珍しいふたごの兄弟でした。まるで同じ鋳型《いがた》で作られでもしたように、頭のてっぺんから足の指先まで、一分一厘とてちがったところがありませんでした。おそらく毛穴の数を調べてみたら、何万何千何百何十何個と、一個のちがいもなかったかもしれません。顔やからだつきだけでなく、声や、ちょっとしたしぐさまでもが瓜二つです。

さて、ここからは私の一想像にすぎませんので、そこのところをふくみおいてお聞きください。

塚本兄弟は幼いころから、しばしば、ある秘密遊戯にうち興じておりました。瓜二つであることを利用しての入れ替わり遊戯です。直は均として均の友だちと遊び、均は直として直の友だちのところに遊びに行く。そして、兄弟は家に帰ったのち、それぞれの友だちがいかに滑稽にだまされたかを微細にわたって報告しあって興がるのです。ふたごならではの猟奇的な遊びです。

私はさきほど、これは想像にすぎないと申しましたが、まったくの的はずれではないと思います。ふたごという特殊性を背負って生まれた人間ならば、誰もが一度ならず考え、実行してみる遊びではないでしょうか。

ことに塚本兄弟の場合、外見が瓜二つであるにかかわらず、内なる性質や趣味を異にしておりましたので、入れ替わり遊戯に非常な意義を感じていたことと思われます。入れ替わり遊戯をすることはすなわち、新らしい精神世界を隙見することであるからです」

私は一たん言葉を切って、萩原氏をチラとうかがったが、彼が傾聴しているとわかったので、おもむろに核心へ移ることとした。

「二年前のあの晩も、塚本兄弟は入れ替わっておりました。どちらがいい出したのでしょうか。不良というものに興味をいだいた直のほうから持ちかけたのでしょうか。それとも均が、『兄さん、勉強の息抜きをしないかい』と誘いかけたのでしょうか。ともかく、台所で酒盛りしていたのが直であり、自室にひきこもっていたのが均であったのです」

「で、君は、父親は息子たちの入れ替わりに気づかず、直を均として殺してしまった、直を演じていた均はそれを隠しつづけていた、そういいたいのかね」

萩原氏が冷ややかな調子で口をはさんだ。

「おっしゃるとおりです。港の不良ども、酒、煙草、そういった状況から、塚本大造は、こいつは均であると決めつけてしまったのです。げに恐ろしきは先入観です」

「君、顔を洗って出直したまえ。いくら外見では見分けのつかぬふたごといっても、実の父親がそれをまちがえることたぁない」

萩原氏は荒っぽく反論した。だが私はそれにひるむことなく、

「塚本大造は細君を亡くして以来、ほとんどを名古屋の別宅で暮らしていたのですよ。息子たちの思春期の変化をどれほど知っているというのでしょう。そのようなありさまですから、もはや塚本大造は父親とは名ばかり、息子を見分ける眼力は赤の他人のそれと同等であるといっても過言ではありますまい」

といってのけた。そして萩原氏の口からそれに対する反論が出てこないとわかると、私の

推理をつづけて行った。

「では、なぜ、直を演じていた均が真相を明かさなかったのかというと、先ず第一に、父親の反応を恐れたからです。

長男である直に多大な期待を寄せ、次男である均をないがしろにしていた塚本大造のことです、実は長男が死んだのだと知った日にはどうなりましょう。狂乱して均を半殺しのめに遭わせましょうか。いやいや、ほんとうに均を殺しかねません。仮に、入れ替わり遊戯を持ちかけたのが直であり、均はそれにしぶしぶしたがったのだとしても、そんな主張は通りますまい。均はそれを想像し、戦慄をおぼえ、真実を口にするのをためらったのです。

均が口をとざした第二の理由は、父親から一人二役を持ちかけられたことにありました。はからずも兄が死んだことによって家督相続権がころがり込んできたわけですが、父が素直に自首してしまえば塚本家は崩壊です。その汚名は均にも一生ついて廻ります。

しかし二重生活をすることによって父の罪を隠蔽してしまえば、汚名なしに莫大な財産を受けつぐことができます。また、スッカリあきらめていた、東京の学校への進学もかなうのです。

で、均は真実をひた隠したまま、東京へ出て行って、二重生活をはじめました。来たるべき偽装自殺の決行のために、『自分』を癡人に仕立て上げて行ったのです。

ところが、いざ決行となると、均は『自分』をこの世から消してしまうことに躊躇《ちゅうちょ》しました。至極もっともなことですよね。偽装自殺がまんまと成功したあかつきには、国家の戸籍簿から塚本均の名が抹消されてしまうのです。今後一生、いやおうなく塚本直として生きつづけ、塚本直として葬られる羽目になるのです。それを平気でいられる人間がいましょうか。そして均は、躊躇するうちに、父親が憎くて憎くてたまらなくなりました。

あんたが兄貴を殺さなければ、こんな面倒なことにはならなかったのに。あんたが僕のことを兄貴と同じように愛してくれていたなら、すぐにでもほんとうのことを教えたのに。それにあんたの態度はなんだ、息子を殺したというのに、それを悔いるより、悲しむより、先ずは自分の立場を守ることに必死で。

均は、そこで、最後の最後になって、父親を裏切りました。自殺させるはずの自分を生かし、生き残るはずの直を、この世から完全に消し去ったのです。『父上の期待にそむいて申しわけありません』という遺書を思い出してください。なんて皮肉めいた言葉でしょう。それは、『われこそは塚本均なり』という自己主張であり、父親に対する復讐でもあったのです」

私はもう夢中になってしゃべりつづけていた。はたから見ると、気のふれた哲学者の演説に聞こえたかもしれない。

「さて、萩原さん、均が土壇場になって心変りした理由はもう一つあると思うのです。むしろこの理由のほうが、自己主張よりも、父親への復讐心よりも大きかったのでないかと思われるのです。それは北川雪枝に対する呪いです。

均の不幸はふたごの弟として生まれたことにありました。同じ顔の兄には家督相続権があっても、自分にはない。兄は東京へ出て行こうとしているのに、自分はそれが許されない。ホンのわずかの差で弟となってしまったことを、どれほど恨めしく思ったことでしょう。

しかし均は、たった一つだけ、兄に勝っているものを持っていました。北川雪枝という美しい許嫁です。彼女がいたからこそ、均は心の平静を保っていられたのです。ところがどうです、均演ずるところの直を前にして、雪枝はあらぬことを口走るではありませんか。ほんとうに好きなのは均ではなく直である、むかしむかしから恋いしたっていたと。かようなことを面と向かっていわれて平静でいられましょうか。

均は、結局何一つとして兄よりすぐれたところはなかったのかと失望し、同時に兄を恨めしく思いました。しかし兄に嫉妬したところで、その兄はすでにこの世の人ではありません。そこで彼は怨念の牙を雪枝に向けたのです。雪枝が恋いしたった兄、塚本直を抹殺してしまおう。雪枝の横恋慕に悩んだあげく自殺したことにして、彼女を悲しませ、生涯苦しませてやろう。

雪枝が受け取った電報を思い出してください。『音にきく　高師の浜の　あだ浪は　かけじや袖の　ぬれもこそすれ』、あれはまさに均の正直な気持、雪枝に対する呪詛《じゅそ》だったのです」

私がそこまでいうと、萩原氏はとたんに笑い出して、額に浮かんだ無気味な汗の玉を拭き

拭き、

「ハハハハハ、さすが小説家の先生だ。お話を作るのがうまいことうまいこと」

と皮肉らしくいって、

「君の話は推理なんかじゃない。ただの当て推量だ。なぜなら、話の発端からして、まるで根拠がない。塚本兄弟が入れ替わり遊戯をしていただって？　その証拠がどこにある。ないではないか。君の単なる思いつきだ。とすると、彼らは入れ替わり遊戯などしていなかったのかもしれぬ。入れ替わり遊戯をしていなかったのなら、生き残っているのが塚本直で、殺されたのが均青年だ」

と力ない声でネチネチ反論した。

「エエ、そこを突っ込まれたら一言もありません。ですから最初にお断わりしたでしょう。これは妄想かもしれないと。ただ、一つ気にかかることがありまして。あのときのことが……」

私は言葉尻を濁して、一たん口をつぐんだが、こちらを睨みつけてくる萩原氏から顔をそらすと、池のおもてに眼を向けて、独りごとのようにつぶやいていった。

「私が身投げを止められたときのことですよ。萩原さんには申し上げませんでしたかしら。私は、柔道の裏投げをもって命を救われたのですよ。その青年は、あのように足場のわるいところで、私のからだをうしろから抱きかかえるや、一瞬のうちに、ポーンとうしろにほうったのです。それから察するに、その青年は、柔道を相当心得ていたのでは……」

私がそれをいい切らぬうちに、萩原氏がとてつもない大声を上げた。

「おおっ、柔道に長けていたのは均青年のほうだったか」

「そうなのです。むろん、直のほうにも柔道の心得がまったくなかったとは申しません。しかし、裏投げというのは可なり高等な技です。柔道のいろはほどしか知らぬ者が使いこなせるとは思われません。しかもあのような大そう足場のわるい場所で」

萩原氏は驚愕のために口もきけぬ。

「で、もう一つだけ聞いていただけますか」

私は乾いた唇を舐め舐め、私の推理の極みを話して聞かせた。

「塚本大造が死んだときのことを思い起こしてください。私も萩原さんも、塚本大造の死は自殺であると決めつけて、毫《ごう》も疑いませんでした。しかし、生き残っているのが塚本均であるとしたなら、大いに事情が異なってきやしませんか。均が殺害したという可能性が、がぜん光を帯びてくるではありませんか。

さいぜん説明しましたように、均は父親に対して非常な憎しみをいだいていたのですよ。そのように復讐心を燃えたぎらせていた人間にとって、あのときの状況は、千載一遇ともいえる好機ではありませんか。

復讐の対象者は自殺を望んでいる。その事実をシカと見て、聞いた証人は、部屋を出て行った。しからば、ここで殺人を行なったとしても、それは自殺と片づけられるであろう。均は瞬時にそう計算すると、病室のドアをとざし、鍵をかけて、父親の喉笛を一と思いにかっ切ったのです。イヤ、かっ切ったかもしれぬのです。

ネエ、萩原さん、あなたはどう思われます。僕の考えはまちがっていますか。妄想にすぎぬのでしょうか。あなたは、それでもやっぱり、生き残っているのは直であると思われますか。ネエ、萩原さん」

すべてをしゃべりつくしてしまうと、私は萩原氏の肩に手をかけて、烈しくゆすぶった。だが、萩原氏は死人のようにだまり込んでいた。私にゆすぶられるにまかせて、ガックンガックン動くばかりであった。

冬の日は暮れるにはやく、池のはるか向こうでは、映画館のイルミネーションがまたたきはじめていた。昂奮でカッカッとほてっていた私の両頰からは、いつしか熱が取れて、脂汗のひいたからだは凍えるような寒さであった。

私は自分の無能力ぶりを、悔やんでも悔やみ足りないほどであった。北川雪枝に話を聞いた時点で、塚本兄弟の性質や趣味のちがいを教えられたときに、塚本直を名乗るは塚本均であると、どうして見やぶれなかったのか。

何が探偵小説家だ、何が理智の人だ。そんな看板は、今日をかぎりにおろしてしまいたい心境であった。

「均青年も哀れだよね」
萩原氏はポツリといって、何を思ってか、自らの詩を詠じはじめた。

日は断崖の上に登り
憂ひは陸橋の下を低く歩めり。
無限に遠き空の彼方
続ける鉄路の柵の背後《うしろ》に
一つの寂しき影は漂ふ。

ああ汝、漂泊者！
過去より来りて未来を過ぎ
久遠の郷愁を追ひ行くもの。
いかなれば蹌爾《さうじ》として
時計の如くに憂ひ歩むぞ。
石もて蛇を殺すごとく
一つの輪廻を断絶して
意志なき寂寥を踏み切れかし。

ああ　悪魔よりも孤独にして
汝は氷霜の冬に耐えたるかな！
かつて何物をも信ずることなく
汝の信ずるところに憤怒を知れり。
かつて欲情の否定を知らず
汝の欲情するものを弾劾せり。
いかなればまた愁ひ疲れて
やさしく抱かれ接吻《きす》する者の家に帰らん。
かつて何物をも汝は愛せず
何物もまたかつて汝を愛せざるべし。

ああ汝　寂寥の人
悲しき落日の坂を登りて
意志なき断崖を漂泊《さまよ》ひ行けど
いづこに家郷はあらざるべし。
汝の家郷は有らざるべし！

私はそれを聞くと、塚本美青年のおもかげ、血海でのたうつ塚本大造、北川雪枝の恥じらい勝ちの微笑み、三段壁の一本松、まっ白けの原稿紙、そんなものが、頭の中を巴《ともえ》となってかけめぐり、なんとも形容のできぬ、せつないような、胸のわるくなるような、淋しいような、変てこな気持に襲われて、ポロポロ、ポロポロポロと涙を流した。大きな水の玉が、私の内より、あとからあとから、ふくれ上がってきては、いつ果てるともなく流れ落ちるのだ。

そうするうちに、私の心に、四月前の、かすかな記憶がよみがえってきた。昨年九月十五日、塚本直（をよそおった塚本均）が読んでいた詩のことである。あれは確か、「月に吠える」中の一篇、「干からびた犯罪」であった。

どこから犯人は逃走した？
ああ、いく年もいく年もまへから、
ここに倒れた椅子がある、
ここに兇器がある、
ここに屍体がある、
ここに血がある、
さうして青ざめた五月の高窓にも、

おもひにしづんだ探偵のくらい顔と、
さびしい女の髪の毛とがふるへて居る。

いま思ってみると、彼はあのとき、萩原氏の詩の中に、その一年半前の犯罪を見ていたのだろう。懺悔《ざんげ》の気持で読んでいたのかもしれぬ。

だが、そこまでボンヤリと考えたとき、私は妙にそぐわぬものを感じずにはいられなかった。

彼はどうして、「干からびた犯罪」を私に読ませたのであろう。自分の（正確にいうなら父親の）犯罪を暗示するような詩を、その隠蔽工作の直前に、他人の眼にふれさせるとは、あまりに不用意ではあるまいか。

ああそれから、「月に吠える」を私に無理やり押しつけてきたのはなぜだろう。私をアリバイトリックの証人の一に加えんがためであったのか。だが、果たしてそれだけなのか。

私は、からだじゅうの血という血を、頭に集めて、その意味について一心不乱に考えた。すると、途方もない空想が、夕立雲のひろがるときのような、速さ、無気味さで、私の頭の中にムラムラとわき起こってきた。

彼はすでにあのとき、私の正体に気づいていたのではないか。私を探偵小説家と知った上で、「干からびた犯罪」を見せたのではないか。

この二年間というもの、彼は常に影として生きてきた。父親の前で直をよそおう一方、東京での二重生活においても、直としての生活を前面に押し立て、ほんとうの自分である均を殺しつづけていた。彼はそんな隠しごとだらけの暮らしに疲れ果ててしまったのではあるまいか。

となると、私に「干からびた犯罪」を見せたことは、「サアすべてを解き明かしてください、僕を呪縛から解き放ってください」という無言の訴えであったことになる。しかし、私がいっこう真相にせまらぬものだから、そのヒントとして、白骨死体を見せることにした。

これは、小説家ゆえの病的な妄想にすぎぬのだろうか。確かに、現実にそのようなことをやろうとする人間がいるとは思えない。影の呪縛からのがれたいのなら、自分から、事の真相をおおやけにすればよい。他人に謎解きさせる必要がどこにあろうか。

だが、ひとたびそんな考えが芽ばえると、もうどうにもならぬ。恐ろしい疑惑は、ドロンドロンと、魔物の大軍の襲来を告げる陣太鼓のような耳鳴りをともなって、刻一刻と深まって行くのだ。押えれば押えるほど、かえって万華鏡のようなあざやかさをもって、ひろがって行くのだ。

「ここはお国を何百里、離れて遠き満州の……」

池の向こうの森蔭では、木馬館の十九世紀の楽隊が鳴りひびいている。

そして私の頭の中では、白昼の夢のような、得体の知れぬ妄想が、ガラガラ、ゴットン、

ガラガラ、ゴットン、廻転木馬のように廻りつづけるのであった。

〈完了〉

終章

小鳥のさえずりが耳に届いた。頭からかぶった毛布をあげると、純白のカーテンが、さらに白く輝いていた。

カーテンの隙間からは澱《よど》んだ青空が覗いている。耳をすますと、鳥のさえずりに重なるようにして、蟬の声も聞こえてくる。今日もまた、熱病のような一日になるのだろうか。

八月二十八日、西崎和哉と別れて三日後、約束の朝。

細見辰時は毛布の中から原稿用紙を取り出すと、その最後に「完了」と打ち、懐中電灯を消した。

わずか三十枚足らずの原稿に足かけ一週間もついやしてしまったのは、看護婦の目を盗んでの不自由な執筆だったこともある。喉の痛みに頭が働かなかったこともある。しかし何にもまして、二十年のブランクが、細見から文章力を奪っていた。が、どうにか期限までに仕あげることができた。

「『恐ろしき錯誤』、か」

細見はほっと溜息をつくと、原稿を抱きかかえるようにしてベッドに横たわり、静かに目を閉じた。はからずも、ふた月前のあの日のことがじわじわと蘇ってくる。

「白骨鬼」の第一回を目にした時、細見の心臓は息苦しく躍った。

投身自殺を図った男、月恋病と噂された奇態、自殺未遂男との再会、詩集「月に吠える」――自分が現実にかかわった、あの出来事を下敷きにした小説としか考えられなかった。その驚きは、父の殺人を目の当たりにした時のそれに匹敵した。

だが、西崎が言うような不安にはかられなかった。

「白骨鬼」がもっと早く、自分の現役時代にでも発表されていたなら、非常な恐れを感じ、その隠蔽工作に走ったと思うが、事件から四十余年である。あまりに時が経ちすぎていた。細見はむしろ懐しさすら覚えた。

西崎と対面し、「白骨鬼」の成り立ちを、微に入り細を穿《うが》って聞き出したのも、そんな懐しさがさせたのだ。誰が書いたのか、どこから話を仕入れたのか、それを知りたかっただけだ。最初は。

細見の気持ちに変化が現われたのは、「白骨鬼」の第二回を読んだあとである。

この作品は本来、細見辰時の自伝的小説として出版されるべきものではないのか。

いや、細見辰時名義で発表されてこそ意義のある小説だ。隠棲を続けていた推理作家が、自らの筆で過去の犯罪を告白し、それを遺《のこ》して死んでいく。そうだ、「白骨鬼」は、細見辰時の遺作となるべく、この世に現われてきたのだ。

いったんそんな考えに取り憑かれると、細見はもう居ても立ってもいられなかった。迫りくる死を前にして、常人の神経を失っていたのだ。

そして細見の気持ちが決定的となったのは、香川千吉の手記と、「白骨鬼」最終回分のゲラ刷りを読んだ直後である。

香川千吉の手記には、香川が見たまま、聞いたままの事実が正確に記されていた。「白骨鬼」もその手記が基となっているので、事実にのっとった結末が描かれていた。

塚本大造に殺されたのは塚本均である、塚本直が一人二役を演じていた、塚本大造は自殺した、と。

だがそれは、事実でこそあれ、決して真実ではなかった。

細見は、これはいけないと思った。このまま放置しておけば、「白骨鬼」は、つまり細見辰時の過去は、誤った形で世に出ることになる。

そして細見は決意した。やはり、自分の過去は自分にしか書けないのだ。何としてでも西崎から原稿を奪い、それに自分だけが知っている真実を加え、完璧な「白骨鬼」として世に送り出そう。

細見辰時の真実は「恐ろしき錯誤」の中にある。

「恐ろしき錯誤」は、西崎の「白骨鬼」を受けた形を取っているので、ぼかした表現を多用しているが、乱歩の推理はすべて、真実を指している。

塚本大造に殺されたのは塚本直であり、塚本均が一人二役を演じていて、塚本大造は塚本均に殺された。したがって、そうやって生き残った塚本均、本名小松利人こそが細見辰時の正体なのである。

つまるところ、細見は非常に臆病な人間で、いつも自分のことしか考えていなかった。いわゆる「入れ替わり遊戯」は、細見が兄に持ちかけたのだが、父親の仕打ちを恐れるあまり、真実をひた隠しに隠し、長男利忠で押しとおした。

そのようにして、自分の意志で自分を捨てたというのに、いざ偽装自殺決行となると、本当の自分を抹殺することにためらいを感じた。

父親の犯罪が香川千吉によってあばかれたあかつきには、これまでの憎しみ、と言うよりは不平不満をガラス片に込め、父の喉を切り裂いた。

その取調べの席でも、細見は自己保身に徹した。「入れ替わり遊戯」について正直に申し立てれば、父親に対する悪感情に勘づかれ、ひいては父親殺しの疑いをかけられるのではないか。尊属殺人の罪は重い。死刑か無期懲役だ。細見はそれを恐れ、警察の前でも小松利忠で押しとおした。結果、小松利人の名は戸籍上から完全に消されてしまった。

小松利忠こと小松利人が細見辰時に変じたのは、「夢幻」の原稿を持って出版社回りをはじめたころからである。それは西崎が言ったように、スキャンダラスな過去を持っていたのでは、作家としての自分に傷がつくと考えたからだ。

早すぎる引退にしても、細見の性質がよく現われている。人はそれを潔癖と誉めたたえたが、結局は、ただのわがまま、尻尾を巻いて逃げ出した臆病者でしかない。

そして今、細見は自分のわがままで、若い才能から原稿を奪い取った。

蝙蝠《こうもり》のように小ずるく、自分のためだけを考えて生きてきた細見にも、いささかの良心はある。西崎には非常に悪いことをしたと深く反省している。金にものを言わせようとしたことは、これから世に出ようとする彼の純粋な心を踏みにじるものだったし、それで言うことを聞かないとなると、顔を使って、原稿の掲載を止めさせた。それは充分告訴に値する行為だ。

だが細見は、これもわがままにすぎないのかもしれないが、西崎にはどうしても解ってもらいたいと思う。最期にひと花咲かせたいとか、過去の不名誉な事実を隠蔽したいとか、そういった現世的な利益のために「白骨鬼」を求めたのではないということを。

自分の過去を、罪を、隠しとおしてきたすべてのことがらを、自分の手によって、正確に、白日の下にさらしたい。細見が望むところはその一点だけなのだ。そう、懺悔だ。細見辰時が遺書代わりに書き記す懺悔録の中に「白骨鬼」を収めたいのだ。

細見はそれを、懺悔録が完成してはじめて、懺悔録の文章を通じて、西崎に明かそうと思っていた。元推理作家としては、彼にもまた驚いてもらいたかったのだ。中途での種明かしはしたくなかった。しかしそれはあまりに虫がよすぎたようだ。

やがてやってくる西崎には「恐ろしき錯誤」を見せ、彼の望みどおり、細見辰時のすべてを正直に打ち明ける。「白骨鬼」は、細見辰時名義で発表する懺悔録の一部をなすものであり、懺悔録の別の箇所に、「白骨鬼」が西崎和哉作であると明記することを確約する。それからもちろん、その懺悔録から生じる印税その他の権利は西崎のものだ。

西崎もそれで納得してくれるはずだ。いや、今度こそ、何がなんでも納得させなければならない。もう待ったはきかない。

細見は腕時計に目をやった。午前六時。朝の検温まで一時間ばかりある。

細見は原稿用紙の新しいページを開けた。

「恐ろしき錯誤」を書きあげたとはいえ、それは「白骨鬼」の仕あげをしたにすぎず、細見辰時としての気持ちを吐露するのはまだこれからなのだ。

懺悔録の序文、「白骨鬼」との出会い、西崎和哉の告白、香川千吉の手記、そして

「細見辰時イコール塚本均イコール小松利人」であること――書かなければならないことが山とある。

そして蠟燭の炎が燃えつきるのは近い。今年いっぱいか、ひと月後か、あるいは一週間の命かもしれない。

それまでに懺悔録の原稿を揃えておかないことには意味がない。西崎にも申し訳が立たない。

いつしか小鳥のさえずりは消えていた。蟬の合唱が、いやにばかでかく耳にこだまする。廊下から聞こえる看護婦の笑い声。隣の患者の咳ばらい。貴重な一日のはじまり。

しばらく迷ったすえ、細見は筆を起こした。薄墨色のインクが、灰白色の原稿用紙に吸い込まれていく。

肉太の行書で題名が躍る。


「死体を買う男」

参考文献

「江戸川乱歩全集」講談社
「伝記　萩原朔太郎」嶋岡晨　春秋社
「萩原朔太郎詩集」那珂太郎編　旺文社
「モルグ街の殺人事件」ポー／佐々木直次郎訳　新潮社

解説

本格推理の極北に立つ作家――歌野晶午

山前　譲

江戸川乱歩と萩原朔太郎。推理小説と詩の世界のビッグネームふたりがコンビを組み、南紀・白浜で起った奇妙な事件の謎解きをする。そんな大胆な構成の長編推理小説「白骨鬼」が雑誌連載されたとき、思わぬ波紋が――。平成三年五月にカッパ・ノベルス（光文社）より書下し刊行された歌野晶午氏の『死体を買う男』は、推理小説ファンならば必ず心惹かれる設定が卓抜な、謎と論理の本格推理長編である。

昭和六十三年に『長い家の殺人』でデビューして十数年、いま歌野氏は本格推理の極北に立っている。本格推理の世界において、舞台やテーマで新たな世界にチャレンジしつつ、その本質を徹底的に突き詰めようとしているのだ。現代日本の推理小説界においては稀《け》有《う》な存在であり、寡《か》作《さく》であるけれど、常に注目していなければならない作家のひとりである。

平成十二年秋に「本格ミステリ作家クラブ」が発足した。その第一の目的は「本格ミステリ大賞」の選考であり、翌十三年五月には第一回の受賞作が決定している。小説部門は倉知淳『壺中の天国』だった。本格ミステリ、本格ミステリー、本格推理などと、呼称的にはいろいろあるが、推理小説界においていわゆる「本格」にまた新たな動きが出ているのは間違いない。

昭和六十二年に刊行された綾辻行人『十角館の殺人』に端を発する「新本格」のムーブメントは、二十代を中心とした新人の登場を促し、本格推理に別角度からのスポットライトを当てた。しかし、「新本格」の名のもとに多くの作家が登場したために、そして個々の作家のイメージするものが違っていたために、根本となる「本格」の概念がしだいに曖昧になっていく傾向は否定できない。

「本格」という用語は大正十四年頃、甲賀三郎が言い出したとされている。じつはまだ、そのはっきりとした語源は明らかになっていないのだが、理知的な謎解きを興味の中心とする推理小説（当時は探偵小説と呼ばれていた）を示していたのは間違いない。その当時はそこに、本流、あるいは主流といったニュアンスがあったかもしれない。「本格」に相対するのは「変格」であったのだから。現在もそのニュアンスがまったくないとは言えないが、国語辞典的な意味を離れ、推理小説の一ジャンルを示すテクニカルタームとして「本格」は存在する。

提唱者による絶対的な定義が伝わっているわけではない。だからこそさまざまな捉え方が生じるわけだが、「本格」の条件としてはやはり、魅力的な謎と論理的な推理が欠かせない

（もちろん意外性やサスペンスは推理小説において絶対的に必要な要素だ）。魅力的な謎とは、不可解な、不可思議な事件や出来事であり、人間の知的好奇心を刺激するものである。その謎を作り出すために、広い意味でのトリックが用いられる。しかし、いかに謎が興味をそそられるものであっても、それが直観的に解かれるのでは、本格としての妙味がない。きちんと推理していくための巧妙な伏線が必要であり、魅力的な探偵役の存在も求められる。

デビュー作『長い家の殺人』（平成1年）と『白い家の殺人』（平1）につづいて歌野氏は、『動く家の殺人』（平1）を立て続けに発表した。これら初期三部作で歌野氏は、本格推理に求められてきた要素にじつに忠実であった。トリックを用いての不可解な事件が起り、信濃譲二というユニークな探偵が論理的に謎を解いていく物語は、いくつかのひねりはあったものの、典型的な本格推理だった。したがって、本格推理を読み慣れた読者にとっては、いささか物足りなさを感じたかもしれない。

推理小説、とくに本格推理のように様式の固定しているジャンルは、一種の伝統芸である。欧米では、一九三〇年代に、エラリイ・クイーンらの作品によって様式的な完成をみた。日本においても、昭和三十年代にひとつの極みを迎えている。そうした過去の名作の上に自分の作品を積み重ねていくのだから、様式をかたくなに守りつつも、伝承者はどこかで新味を、自分の個性を出さなければいけなかった。

だからといって破格を試みればいいわけではない。それが完全に否定されるわけではないが、最後まで破格であってはいけないはずだ。もし前述以外のファクターが主となるのであれば、そうした小説には別の名称を与えればいいだろう。本格推理と称するからには、自ずとさまざまな手枷足枷がある。拘束されながらもがきつづけてきたのが、「本格」を志す推理作家だった。

初期三部作のあと歌野氏は、名探偵・信濃譲二をいったん退場させ、本格推理としての骨格を崩さず、ストーリィに工夫を凝《こ》らした長編を発表する。事件の記述順が仕掛けとなった『ガラス張りの誘拐』（平2）、作中作を試みた本書『死体を買う男』、狂言誘拐というサスペンスたっぷりの展開にどんでん返しが待っている『さらわれたい女』（平4）である。そして、三年ほどの間をおいて、『ＲＯＭＭＹ』（平7）が刊行された。

密室状況のレコーディング・スタジオで起った殺人事件とバラバラ死体の謎解きと、過去を語らぬ人気ロックシンガーの音楽活動がぶつかりあっての、ダイナミックな作品である。音楽業界の内部をリアルに捉えた物語が、現代社会の諸相とそこに生きる人間の心の奥底に迫っていく。と同時に、謎解きも堪能させてくれた。この長編によって、歌野作品は新たな段階へと進んだ。

けっして数は多くないけれど、一冊一冊、刺激的な作品が刊行されていく。『ブードゥー・チャイルド』（平10）は、前世の記憶とパソコン通信という相反するような素材を組み合わせて現代社会をヴィヴィッドに描き、天才的な少年探偵を活躍させた。「安達ヶ原の鬼密室」（平12）では、ある現象からいくつかの異なったスタイルの本格推理を作り上げ、それを一冊にまとめてしまうという、ちょっと前例のない試みをしている。

こうした長編と同時に、短編でも本格推理の可能性を探っていた。『正月十一日、鏡殺し』（平8）と『放浪探偵と七つの殺人』（平11）に収められた諸作は、現代の本格推理短編としてかなりハイ・レベルである。短編だけに、謎と論理がより鮮やかな形で呈示されていた。後者は名探偵・信濃譲二の復活という意味でも注目されるが、解決編を袋綴じにした趣向だけに目を奪われると、本格推理としての趣向に気付かないかもしれない。

ただ意外な真相があればいいのではない。ただ謎が解ければいいのではない。いかに小説として謎が呈示され、物語の展開のなかで解決への手掛かりがちりばめられていくか。歌野作品は、現代の推理小説界において「本格」の極北に位置し、その神髄を堪能させてくれるのだ。

この『死体を買う男』は、テーマ的には歌野作品のなかで異色のものと言えるだろう。ある小説雑誌に作者を隠した連載が始まる。題して「白骨鬼」。戦前、昭和八年から九年にかけて起った事件という設定だった。江戸川乱歩と思しき探偵作家が主人公で、詩人の萩原朔太郎が探偵役である。文体模写などで乱歩作品の雰囲気を巧みに出している作品に関心を示したのは、かつて一世を風靡《ふうび》した推理作家だった。「白骨鬼」の謎解きと現代の物語とがしだいにオーバーラップし、謎解きの興味をそそっていく。

昭和八年、江戸川乱歩は下宿屋「緑館」を廃業し、芝区車町へ転居した。しかし、翌九年、周囲の騒音に耐えかねて、池袋にすぐ転居している。二度目の休筆をしていた頃だったが、そうした事実が作中作の「白骨鬼」のベースになっている。
萩原朔太郎との交遊も事実で、江戸川乱歩の自伝である『探偵小説四十年』には、ちょうどその頃、朔太郎が自宅に遊びに来たときの様子がこう記されている。

萩原氏はそのとき濃紺の結城紬の羽織を着ていたのを覚えている。当時私は土蔵の中を書斎と客間にしていたので、そこへ通したところ、真中に大きな段梯子があったりして、屋根裏のような感じがするといって、同氏は興がったものである。そこの卓上に膳をおき、日本酒をチビリチビリやりながら、二人は内外の怪奇文学について語り合ったのだが、萩原氏は私の『パノラマ島奇談』を案外高く買っていて、「あれはいい、あれはいい」といってほめてくれた。

詩そのものにも探偵趣味が表れているが、萩原朔太郎には探偵小説の評論もある。戦前、人嫌いで知られた江戸川乱歩にしては珍しく、朔太郎とは浅草や新宿でよく遊んだという。そんなふたりの交遊をもとに紡がれた作中作の「白骨鬼」自体、いくつものトリックを組み合わせた本格推理である。さらに作品全体にも仕掛けを凝らし、謎の呈示から解決までストレートに展開する古典的なスタイルを避けている。それでもなお「本格」としての楽しみを失わないように腐心したのが『死体を買う男』なのだ。

歌野晶午氏はデビュー以来の十数年で、本格推理の原点から最先端へと走った。それは日本の本格推理の何十年間かの歩みを凝縮したものとも言える。いまもっともピュアな姿勢で本格推理に挑戦している作家といって過言ではない。なかなか新しい作品を手にすることができないのが残念だが、それも仕方のないことなのだろう。探偵小説の趣を漂わせつつ、作中作という仕掛けが効果的な本書『死体を買う男』からも、本格推理にたいする歌野氏の真摯な創作姿勢が伝わってくるはずだ。

本書は一九九五年二月、光文社から刊行されました。

|著者| 歌野晶午　1988年『長い家の殺人』でデビュー。'04年『葉桜の季節に君を想うということ』で第57回日本推理作家協会賞、第4回本格ミステリ大賞をダブル受賞。'10年『密室殺人ゲーム2.0』で第10回本格ミステリ大賞をふたたび受賞。著作多数。近著に『ずっとあなたが好きでした』『Dの殺人事件、まことに恐ろしきは』『間宵の母』など。

死体《したい》を買《か》う男《おとこ》

歌野晶午《うたのしょうご》

2001年11月15日第1刷発行
2020年8月12日第21刷発行

発行者――渡瀬昌彦
発行所――株式会社　講談社
東京都文京区音羽2-12-21　〒112-8001
電話　出版　(03)　5395-3510
　　　販売　(03)　5395-5817
　　　業務　(03)　5395-3615

Printed in Japan

講談社文庫
定価はカバーに
表示してあります

デザイン―菊地信義
製版――豊国印刷株式会社
印刷――豊国印刷株式会社
製本――株式会社国宝社

ISBN4-06-273315-3

講談社文庫刊行の辞

二十一世紀の到来を目睫に望みながら、われわれはいま、人類史上かつて例を見ない巨大な転換期をむかえようとしている。

世界も、日本も、激動の予兆に対する期待とおののきを内に蔵して、未知の時代に歩み入ろうとしている。このときにあたり、創業の人野間清治の「ナショナル・エデュケイター」への志を現代に甦らせようと意図して、われわれはここに古今の文芸作品はいうまでもなく、ひろく人文・社会・自然の諸科学から東西の名著を網羅する、新しい綜合文庫の発刊を決意した。

激動の転換期はまた断絶の時代である。われわれは戦後二十五年間の出版文化のありかたへの深い反省をこめて、この断絶の時代にあえて人間的な持続を求めようとする。いたずらに浮薄な商業主義のあだ花を追い求めることなく、長期にわたって良書に生命をあたえようとつとめるところにしか、今後の出版文化の真の繁栄はあり得ないと信じるからである。

同時にわれわれはこの綜合文庫の刊行を通じて、人文・社会・自然の諸科学が、結局人間の学にほかならないことを立証しようと願っている。かつて知識とは、「汝自身を知る」ことにつきていた。現代社会の瑣末な情報の氾濫のなかから、力強い知識の源泉を掘り起し、技術文明のただなかに、生きた人間の姿を復活させること。それこそわれわれの切なる希求である。

われわれは権威に盲従せず、俗流に媚びることなく、渾然一体となって日本の「草の根」をかたちづくる若く新しい世代の人々に、心をこめてこの新しい綜合文庫をおくり届けたい。それは知識の泉であるとともに感受性のふるさとであり、もっとも有機的に組織され、社会に開かれた万人のための大学をめざしている。大方の支援と協力を衷心より切望してやまない。

一九七一年七月

野間省一

講談社文庫 目録

井上真偽 聖女の毒杯〈その可能性はすでに考えた〉
井上真偽 恋と禁忌の述語論理《プレディケット》
泉ゆたか お師匠さま、整いました!
伊兼源太郎 地検のS
内田康夫 シーラカンス殺人事件
内田康夫 パソコン探偵の名推理
内田康夫 「横山大観」殺人事件
内田康夫 江田島殺人事件
内田康夫 琵琶湖周航殺人歌
内田康夫 夏泊殺人岬
内田康夫 「信濃の国」殺人事件
内田康夫 風葬の城
内田康夫 透明な遺書
内田康夫 鞆《とも》の浦《うら》殺人事件
内田康夫 終幕《フィナーレ》のない殺人
内田康夫 御堂筋殺人事件
内田康夫 記憶の中の殺人
内田康夫 北国街道殺人事件
内田康夫 「紅藍《くれない》の女《ひと》」殺人事件

内田康夫 「紫《むらさき》の女《ひと》」殺人事件
内田康夫 藍色回廊殺人事件
内田康夫 明日香の皇子
内田康夫 華の下にて
内田康夫 博多殺人事件
内田康夫 黄金の石橋
内田康夫 金沢殺人事件
内田康夫 朝日殺人事件
内田康夫 湯布院殺人事件
内田康夫 釧路湿原殺人事件
内田康夫 貴賓室の怪人〈「飛鳥」編〉
内田康夫 イタリア幻想曲 貴賓室の怪人2
内田康夫 靖国への帰還
内田康夫 若狭殺人事件
内田康夫 化生の海
内田康夫 不等辺三角形
内田康夫 ぼくが探偵だった夏
内田康夫 怪談の道
内田康夫 逃げろ光彦〈内田康夫と5人の女たち〉

内田康夫 皇女の霊柩
内田康夫 悪魔の種子
内田康夫 戸隠伝説殺人事件
内田康夫 歌わない笛
内田康夫 新装版 死者の木霊
内田康夫 新装版 漂泊の楽人
内田康夫 新装版 平城山《ならやま》を越えた女
内田康夫 秋田殺人事件
内田康夫 孤道
和久井清水 孤道 完結編〈金色の眠り〉
歌野晶午 死体を買う男
歌野晶午 安達ヶ原の鬼密室
歌野晶午 新装版 長い家の殺人
歌野晶午 新装版 白い家の殺人
歌野晶午 新装版 動く家の殺人
歌野晶午 密室殺人ゲーム王手飛車取り
歌野晶午 新装版 ROMMY 越境者の夢
歌野晶午 増補版 放浪探偵と七つの殺人
歌野晶午 新装版 正月十一日、鏡殺し

歌野晶午　密室殺人ゲーム2.0
歌野晶午　密室殺人ゲーム・マニアックス
歌野晶午　魔王城殺人事件
内館牧子　終わった人
内田洋子　皿の中に、イタリア
宇江佐真理　泣きの銀次
宇江佐真理　晩鐘〈続・泣きの銀次〉
宇江佐真理　虚ろ舟〈泣きの銀次参之章〉
宇江佐真理　室の梅〈おろく医者覚え帖〉
宇江佐真理　涙堂〈琴《こと》女《じょ》癸《き》酉《ゆう》日記《にっき》〉
宇江佐真理　あやめ横丁の人々
宇江佐真理　卵のふわふわ〈八丁堀喰い物草紙・江戸前でもなし〉
宇江佐真理　日本橋本石町やさぐれ長屋
浦賀和宏　眠りの牢獄
浦賀和宏　時の鳥籠(上)(下)
浦賀和宏　頭蓋骨の中の楽園(上)(下)
上野哲也　ニライカナイの空で
上野哲也　五五五文字の巡礼〈魏志倭人伝トーク　地理篇〉
魚住昭　渡邉恒雄　メディアと権力
魚住昭　野中広務　差別と権力
魚住直子　非・バランス
魚住直子　未・フレンズ
魚住直子　ピンクの神様
上田秀人　密封〈奥右筆秘帳〉
上田秀人　国禁〈奥右筆秘帳〉
上田秀人　侵蝕〈奥右筆秘帳〉
上田秀人　継承〈奥右筆秘帳〉
上田秀人　簒《さん》奪《だつ》〈奥右筆秘帳〉
上田秀人　秘闘〈奥右筆秘帳〉
上田秀人　隠密〈奥右筆秘帳〉
上田秀人　刃傷〈奥右筆秘帳〉
上田秀人　召《めし》抱《かかえ》〈奥右筆秘帳〉
上田秀人　墨《ぼっ》痕《こん》〈奥右筆秘帳〉
上田秀人　天下〈奥右筆秘帳〉
上田秀人　決戦〈奥右筆秘帳〉
上田秀人　前夜〈奥右筆外伝〉
上田秀人　軍師の挑戦〈上田秀人初期作品集〉
上田秀人　天主信長〈表〉〈我こそ天下なり〉
上田秀人　天主信長〈裏〉〈天を望むなかれ〉
上田秀人　波乱〈百万石の留守居役(一)〉
上田秀人　思惑〈百万石の留守居役(二)〉
上田秀人　新参〈百万石の留守居役(三)〉
上田秀人　遺臣〈百万石の留守居役(四)〉
上田秀人　密約〈百万石の留守居役(五)〉
上田秀人　使者〈百万石の留守居役(六)〉
上田秀人　貸借〈百万石の留守居役(七)〉
上田秀人　参勤〈百万石の留守居役(八)〉
上田秀人　因果〈百万石の留守居役(九)〉
上田秀人　忖《そん》度《たく》〈百万石の留守居役(十)〉
上田秀人　騒動〈百万石の留守居役(十一)〉
上田秀人　分断〈百万石の留守居役(十二)〉
上田秀人　舌戦〈百万石の留守居役(十三)〉
上田秀人　愚劣〈百万石の留守居役(十四)〉
上田秀人　布石〈百万石の留守居役(十五)〉
上田秀人　梟《ふくろう》の系譜〈宇喜多四代〉
上田秀人　竜は動かず　奥羽越列藩同盟顛末　(上)万里波濤編　(下)帰郷奔走編
内田樹　下流志向〈学ばない子どもたち　働かない若者たち〉

内田樹・釈徹宗　現代霊性論
上橋菜穂子　獣の奏者〈Ⅰ闘蛇編〉
上橋菜穂子　獣の奏者〈Ⅱ王獣編〉
上橋菜穂子　獣の奏者〈Ⅲ探求編〉
上橋菜穂子　獣の奏者〈Ⅳ完結編〉
上橋菜穂子　獣の奏者〈外伝　刹那〉
上橋菜穂子　物語ること、生きること
上橋菜穂子　明日は、いずこの空の下
上田紀行　ダライ・ラマとの対話
上田紀行　スリランカの悪魔祓い
嬉野君　黒猫邸の晩餐会
植西聰《あきら》　がんばらない生き方
海猫沢めろん　愛についての感じ
海猫沢めろん　キッズファイヤー・ドットコム
遠藤周作　ぐうたら人間学
遠藤周作　聖書のなかの女性たち
遠藤周作　さらば、夏の光よ
遠藤周作　最後の殉教者
遠藤周作　反逆(上)(下)
遠藤周作　ひとりを愛し続ける本
遠藤周作　深い河《ディープ・リバー》
遠藤周作　周作塾〈読んでもタメにならないエッセイ〉
遠藤周作　新装版　海と毒薬
遠藤周作　新装版　わたしが・棄てた・女
江波戸哲夫　新装版　銀行支店長
江波戸哲夫　集団左遷
江波戸哲夫　新装版　ジャパン・プライド
江波戸哲夫　起業の星
江波戸哲夫　ビジネスウォーズ〈カリスマと戦犯〉
江上剛　頭取無惨
江上剛　不当買収
江上剛　小説　金融庁
江上剛　絆
江上剛　再起
江上剛　企業戦士
江上剛　リベンジ・ホテル
江上剛　起死回生
江上剛　瓦礫の中のレストラン
江上剛　非情銀行
江上剛　東京タワーが見えますか。
江上剛　慟哭の家
江上剛　家電の神様
江上剛　ラストチャンス　再生請負人
江上剛　ラストチャンス　参謀のホテル
江國香織　真昼なのに昏《くら》い部屋
江國香織・文　松尾たいこ・絵　ふりむく
M・モーリス　江國香織訳　宇野亞喜良絵　青い鳥
江國香織他　100万分の1回のねこ
遠藤武文　プリズン・トリック
円城塔　道化師の蝶
江原啓之　スピリチュアルな人生に目覚めるために〈心に「人生の地図」を持つ〉
大江健三郎　新しい人よ眼ざめよ
大江健三郎　取り替え子《チェンジリング》
大江健三郎　憂い顔の童子
大江健三郎　さようなら、私の本よ！
大江健三郎　水死
大江健三郎　晩年様式集《イン・レイト・スタイル》

小田　実　何でも見てやろう
沖　守弘　マザー・テレサ〈あふれる愛〉
岡嶋二人　そして扉が閉ざされた
岡嶋二人　解決まではあと6人〈5W1H殺人事件〉
岡嶋二人　99％の誘拐
岡嶋二人　クラインの壺
岡嶋二人　ダブル・プロット
岡嶋二人　新装版焦茶色のパステル
岡嶋二人　チョコレートゲーム 新装版
太田蘭三　殺《さつ》・風《ぷう》・景《けい》〈警視庁北多摩署特捜本部〉
大前研一　企業参謀 正・続
大前研一　やりたいことは全部やれ！
大前研一　考える技術
大沢在昌　野獣駆けろ
大沢在昌　相続人TOMOKO
大沢在昌　ウォームハート コールドボディ
大沢在昌　アルバイト探偵《アイ》
大沢在昌　調毒師を捜せ アルバイト探偵《アイ》
大沢在昌　女王陛下のアルバイト探偵《アイ》
大沢在昌　不思議の国のアルバイト探偵《アイ》
大沢在昌　拷問遊園地 アルバイト探偵《アイ》
大沢在昌　帰ってきたアルバイト探偵《アイ》
大沢在昌　雪　蛍
大沢在昌　ザ・ジョーカー
大沢在昌　亡命者〈ザ・ジョーカー〉
大沢在昌　夢の島
大沢在昌　新装版氷の森
大沢在昌　暗黒旅人
大沢在昌　新装版走らなあかん、夜明けまで
大沢在昌　新装版涙はふくな、凍るまで
大沢在昌　語りつづけろ、届くまで
大沢在昌　罪深き海辺(上)(下)
大沢在昌　やぶへび
大沢在昌　海と月の迷路(上)(下)
大沢在昌　鏡の顔〈傑作ハードボイルド小説集〉
大沢在昌／藤田宜永／堂場瞬一／井上夢人／今野敏／月村了衛／東山彰良　激動 東京五輪1964
逢坂　剛　十字路に立つ女
逢坂　剛　重《じゅう》蔵《ぞう》始《し》末《まつ》
逢坂　剛　じぶくり伝兵衛〈重蔵始末㈡〉
逢坂　剛　猿曳遁兵衛〈重蔵始末㈢〉
逢坂　剛　嫁盗み〈重蔵始末㈣長崎篇〉
逢坂　剛　陰の声〈重蔵始末㈤長崎篇〉
逢坂　剛　北門の狼〈重蔵始末㈥蝦夷篇〉
逢坂　剛　逆浪《げきろう》果つるところ〈重蔵始末㈦蝦夷篇〉
逢坂　剛　新装版カディスの赤い星(上)(下)
逢坂　剛　さらばスペインの日日(上)(下)
オノ・ヨーコ　飯村隆彦編　ただの私《あたし》
オノ・ヨーコ　南風椎訳　グレープフルーツ・ジュース
折原　一　倒錯のロンド
折原　一　倒錯の死角〈201号室の女〉
折原　一　倒錯の帰結
小川洋子　密やかな結晶
小川洋子　ブラフマンの埋葬
小川洋子　最果てアーケード
小川洋子　琥珀のまたたき
乙川優三郎　霧の橋
乙川優三郎　喜知次

講談社文庫 目録

乙川優三郎 蔓の端々
乙川優三郎 夜の小紋
恩田陸 三月は深き紅の淵を
恩田陸 麦の海に沈む果実
恩田陸 黒と茶の幻想(上)(下)
恩田陸 黄昏の百合の骨
恩田陸 『恐怖の報酬』日記〈酩酊混乱紀行〉
恩田陸 きのうの世界(上)(下)
奥田英朗 新装版ウランバーナの森
奥田英朗 最悪
奥田英朗 邪魔(上)(下)
奥田英朗 マドンナ
奥田英朗 ガール
奥田英朗 サウスバウンド
奥田英朗 オリンピックの身代金(上)(下)
奥田英朗 ヴァラエティ
乙武洋匡 五体不満足〈完全版〉
乙武洋匡 だから、僕は学校へ行く!
乙武洋匡 だいじょうぶ3組

大崎善生 聖《さとし》の青春
大崎善生 将棋の子
小川恭一 江戸の旗本事典〈歴史・時代小説ファン必携〉
奥野修司 徳山大樹 怖い中国食品、不気味なアメリカ食品
奥泉光 プラトン学園
奥泉光 シューマンの指
奥泉光 ビビビ・ビ・バップ
折原みと 制服のころ、君に恋した。
折原みと 時《とき》の輝き
折原みと 幸福のパズル
岡田芳郎 世界一の映画館と日本一のフランス料理店を山形県酒田につくった男はなぜ忘れ去られたのか
大城立裕 小説 琉球処分(上)(下)
太田尚樹 満州裏史〈甘粕正彦と岸信介が背負ったもの〉
大島真寿美 ふじこさん
大泉康雄 あさま山荘銃撃戦の深層(上)(下)
大山淳子 猫弁〈天才百瀬とやっかいな依頼人たち〉
大山淳子 猫弁と透明人間
大山淳子 猫弁と指輪物語
大山淳子 猫弁と少女探偵

大山淳子 猫弁と魔女裁判
大山淳子 雪猫
大山淳子 イーヨくんの結婚生活
大山淳子 光二郎分解日記〈相棒は浪人生〉
大倉崇裕 小鳥を愛した容疑者
大倉崇裕 蜂に魅《ひ》かれた容疑者〈警視庁いきもの係〉
大倉崇裕 ペンギンを愛した容疑者〈警視庁いきもの係〉
大倉崇裕 クジャクを愛した容疑者〈警視庁いきもの係〉
大鹿靖明 メルトダウン〈ドキュメント福島第一原発事故〉
荻原浩 砂の王国(上)(下)
荻原浩 家族写真
小野正嗣 九年前の祈り
大友信彦 釜石の夢〈被災地でワールドカップを〉
大友信彦 オールブラックスが強い理由〈世界最強チーム勝利のメソッド〉
乙一 銃とチョコレート
織守《おりがみ》きょうや 霊感検定
織守きょうや 霊感検定〈心霊アイドルの憂鬱〉
織守きょうや 霊感検定〈春にして君を離れ〉
織守きょうや 少女は鳥籠《とりかご》で眠らない

岡本哲志《さとし》　銀座を歩く〈四百年の歴史体験〉
クァク・ジェヨン原案 鬼塚忠著　風の色
おーなり由子　きれいな色とことば
岡崎琢磨　病弱探偵〈謎は彼女の特効薬〉
小野寺史宜《ふみのり》　その愛の程度
小野寺史宜　近いはずの人
小野寺史宜　それ自体が奇跡
大崎梢　横濱エトランゼ
海音寺潮五郎　新装版 江戸城大奥列伝
海音寺潮五郎　新装版 孫子(上)(下)
海音寺潮五郎　新装版 赤穂義士
加賀乙彦　新装版 高山右近
加賀乙彦　ザビエルとその弟子
柏葉幸子　ミラクル・ファミリー
勝目梓　小説家
勝目梓　ある殺人者の回想
鎌田慧　残夢〈大逆事件を生き抜いた坂本清馬の生涯〉
桂米朝　米朝ばなし〈上方落語地図〉
笠井潔　梟《ふくろう》の巨《おおい》なる黄昏《たそがれ》
笠井潔　青銅の悲劇〈瀕死の王〉(上)(下)
川田弥一郎　白く長い廊下
神崎京介　女薫の旅 激情たぎる
神崎京介　女薫の旅 奔流あふれ
神崎京介　女薫の旅 陶酔めぐる
神崎京介　女薫の旅 衝動はぜて
神崎京介　女薫の旅 放心とろり
神崎京介　女薫の旅 感涙はてる
神崎京介　女薫の旅 耽溺《たんでき》まみれ
神崎京介　女薫の旅 誘惑おって
神崎京介　女薫の旅 秘に触れ
神崎京介　女薫の旅 禁の園へ
神崎京介　女薫の旅 欲の極み
神崎京介　女薫の旅 青い乱れ
神崎京介　女薫の旅 奥に裏に
神崎京介　I LOVE
神崎京介　美人と張形〈四つ目屋繁盛記〉
加納朋子　ガラスの麒麟
角田光代　まどろむ夜のUFO
角田光代　夜かかる虹
角田光代　恋するように旅をして
角田光代　庭の桜、隣の犬
角田光代　人生ベストテン
角田光代　ロック母
角田光代　彼女のこんだて帖
角田光代　ひそやかな花園
川端裕人　せちやん〈星を聴く人〉
川端裕人　星と半月の海
片川優子　ジョナさん
片川優子　ただいまラボ
神山裕右　カタコンベ
神山裕右　炎の放浪者
加賀まりこ　純情ババアになりました。
門田隆将　甲子園への遺言〈伝説の打撃コーチ高畠導宏の生涯〉
門田隆将　甲子園の奇跡〈斎藤佑樹と早実百年物語〉
門田隆将　神宮の奇跡
鏑木蓮　東京ダモイ
鏑木蓮　屈折光

講談社文庫　目録

鏑木　蓮　時限
鏑木　蓮　真友
鏑木　蓮　甘い罠
鏑木　蓮　京都西陣シェアハウス〈憎まれ天使・有村志穂〉
鏑木　蓮　炎罪
川上未映子　そら頭はでかいです、世界がすこんと入ります
川上未映子　わたくし率 イン 歯ー、または世界
川上未映子　ヘヴン
川上未映子　すべて真夜中の恋人たち
川上未映子　愛の夢とか
川上弘美　ハヅキさんのこと
川上弘美　晴れたり曇ったり
川上弘美　大きな鳥にさらわれないよう
海堂　尊　外科医　須磨久善
海堂　尊　新装版 ブラックペアン1988
海堂　尊　ブレイズメス1990
海堂　尊　スリジエセンター1991
海堂　尊　死因不明社会2018
海堂　尊　極北クレイマー2008
海堂　尊　極北ラプソディ2009
海堂　尊　黄金地球儀2013
海道龍一朗　室町耽美抄　花鏡
門井慶喜　パラドックス実践　雄弁学園の教師たち
門井慶喜　銀河鉄道の父
亀井　宏　佐助と幸村
梶　よう子　迷子石
梶　よう子　ふくろう
梶　よう子　ヨイ豊《とよ》
梶　よう子　立身《りっしん》いたしたく候《そうろう》
梶　よう子　北斎まんだら
川瀬七緒　よろずのことに気をつけよ
川瀬七緒　法医昆虫学捜査官
川瀬七緒　シンクロニシティ〈法医昆虫学捜査官〉
川瀬七緒　水《みな》底《そこ》の棘《とげ》〈法医昆虫学捜査官〉
川瀬七緒　メビウスの守護者〈法医昆虫学捜査官〉
川瀬七緒　潮騒のアニマ〈法医昆虫学捜査官〉
川瀬七緒　フォークロアの鍵
風野真知雄　隠密　味見方同心(一)〈くじらの姿焼き騒動〉
風野真知雄　隠密　味見方同心(二)〈干し卵不思議味〉
風野真知雄　隠密　味見方同心(三)〈幸せの小福餅〉
風野真知雄　隠密　味見方同心(四)〈恐怖の流しそうめん〉
風野真知雄　隠密　味見方同心(五)〈フグの毒鍋〉
風野真知雄　隠密　味見方同心(六)〈鵺《ぬえ》の闇鍋〉
風野真知雄　隠密　味見方同心(七)〈絵巻寿司〉
風野真知雄　隠密　味見方同心(八)〈ふふふの麩〉
風野真知雄　隠密　味見方同心(九)〈殿さま漬け〉
風野真知雄　潜入　味見方同心(一)〈恋のぬるぬる膳〉
風野真知雄　潜入　味見方同心(二)〈陰膳だらけの宴《うたげ》〉
風野真知雄　昭和探偵1
風野真知雄　昭和探偵2
風野真知雄　昭和探偵3
風野真知雄　昭和探偵4
カレー沢　薫　負ける技術
カレー沢　薫　もっと負ける技術〈カレー沢薫の日常と退廃〉
カレー沢　薫　非リア王
下野《かばた》康史　ポルシェより、フェラーリより、ロードバイクが好き〈熱狂と悦楽の自転車ライフ〉
野崎雅人
佐々原史緒　戦国BASARA3〈真田幸村の章／猿飛佐助の章〉

矢野　隆　戦国BASARA3〈伊達政宗の章／片倉小十郎の章〉
映島　巡
タタツシンイチ　戦国BASARA3〈長曾我部元親の章／毛利元就の章〉
鏡　征爾
タタツシンイチ　戦国BASARA3〈徳川家康の章／石田三成の章〉
梶　よう子
風森章羽《しょう》　渦巻く回廊の鎮魂曲《レクイエム》〈霊媒探偵アーネスト〉
風森章羽　清らかな煉獄〈霊媒探偵アーネスト〉
加藤千恵　こぼれ落ちて季節は
神田　茜　しょっぱい夕陽
神林長平　だれの息子でもない
神楽坂　淳　うちの旦那が甘ちゃんで
神楽坂　淳　うちの旦那が甘ちゃんで　2
神楽坂　淳　うちの旦那が甘ちゃんで　3
神楽坂　淳　うちの旦那が甘ちゃんで　4
神楽坂　淳　うちの旦那が甘ちゃんで　5
神楽坂　淳　うちの旦那が甘ちゃんで　6
神楽坂　淳　うちの旦那が甘ちゃんで　7
神楽坂　淳　うちの旦那が甘ちゃんで　8
加藤元浩　捕まえたもん勝ち！〈七夕菊乃の捜査報告書〉
加藤元浩　量子人間《クオンタムマン》からの手紙〈捕まえたもん勝ち！〉
梶永正史　銃の啼《な》き声〈潔癖刑事・田島慎吾〉

川内有緒　晴れたら空に骨まいて
金田一春彦
安西愛子　編　日本の唱歌　全三冊
岸本英夫　死を見つめる心〈ガンとたたかった十年間〉
北方謙三　汚名の広場
北方謙三　試みの地平線〈伝説復活編〉
北方謙三　抱影
菊地秀行　魔界医師メフィスト〈怪屋敷〉
北原亞以子　深川澪通り木戸番小屋
北原亞以子　新地橋〈深川澪通り木戸番小屋〉
北原亞以子　夜の明けるまで〈深川澪通り木戸番小屋〉
北原亞以子　澪つくし〈深川澪通り木戸番小屋〉
北原亞以子　たからもの〈深川澪通り木戸番小屋〉
北原亞以子　歳三からの伝言
桐野夏生　新装版　顔に降りかかる雨
桐野夏生　新装版　天使に見捨てられた夜
桐野夏生　新装版　ローズガーデン
桐野夏生　ＯＵＴ　(上)(下)
桐野夏生　ダーク　(上)(下)
桐野夏生　猿の見る夢

京極夏彦　文庫版　姑獲鳥《うぶめ》の夏
京極夏彦　文庫版　魍魎《もうりょう》の匣《はこ》
京極夏彦　文庫版　狂骨《きょうこつ》の夢《ゆめ》
京極夏彦　文庫版　鉄鼠《てっそ》の檻《おり》
京極夏彦　文庫版　絡新婦《じょろうぐも》の理《ことわり》
京極夏彦　文庫版　塗仏《ぬりぼとけ》の宴《うたげ》―宴の支度
京極夏彦　文庫版　塗仏の宴―宴の始末
京極夏彦　文庫版　百鬼夜行―陰
京極夏彦　文庫版　百器徒然袋―雨
京極夏彦　文庫版　百器徒然袋―風
京極夏彦　文庫版　今昔続百鬼―雲
京極夏彦　文庫版　陰摩羅鬼《おんもらき》の瑕《きず》
京極夏彦　文庫版　邪魅《じゃみ》の雫
京極夏彦　文庫版　死ねばいいのに
京極夏彦　文庫版　ルー＝ガルー〈忌避すべき狼〉
京極夏彦　文庫版　ルー＝ガルー2〈インクブス×スクブス　相容れぬ夢魔〉
京極夏彦　分冊文庫版　姑獲鳥《うぶめ》の夏　(上)(下)
京極夏彦　分冊文庫版　魍魎《もうりょう》の匣《はこ》　(上)(中)(下)
京極夏彦　分冊文庫版　狂骨《きょうこつ》の夢《ゆめ》　(上)(中)(下)

講談社文庫　目録

京極夏彦 分冊文庫版 鉄鼠《てっそ》の檻《おり》 全四巻
京極夏彦 分冊文庫版 絡新婦《じょろうぐも》の理《ことわり》(一)(二)
京極夏彦 分冊文庫版 絡新婦《じょろうぐも》の 理《ことわり》(三)(四)
京極夏彦 分冊文庫版 塗仏《ぬりぼとけ》の宴《うたけ》 宴の支度《したく》(上)(中)(下)
京極夏彦 分冊文庫版 塗仏《ぬりぼとけ》の宴《うたけ》 宴の始末《しまつ》(上)(中)(下)
京極夏彦 分冊文庫版 陰摩羅鬼《おんもらき》の瑕《きず》(上)(中)(下)
京極夏彦 分冊文庫版 邪魅《じゃみ》の雫(上)(中)(下)
京極夏彦 分冊文庫版 ルー＝ガルー〈忌避すべき狼〉(上)(下)
京極夏彦 分冊文庫版 ルー＝ガルー2〈インクブス×スクブス 相容れぬ夢魔〉(上)(下)
京極夏彦・原作 志水アキ・漫画 コミック版 姑獲鳥《うぶめ》の夏(上)(下)
京極夏彦・原作 志水アキ・漫画 コミック版 魍魎《もうりょう》の匣《はこ》(上)(下)
京極夏彦・原作 志水アキ・漫画 コミック版 狂骨の夢(上)(下)
北森 鴻 花の下にて春死なむ
北森 鴻 香菜里屋《カナリヤ》を知っていますか
北森 鴻 親不孝通りラプソディー
北村 薫 盤 上 の 敵
北村 薫 紙 魚 家 崩 壊〈九つの謎〉
北村 薫 野球の国のアリス
木内一裕 藁 の 楯

木内一裕 水 の 中 の 犬
木内一裕 アウト＆アウト
木内一裕 キ ッ ド
木内一裕 デッドボール
木内一裕 神様の贈り物
木内一裕 喧 嘩 猿
木内一裕 バードドッグ
木内一裕 不 愉 快 犯
木内一裕 嘘ですけど、なにか？
北山猛邦 『クロック城』殺人事件
北山猛邦 『瑠璃城』殺人事件
北山猛邦 『アリス・ミラー城』殺人事件
北山猛邦 『ギロチン城』殺人事件
北山猛邦 私たちが星座を盗んだ理由
北山猛邦 猫柳十一弦の後悔〈不可能犯罪定数〉
北山猛邦 猫柳十一弦の失敗〈探偵助手五箇条〉
北 康利 白洲次郎 占領を背負った男(上)(下)
北 康利 福沢諭吉 国を支えて国を頼らず(上)(下)
貴志祐介 新世界より(上)(中)(下)

北原みのり 木嶋佳苗100日裁判傍聴記〈佐藤優対談収録完全版〉
岸本佐知子 編訳 変《ヘン》 愛《アイ》 小 説 集
岸本佐知子 編 変愛小説集 日本作家編
木原浩勝 文庫版 現世《うつしよ》怪談(一) 主人の帰り
木原浩勝 文庫版 現世怪談(二) 白刃の盾
木原浩勝 増補改訂版 もう一つの「バルス」〈―宮崎駿と「天空の城ラピュタ」の時代―〉
喜国雅彦 国樹由香 メフィストの漫画
清武英利 石 つ ぶ て〈警視庁 二課刑事の残したもの〉
清武英利 し ん が り〈山一證券 最後の12人〉
喜多喜久 ビギナーズ・ラボ
黒岩重吾 新装版 古代史への旅
栗本 薫 新装版 絃《いと》 の 聖 域
栗本 薫 新装版 ぼくらの時代
栗本 薫 新装版 優しい密室
栗本 薫 新装版 鬼面の研究
黒柳徹子 窓ぎわのトットちゃん 新組版
倉知 淳 新装版 星降り山荘の殺人
倉知 淳 シュークリーム・パニック
熊谷達也 浜 の 甚 兵 衛

倉阪鬼一郎　大江戸秘脚便
倉阪鬼一郎　娘飛脚を救え〈大江戸秘脚便〉
倉阪鬼一郎　開運十社巡り〈大江戸秘脚便〉
倉阪鬼一郎　決戦、武甲山〈大江戸秘脚便〉
倉阪鬼一郎　八丁堀の忍
倉阪鬼一郎　八丁堀の忍〈大川端の死闘〉(二)
倉阪鬼一郎　八丁堀の忍〈遥かなる故郷〉(三)
黒木　渚　壁の鹿
栗山圭介　居酒屋ふじ
栗山圭介　国士舘物語
黒澤いづみ　人間に向いてない
決戦！シリーズ　決戦！関ヶ原
決戦！シリーズ　決戦！大坂城
決戦！シリーズ　決戦！本能寺
決戦！シリーズ　決戦！川中島
決戦！シリーズ　決戦！桶狭間
決戦！シリーズ　決戦！関ヶ原2
決戦！シリーズ　決戦！新選組
小峰　元　アルキメデスは手を汚さない

今野　敏　ST警視庁科学特捜班 エピソード1〈新装版〉
今野　敏　ST警視庁科学特捜班 毒物殺人〈新装版〉
今野　敏　ST警視庁科学特捜班 〈黒いモスクワ〉
今野　敏　ST警視庁科学特捜班 〈青の調査ファイル〉
今野　敏　ST警視庁科学特捜班 〈赤の調査ファイル〉
今野　敏　ST警視庁科学特捜班 〈黄の調査ファイル〉
今野　敏　ST警視庁科学特捜班 〈緑の調査ファイル〉
今野　敏　ST警視庁科学特捜班 〈黒の調査ファイル〉
今野　敏　ST為朝伝説殺人ファイル〈警視庁科学特捜班〉
今野　敏　ST桃太郎伝説殺人ファイル〈警視庁科学特捜班〉
今野　敏　ST沖ノ島伝説殺人ファイル〈警視庁科学特捜班〉
今野　敏　ST化合 エピソード0〈警視庁科学特捜班〉
今野　敏　ST プロフェッション〈警視庁科学特捜班〉
今野　敏　ギガース〈宇宙海兵隊〉
今野　敏　ギガース2〈宇宙海兵隊〉
今野　敏　ギガース3〈宇宙海兵隊〉
今野　敏　ギガース4〈宇宙海兵隊〉
今野　敏　ギガース5〈宇宙海兵隊〉
今野　敏　ギガース6〈宇宙海兵隊〉

今野　敏　特殊防諜班 連続誘拐
今野　敏　特殊防諜班 組織報復
今野　敏　特殊防諜班 標的反撃
今野　敏　特殊防諜班 凶星降臨
今野　敏　特殊防諜班 諜報潜入
今野　敏　特殊防諜班 聖域炎上
今野　敏　特殊防諜班 最終特命
今野　敏　茶室殺人伝説
今野　敏　奏者水滸伝 白の暗殺教団
今野　敏　フェイク〈疑惑〉
今野　敏　同期
今野　敏　欠落
今野　敏　変幻
今野　敏　警視庁FC
今野　敏　継続捜査ゼミ
今野　敏　蓬萊〈新装版〉
今野　敏　イコン〈新装版〉
後藤正治　天人〈深代惇郎と新聞の時代〉
幸田　文　崩れ

講談社文庫　目録

幸田　文　台所のおと
幸田　文　季節のかたみ
小池真理子　冬の伽藍
小池真理子　ノスタルジア
小池真理子　夏の吐息
小池真理子　千日のマリア
幸田真音　日本国債(上)(下)〈改訂最新版〉
五味太郎　大人問題
鴻上尚史　あなたの魅力を演出するちょっとしたヒント
鴻上尚史　あなたの思いを伝える表現力のレッスン
鴻上尚史　八月の犬は二度吠える
鴻上尚史　鴻上尚史の俳優入門
鴻上尚史　青空に飛ぶ
小泉武夫　納豆の快楽
近藤史人　藤田嗣治「異邦人」の生涯
小前　亮　李《り》世《せい》民《みん》
小前　亮　趙《ちょう》匡《きょう》胤《いん》〈宋の太祖〉
小前　亮　朱元璋　皇帝の貌《かお》
小前　亮　覇《は》帝《てい》フビライ〈世界支配の野望〉
小前　亮　唐玄宗紀
小前　亮　賢帝と逆臣と〈康熙《こうき》帝《てい》と三藩の乱〉
小前　亮　始皇帝の永遠〈天下一統〉
香月日輪　妖怪アパートの幽雅な日常①
香月日輪　妖怪アパートの幽雅な日常②
香月日輪　妖怪アパートの幽雅な日常③
香月日輪　妖怪アパートの幽雅な日常④
香月日輪　妖怪アパートの幽雅な日常⑤
香月日輪　妖怪アパートの幽雅な日常⑥
香月日輪　妖怪アパートの幽雅な日常⑦
香月日輪　妖怪アパートの幽雅な日常⑧
香月日輪　妖怪アパートの幽雅な日常⑨
香月日輪　妖怪アパートの幽雅な日常⑩
香月日輪　妖怪アパートの幽雅な食卓〈るり子さんのお料理日記〉
香月日輪　妖怪アパートの幽雅な人々〈妖アパミニガイド〉
香月日輪　妖怪アパートの幽雅な日常〈ラスベガス外伝〉
香月日輪　大江戸妖怪かわら版①〈異界より落ち来る者あり〉
香月日輪　大江戸妖怪かわら版②〈異界より落ち来る者あり　其之二〉
香月日輪　大江戸妖怪かわら版③〈封印の娘〉
香月日輪　大江戸妖怪かわら版④〈天空の竜宮城〉
香月日輪　大江戸妖怪かわら版⑤〈雀、大浪花に行く〉
香月日輪　大江戸妖怪かわら版⑥〈魔狼、月に吠える〉
香月日輪　大江戸妖怪かわら版⑦〈大江戸散歩〉
香月日輪　地獄堂霊界通信①
香月日輪　地獄堂霊界通信②
香月日輪　地獄堂霊界通信③
香月日輪　地獄堂霊界通信④
香月日輪　地獄堂霊界通信⑤
香月日輪　地獄堂霊界通信⑥
香月日輪　地獄堂霊界通信⑦
香月日輪　地獄堂霊界通信⑧
香月日輪　ファンム・アレース①
香月日輪　ファンム・アレース②
香月日輪　ファンム・アレース③
香月日輪　ファンム・アレース④
香月日輪　ファンム・アレース⑤(上)(下)
近衛龍春　加藤清正〈豊臣家に捧げた生涯〉
木《この》原《はら》音《なり》瀬《せ》　箱の中

木原音瀬 美しいこと
木原音瀬 秘密
木原音瀬 嫌な奴
近藤史恵 私の命はあなたの命より軽い
小泉凡 怪談四代記〈八雲のいたずら〉
小島正樹 武家屋敷の殺人
小島正樹 硝子の探偵と消えた白バイ
小松エメル 夢の燈《ほ》影《かげ》〈新選組無名録〉
小松エメル 総司の夢
近藤須雅子 プチ整形の真実
小島環 小旋風《つむじかぜ》の夢《む》絃《げん》
小島環 原作 あなしん 脚本 おかざきさとこ 小説 春待つ僕ら
呉勝浩 道徳の時間
呉勝浩 ロスト
呉勝浩 蜃気楼の犬
呉勝浩 白い衝動
こだま 夫のちんぽが入らない
こだま ここは、おしまいの地
講談社校閲部 間違えやすい日本語実例集〈熟練校閲者が教える〉

佐藤さとる だれも知らない小さな国〈コロボックル物語①〉
佐藤さとる 豆つぶほどの小さないぬ〈コロボックル物語②〉
佐藤さとる 星からおちた小さなひと〈コロボックル物語③〉
佐藤さとる ふしぎな目をした男の子〈コロボックル物語④〉
佐藤さとる 小さな国のつづきの話〈コロボックル物語⑤〉
佐藤さとる コロボックルむかしむかし〈コロボックル物語⑥〉
佐藤さとる 天狗童子
佐藤さとる 絵/村上勉 わんぱく天国
佐藤愛子 新装版 戦いすんで日が暮れて
佐木隆三 慟哭〈小説・林郁夫裁判〉
佐高信 石原莞爾その虚飾
佐高信 わたしを変えた百冊の本
佐高信 新装版 逆命利君
佐藤雅美 恵比寿屋喜兵衛手控え
佐藤雅美 物書同心居眠り紋蔵
佐藤雅美 隼小僧異聞〈物書同心居眠り紋蔵〉
佐藤雅美 密約〈物書同心居眠り紋蔵〉
佐藤雅美 お尋者〈物書同心居眠り紋蔵〉
佐藤雅美 老博奕打ち〈物書同心居眠り紋蔵〉

佐藤雅美 四両二分の女〈物書同心居眠り紋蔵〉
佐藤雅美 白い息〈物書同心居眠り紋蔵〉
佐藤雅美 向井帯刀の発心〈物書同心居眠り紋蔵〉
佐藤雅美 一心斎不覚の筆禍〈物書同心居眠り紋蔵〉
佐藤雅美 魔物が棲む町〈物書同心居眠り紋蔵〉
佐藤雅美 ちよの負けん気、実の父親〈物書同心居眠り紋蔵〉
佐藤雅美 へこたれない人〈物書同心居眠り紋蔵〉
佐藤雅美 わけあり師匠事《こと》の顛末〈物書同心居眠り紋蔵〉
佐藤雅美 御奉行の頭の火照《ほて》り〈物書同心居眠り紋蔵〉
佐藤雅美 江戸繁昌記〈寺門静軒無聊伝〉
佐藤雅美 青雲遙かに〈大内俊助の生涯〉
佐藤雅美 悪足掻《あが》きの跡始末 厄介弥三郎
酒井順子 負け犬の遠吠え
酒井順子 金閣寺の燃やし方
酒井順子 昔は、よかった?
酒井順子 もう、忘れたの?
酒井順子 そんなに、変わった?
酒井順子 泣いたの、バレた?
酒井順子 気付くのが遅すぎて、

講談社文庫　目録

酒井順子　朝からスキャンダル
佐野洋子　嘘ばっか〈新釈・世界おとぎ話〉
佐野洋子　コッコロから
笹生陽子　ぼくらのサイテーの夏
笹生陽子　きのう、火星に行った。
笹生陽子　世界がぼくを笑っても
沢木耕太郎　一号線を北上せよ〈ヴェトナム街道編〉
櫻田大造　「優」をあげたくなる答案・レポートの作成術
沢村凜　タソガレ
佐藤多佳子　一瞬の風になれ　全三巻
笹本稜平　駐在刑事
笹本稜平　駐在刑事　尾根を渡る風
佐藤あつ子　昭《あき》　田中角栄と生きた女
西條奈加　世直し小町りんりん
西條奈加　まるまるの毬《いが》
佐伯チズ　頂完全版　佐伯チズ式「完全美肌バイブル」〈123の肌悩みにズバリ回答!〉
斉藤洋　ルドルフとイッパイアッテナ
斉藤洋　ルドルフともだちひとりだち
佐々木裕一　若返り同心　如月源十郎〈不思議な飴玉〉
佐々木裕一　若返り同心　如月源十郎〈闇の顔〉
佐々木裕一　公家武者　信平《のぶひら》〈消えた狐丸〉
佐々木裕一　逃げた名馬〈公家武者　信平(二)〉
佐々木裕一　比叡山の鬼〈公家武者　信平(三)〉
佐々木裕一　公《く》卿《ぎょう》の罠《わな》〈公家武者　信平(四)〉
佐々木裕一　狙われた旗本〈公家武者　信平(五)〉
佐々木裕一　赤い刀身〈公家武者　信平(六)〉
佐々木裕一　帝《みかど》の刀《とう》匠《しょう》〈公家武者　信平(七)〉
佐々木裕一　若君の覚悟〈公家武者　信平(八)〉
佐藤究《きわむ》　QJKJQ
佐藤究　Ank: a mirroring ape
佐藤究　サージウスの死神
佐野晶　三田紀房・原作　小説アルキメデスの大戦
澤村伊智　恐怖小説キリカ
さいとう・たかを　戸川猪佐武　原作　歴史劇画　大宰相〈第一巻　吉田茂の闘争〉
さいとう・たかを　戸川猪佐武　原作　歴史劇画　大宰相〈第二巻　鳩山一郎の悲運〉
さいとう・たかを　戸川猪佐武　原作　歴史劇画　大宰相〈第三巻　岸信介の強腕〉
さいとう・たかを　戸川猪佐武　原作　歴史劇画　大宰相〈第四巻　池田勇人と佐藤栄作の激突〉
さいとう・たかを　戸川猪佐武　原作　歴史劇画　大宰相〈第五巻　田中角栄の革命〉
さいとう・たかを　戸川猪佐武　原作　歴史劇画　大宰相〈第六巻　三木武夫の挑戦〉
さいとう・たかを　戸川猪佐武　原作　歴史劇画　大宰相〈第七巻　福田赳夫の復讐〉
さいとう・たかを　戸川猪佐武　原作　歴史劇画　大宰相〈第八巻　大平正芳の決断〉
佐藤優　人生の役に立つ聖書の名言
司馬遼太郎　新装版　播磨灘物語　全四冊
司馬遼太郎　新装版　箱根の坂(上)(中)(下)
司馬遼太郎　新装版　アームストロング砲
司馬遼太郎　新装版　歳月(上)(下)
司馬遼太郎　新装版　おれは権現
司馬遼太郎　新装版　大坂侍
司馬遼太郎　新装版　北斗の人(上)(下)
司馬遼太郎　新装版　軍師二人
司馬遼太郎　新装版　真説宮本武蔵
司馬遼太郎　新装版　最後の伊賀者
司馬遼太郎　新装版　俄(上)(下)
司馬遼太郎　新装版　尻啖え孫市(上)(下)
司馬遼太郎　新装版　王城の護衛者
司馬遼太郎　新装版　妖怪(上)(下)
司馬遼太郎　新装版　風の武士(上)(下)

司馬遼太郎 戦雲の夢〈レジェンド歴史時代小説〉
司馬遼太郎 海音寺潮五郎 新装版 日本歴史を点検する
司馬遼太郎 井上ひさし 新装版 国家・宗教・日本人
司馬遼太郎 金達寿 陳舜臣 新装版 歴史の交差路にて〈日本・中国・朝鮮〉
柴田錬三郎 お江戸日本橋 (上)(下)
柴田錬三郎 貧乏同心御用帳
柴田錬三郎 新装版 岡っ引どぶ〈柴錬捕物帖〉
柴田錬三郎 新装版 顔十郎罷り通る(上)(下)
白石一郎 庖丁ざむらい〈十時半睡事件帖〉〈レジェンド歴史時代小説〉
島田荘司 御手洗潔の挨拶
島田荘司 御手洗潔のダンス
島田荘司 暗闇坂の人喰いの木
島田荘司 水晶のピラミッド
島田荘司 眩暈〈めまい〉
島田荘司 アトポス
島田荘司 異邦の騎士〈改訂完全版〉
島田荘司 御手洗潔のメロディ
島田荘司 Pの密室
島田荘司 ネジ式ザゼツキー
島田荘司 都市のトパーズ2007
島田荘司 21世紀本格宣言
島田荘司 帝都衛星軌道
島田荘司 UFO大通り
島田荘司 リベルタスの寓話
島田荘司 透明人間の納屋
島田荘司 占星術殺人事件〈改訂完全版〉
島田荘司 斜め屋敷の犯罪〈改訂完全版〉
島田荘司 星《せい》籠《ろ》の海 (上)(下)
島田荘司 屋上
島田荘司 名探偵傑作短篇集 御手洗潔篇
島田荘司 火刑都市〈改訂完全版〉
清水義範 蕎《そ》麦《ば》ときしめん
清水義範 国語入試問題必勝法
椎名誠 にっぽん・海風魚旅〈怪し火さすらい編〉
椎名誠 大漁旗ぶるぶる乱風編〈にっぽん・海風魚旅4〉
椎名誠 南シナ海ドラゴン編〈にっぽん・海風魚旅5〉
椎名誠 風のまつり
椎名誠 ナマコ
椎名誠 埠頭三角暗闇市場
島田雅彦 悪貨
島田雅彦 虚人の星
真保裕一 連鎖
真保裕一 取引
真保裕一 震源
真保裕一 盗聴
真保裕一 朽ちた樹々の枝の下で
真保裕一 奪取 (上)(下)
真保裕一 防壁
真保裕一 密告
真保裕一 黄金の島 (上)(下)
真保裕一 発火点
真保裕一 夢の工房
真保裕一 灰色の北壁
真保裕一 覇王の番人 (上)(下)
真保裕一 デパートへ行こう!
真保裕一 アマルフィ〈外交官シリーズ〉
真保裕一 ダイスをころがせ! (上)(下)

真保裕一　天魔ゆく空（上）（下）
真保裕一　ローカル線で行こう！
真保裕一　遊園地に行こう！
真保裕一　オリンピックへ行こう！
篠田節子　弥　勒
篠田節子　転　生
重松　清　定年ゴジラ
重松　清　半パン・デイズ
重松　清　流星ワゴン
重松　清　ニッポンの単身赴任
重松　清　愛　妻　日　記
重松　清　青春夜明け前
重松　清　カシオペアの丘で（上）（下）
重松　清　永遠《とわ》を旅する者〈ロストオデッセイ 千年の夢〉
重松　清　か　あ　ち　ゃ　ん
重松　清　十　字　架
重松　清　峠うどん物語（上）（下）
重松　清　希望ヶ丘の人びと（上）（下）
重松　清　赤ヘル１９７５

重松　清　なぎさの媚薬（上）（下）
重松　清　さすらい猫ノアの伝説
柴田よしき　ドント・ストップ・ザ・ダンス
新野剛志　八月のマルクス
新野剛志　美　し　い　家
新野剛志　明　日　の　色
殊能将之　ハ　サ　ミ　男
殊能将之　鏡の中は日曜日
殊能将之　キマイラの新しい城
殊能将之　子どもの王様
首藤瓜於　脳　　　男
首藤瓜於　事故係生稲昇太の多感
島本理生　シ　ル　エ　ッ　ト
島本理生　リトル・バイ・リトル
島本理生　生まれる森
島本理生　七緒のために
小路幸也　高く遠く空へ歌ううた
小路幸也　空へ向かう花
小路幸也　スターダストパレード

小路幸也 原案 山田洋次 平松恵美子　家族はつらいよ
小路幸也 原作・脚本 山田洋次 平松恵美子　家族はつらいよ２
小路幸也 原作・脚本 山田洋次 平松恵美子　妻よ薔薇のように〈家族はつらいよⅢ〉
島田律子　私はもう逃げない〈自閉症の弟から教えられたこと〉
辛酸なめ子　女　　修　　行
柴崎友香　ドリーマーズ
柴崎友香　パ　ノ　ラ　ラ
清水保俊　機長の決断〈日航機墜落の「真実」〉
翔田　寛　誘　拐　児
白石一文　この胸に深々と突き刺さる矢を抜け（上）（下）
白石一文　神　　秘（上）（下）
小説現代編 石田衣良他著　10分間の官能小説集
小説現代編 勝目梓他著　10分間の官能小説集２
小説現代編 乾くるみ他著　10分間の官能小説集３
朱川湊人　冥《めい》の水《みな》底《そこ》（上）（下）
柴村仁　夜　　宵
柴村仁　プシュケの涙
柴田哲孝　ク　ズ　リ〈ある殺し屋の伝説〉
塩田武士　盤上のアルファ

塩田武士　盤上に散る
塩田武士　女神のタクト
塩田武士　ともにがんばりましょう
塩田武士　罪の声
芝村凉也　孤《こ》闘《とう》の寂《せき》〈素浪人半四郎百鬼夜行(六)〉
芝村凉也　邂逅の紅蓮〈素浪人半四郎百鬼夜行(七)〉
芝村凉也　終焉の百鬼行〈素浪人半四郎百鬼夜行(八)〉
芝村凉也　追憶の翰《かん》〈素浪人半四郎百鬼夜行(拾遺)〉
真藤順丈　畦と銃
柴崎竜人　三軒茶屋星座館1〈冬のオリオン〉
柴崎竜人　三軒茶屋星座館2〈夏のキグナス〉
柴崎竜人　三軒茶屋星座館3〈春のカリスト〉
柴崎竜人　三軒茶屋星座館4〈秋のアンドロメダ〉
城平　京　虚構推理
周木　律　眼球堂の殺人〈~The Book~〉
周木　律　双孔堂の殺人〈~Double Torus~〉
周木　律　五覚堂の殺人〈~Burning Ship~〉
周木　律　伽藍堂の殺人〈~Banach-Tarski Paradox~〉
周木　律　教会堂の殺人〈~Game Theory~〉
周木　律　鏡面堂の殺人〈~Theory of Relativity~〉
周木　律　大聖堂の殺人〈~The Books~〉
下村敦史　闇に香る嘘
下村敦史　生還者
下村敦史　叛《はん》徒《と》
下村敦史　失踪者
下村敦史　緑の窓口〈樹木トラブル解決します〉
九把刀　あの頃、君を追いかけた
阿井幸作／泉京鹿 訳
杉本苑子　孤愁の岸(上)(下)
鈴木光司　神々のプロムナード
鈴木英治　大江戸監察医
杉本章子　お狂言師歌吉うきよ暦
杉本章子　大奥二人道成寺〈お狂言師歌吉うきよ暦〉
杉山文野　ダブルハッピネス
諏訪哲史　アサッテの人
菅野雪虫　天山の巫女《みこ》ソニン(1)　黄金の燕
菅野雪虫　天山の巫女《みこ》ソニン(2)　海の孔雀
菅野雪虫　天山の巫女《みこ》ソニン(3)　朱鳥《あけがらす》の星
菅野雪虫　天山の巫女《みこ》ソニン(4)　夢の白鷺
菅野雪虫　天山の巫女《みこ》ソニン(5)　大地の翼
鈴木大介　ギャングース・ファイル〈家のない少年たち〉
鈴木みき　日帰り登山のススメ〈あした、山へ行こう!〉
瀬戸内寂聴　新寂庵説法　愛なくば
瀬戸内寂聴　人が好き［私の履歴書］
瀬戸内寂聴　白道
瀬戸内寂聴　寂聴相談室人生道しるべ
瀬戸内寂聴　瀬戸内寂聴の源氏物語
瀬戸内寂聴　愛する能力
瀬戸内寂聴　藤壺
瀬戸内寂聴　生きることは愛すること
瀬戸内寂聴　寂聴と読む源氏物語
瀬戸内寂聴　月の輪草子
瀬戸内寂聴　新装版　寂庵説法
瀬戸内寂聴　死に支度
瀬戸内寂聴　新装版　蜜と毒
瀬戸内寂聴　新装版　花怨《えん》
瀬戸内寂聴　新装版　祇《ぎ》園女御《おんにょうご》(上)(下)
瀬戸内寂聴　新装版　かの子撩乱

2020年6月15日現在